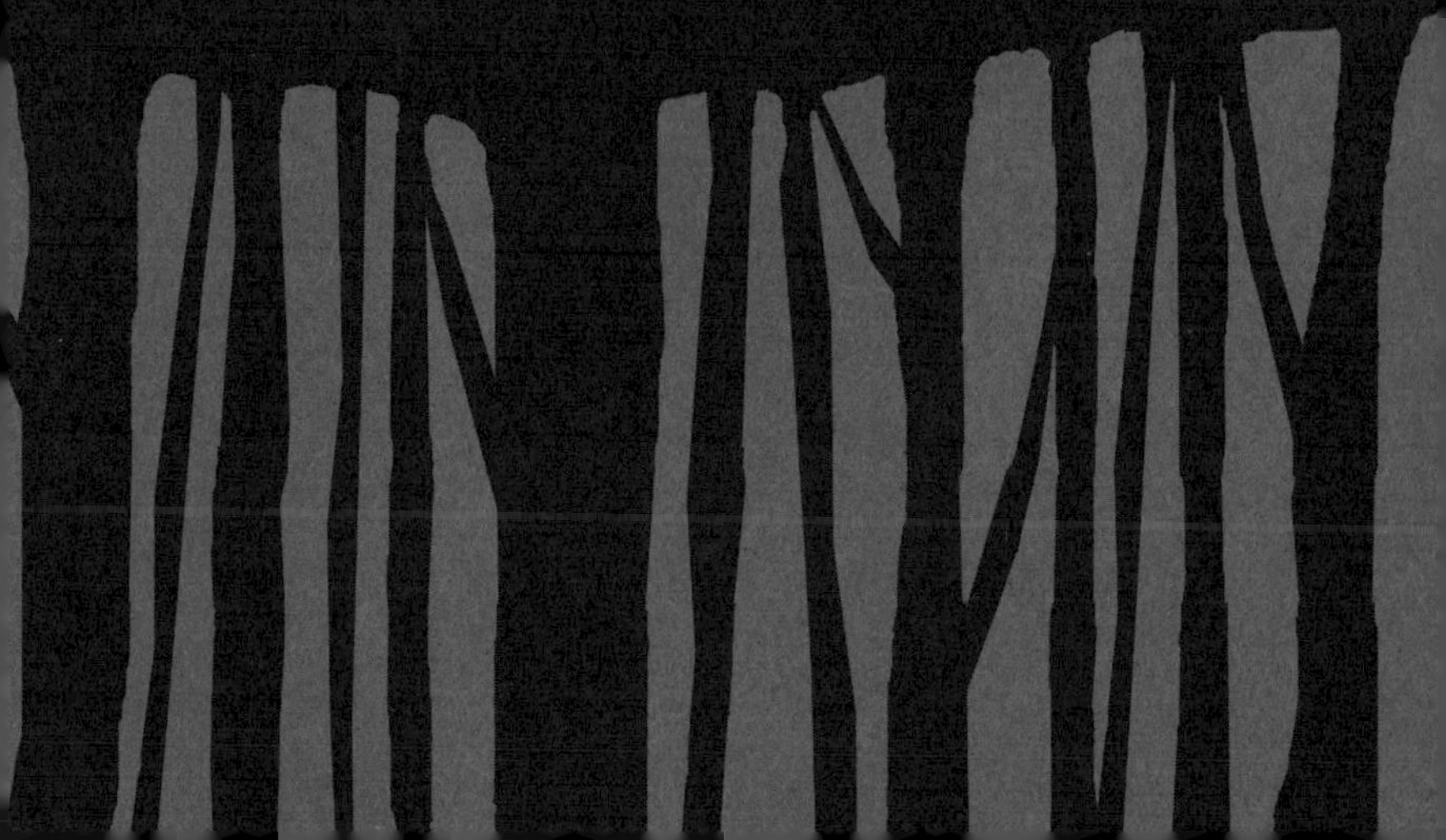

左川ちか全集

島田龍編

書肆侃侃房

左川ちか全集＊もくじ

詩篇

翻訳詩

散文・日記・書簡

翻訳文

凡例

《編纂上の注記》

一、詩篇・翻訳詩・散文（日記・書簡含む）・翻訳文と分類し、作品の配列は初出順とした。詩篇は現在確認されている全八八篇を収載した。

一、初出雑誌発行日が同じ詩篇は、同一雑誌内の掲載順に配列した。

一、初出雑誌発行日が同じ別雑誌の詩篇は、雑誌冒頭詩篇題名の五十音順にしたがい配列した。

一、伊藤整編『左川ちか詩集』（昭森社、一九三六年一一月、以後昭森社版）を照合した上で、基本的には雑誌版を底本としたが、個々に判断し底本を見直したものもある。

一、雑誌版において、再掲版・再々掲版が存在する場合はできるだけこれを優先した。

一、昭森社版において、雑誌版と大きく異なる独自の改稿が見られる詩篇については本文に反映させた。一九三四年四月に『椎の木』で近刊予告された未刊行『左川ちか詩集』（編者百田宗治、椎の木社）用に準備された、本人による整理稿の可能性が認められる。

一、「昆虫」「秋の写真」「朝のパン」「緑の焔」「The street fair」「眠つてゐる」「毎年土をかぶらせてね」「果実の午後」「暗い歌」「1.2.3.4.5」は、前述の椎の木社版『左川ちか詩集』の整理稿と仮定し、昭森社版に拠った。ただし「花」は、一章のみ収載した昭森社版ではなく、雑誌版に拠った。

一、「眠つてゐる」「神秘」「白と黒」「夢」「The Madhouse」を繋げた「睡眠期」は、独立した改作詩と見なし、個別に収録した。

一、「死の髯」と「幻の家」、「指間の花」と「1.2.3.4.5」、「海の捨子」と「海の天使」はそれぞれ独立した改作詩と見なし、個別に収録した。

一、昭森社版が収録した「夏のをはり」と「季節」は、同一作品のヴァリアントと見なし、後者は収録していない。

一、翻訳詩文は、元となったテキスト（底本）を調査し、英語原文の参照に努めた。

《表記上の注記》

一、旧漢字はほぼ現行字体に改めたが、一部（蟲など）

は編者の判断で残した。正字・俗字も同様である。

一、仮名遣いは畳字（ゝゞ）を改めた他は、できる限り底本の表記を尊重した。仮名遣いの表記（い・ゐなど）が一定しない作品は既刊詩集のように改めることはせず、訂正・註記はほぼ施していない。

一、欠字と思われるものは［　］で補った。明らかな誤字・誤植・脱字等は訂した。

一、ルビについては底本のままとした。編者の判断によるルビは［　］で補った。あくまで一つの参考に過ぎず、読み方を固定化する意図はない。アルファベットのルビは編者による。

一、送り仮名は底本のままとし、その過不足は［　］で補った。

一、その他、［　］で編者による補足を加えた。推測・可能性を含む指摘は「カ」で補った。

一、句読点の誤りは、散文・翻訳文においては煩雑になるので明記せず訂した箇所がある。翻訳文においては、英語原文を照合しつつ、文脈に応じ句読点を改めたものが若干ある。

一、現在では不適切と思われる語句・表現は、当時の時代背景を踏まえ、敢えてそのままとしている。

《解題の注記》

一、雑誌初出・再掲版・昭森社版の書誌事項を①・②・③などと記し、複数ある場合は本書の底本を明記した。

一、各ヴァリアントの異同は主なものだけを記した。異同の表記は漢字・仮名遣いともに原文通りである。詳細は島田龍「昭森社『左川ちか詩集』（一九三六）の書誌的考察」参照。これも遺漏があり、いずれ補訂したものを公刊したい。

一、翻訳詩文の作者名は上段が雑誌初出版の表記。翻訳解題のみ「原文」は英語原文を指す。ちかの翻訳詩文は「訳文」として区別している。

一、その他、作品ごとに特記事項や語註・原文紹介などを適宜施している。

装幀　名久井直子
装画　タダジュン

詩篇

一九三〇年

青い馬

馬は山をかけ下りて発狂した。その日から彼女は青い食物をたべる。夏は女達の目や袖を青く染めると街の広場で楽しく廻転する。

テラスの客等はあんなにシガレットを吸ふのでブリキのやうな空は貴婦人の頭髪の輪を落書きしてゐる。悲しい記憶は手巾のやうに捨てようと思ふ。恋と悔恨とエナメルの靴を忘れることが出来たら！

私は二階から飛び降りずに済んだのだ。

海が天にあがる。

昆虫

昆虫が電流のやうな速度で繁殖した。
地殻の腫物をなめつくした。

美麗な衣裳を裏返して、都会の夜は女のやうに眠つた。

私はいま殻を乾す。
鱗のやうな皮膚は金属のやうに冷たいのである。

顔半面を塗りつぶしたこの秘密をたれもしつてはゐないのだ。

夜は、盗まれた表情を自由に廻転さす痣《あざ》のある女を有頂天にする。

秋の写真

突然電話が来たので村人は驚きました。
ではどこかへ移住しなければならないのですか。
村長さんはあわてて青い上着を脱ぎました。
やはりお母さんの小使簿はたしかだつたのです。
さやうなら青い村よ！　夏は川のやうにまたあの人たちを追ひかけてゆきました。
たれもいないステーションへ赤いシヤツポの雄鶏が下車しました。

朝のパン

朝、私は窓から逃走する幾人もの友等を見る。

緑色の虫の誘惑。果樹園では靴下をぬがされた女が殺される。朝は果樹園のうしろからシルクハットをかぶつてついて来る。緑色に印刷した新聞紙をかかへて。

つひに私も丘を降りなければならない。
街のカフエは美しい硝子の球体で麦色の液の中に男等の一群が溺死してゐる。
彼等の衣服が液の中にひろがる。

モノクルのマダムは最後の麺麭《〔パン〕》を引きむしつて投げつける。

墜ちる海

赤い騒擾《そうじょう》が起る

夕方には太陽は海と共に死んでしまふ。そのあとを衣服が流れ波は捕へることが出来ない。

私の眼のそばから海は青い道をつくる。その下には無数の華麗な死骸が埋つてゐる。疲れた女達の一群の消滅。足跡をあわててかくす船がある

そこには何も住んでゐない。

一九三一年

出発

夜の口が開く。森や時計台が吐き出される。
太陽は立上つて青い硝子の路を走る。
街は音楽の一片に自動車やスカァツ《［skirt］》に切り鋏まれて飾窓の中へ飛び込む。
果物屋は朝を匂はす。
太陽はそこでも青色に数をます。

人々は空に輪を投げる。
太陽等を捕えるために。

黒い空気

夕暮が遠くで太陽の舌を切る。

水の中では空の街々が笑ふことをやめる。

総ての影が木の上から降りて来て私をとりまく。林や窓硝子は女のやうに青ざめる。夜は完全にひろがつた。乗合自動車は焔をのせて公園を横切る。

その時私の感情は街中を踊りまはる
悲しみを追ひ出すまで。

錆びたナイフ

青白い夕ぐれが窓をよぢのぼる。
ランプが女の首のやうに空から釣り下がる。
どす黒い空気が部屋を充たす——一枚の毛布を拡げてゐる。
書物とインキと錆びたナイフは私から少しづつ生命を奪ひ去るやうに思はれる。

すべてのものが嘲笑してゐる時、
夜はすでに私の手の中にゐた。

雪が降つてゐる

私達の階上の舞踊会!!

いたずらな天使等が入り乱れてステップを踏む其処から死のやうに白い雪の破片が落ちて来る。

死は柊の葉の間にゐる。屋根裏を静《しずか》に這つてゐる。私の指をかじつてゐる。気づかはしさうに。そして夜十二時——硝子屋の店先ではまつ白い脊部をむけて倒れる。

古びた恋と時間は埋められ、地上は貪つてゐる。

緑の焔

私は最初に見る　賑やかに近づいて来る彼らを　緑の階段をいくつも降りて　其処を通つて　あちらを向いて　狭いところに詰つてゐる　途中少しづつかたまつて山になり　動く時には麦の畑を光の波が畝《うね》になつて続く　森林地帯は濃い水液が溢れてかきまぜることが出来ない　髪の毛の短い落葉松《からまつ》　ていねいにペンキを塗る蝸牛　蜘蛛は霧のやうに電線を張つてゐる　総ては緑から深い緑へと廻転してゐる　彼らは食卓の上の牛乳壜の中にゐる　顔をつぶして身を屈めて映つてゐる　林檎のまはりを滑つてゐる　時々光線をさへぎる毎に砕けるやうに見える　街路では太陽の環の影をくぐつて遊んでゐる盲目の少女である。

私はあわてて窓を閉ぢる　危険は私まで来てゐる　外では火災が起つてゐる　美しく燃えてゐる緑の焔は地球の外側をめぐりながら高く拡がり　そしてしまひには細い一本の地平線にちぢめられて消えてしまふ

体重は私を離れ　忘却の穴の中へつれもどす　ここでは人々は狂つてゐる　悲しむことも

話しかけることも意味がない　眼は緑色に染まつてゐる　信じることが不確になり見ることは私をいらだたせる

私の後から目かくしをしてゐるのは誰か？　私を睡眠へ突き墜せ。

青い球体

鉄槌をもつて黒い男が二人ゐる。

向の端とこちらで乱暴にも戸を破る。

朝はそこにゐる、さうすれば彼らの街が並べられる
ペンキ屋はすべてのものに金を塗る。

鎧戸と壁に。

林檎園は金いろのりんごが充ちてゐる。

その中を彼女のブロンドがゆれる。

庭の隅で向日葵がまはつてゐる、まはりながら、まはりながら、部屋の中までころげこみ
大きな球になつて輝く。

太陽はかかえ切れぬ程の温いパンで、私らはそれ等の家と共に地平線に乗つて世界一週〔ママ〕を
こころみる。

緑色の透視

一枚のアカシヤの葉の透視
五月　其処で衣服を捨てる天使ら　緑に汚された脚　私を追ひかける微笑　思ひ出は白
鳥の喉となり彼女の前で輝く

いま　真実はどこへ行つた
夜露でかたまつた鳥らの音楽　空の壁に印刷した樹らの絵　緑の風が静かに払ひおとす

歓楽は死のあちら　地球のあちらから呼んでゐる　例へば重くなつた太陽が青い空の方へ
落ちてゆくのを見る

走れ！　私の心臓
球になつて　彼女の傍へ
そしてテイカツプの中を

――かさなり合つた愛　それは私らを不幸にする　牛乳の皺がゆれ　私の夢は上昇する

死の髯《ひげ》

料理人が青空を握る。四本の指跡がついて、
——次第に鶏が血をながす。ここでも太陽はつぶれてゐる。
たづねてくる青服の空の看守。
日光が駆脚でゆくのを聞く。
彼らは生命よりながい夢を牢獄の中で守つてゐる。
刺繡の裏のやうな外の世界に触れるために一匹の蛾となつて窓に突きあたる。
死の長い巻鬚《まきひげ》が一日だけしめつけるのをやめるならば私らは奇蹟の上で跳びあがる。

死は私の殻を脱ぐ。

断片

雲の軍帽をかぶつた青い士官の一隊がならんでゐる。
無限の穴より夜の首を切り落す。
空と樹木は重《かさな》り合つて争つてゐるやうに見える。
アンテナはその上を横ぎつて走る。
花びらは空間に浮いてゐるのだらうか？
正午、二頭の太陽は闘技場をかけのぼる。
まもなく赤くさびた夏の感情は私らの恋も断つだらう。

ガラスの翼

人々が大切さうに渡していつた硝子の翼にはさんだ恋を、太陽は街かどで毀してしまふ。

空は窓に向つて立つてゐる、ヴエンチレエタアのまはるたびにいろが濃くなる。

木の葉は空にある、それは一本の棒を引いてゐる、屋根らは凭《よ》りかかつて。

ふくらんだ街路を電車は匍《は》ひ、空中の青い皺の間を旋廻する水兵の襟。

盛装して夏の行列は通りすぎフラスコの中へ崩れる。

　私らの心の果実は幸福な影を降らしてゐる。

季節のモノクル

病んで黄熟した秋は窓硝子をよろめくアラビヤ文字。
すべての時は此処を行つたり来たりして、
彼らの虚栄心と音響をはこぶ。
雲が雄鶏の思想や雁来紅《［がんらいこう］》を燃やしてゐる。
鍵盤のうへを指は空気を弾く。
音楽は慟哭へとひびいてさまよふ。
またいろ褪せて一日が残され、
死の一群が停滞してゐる。

一九三二年

循環路

ほこりでよごされた垣根が続き
葉等は赤から黄に変る。
思出は記憶の道の上に堆積してゐる。白リンネルを拡げてゐるやうに。
季節は四個の鍵をもち、階段から滑りおちる。再び入口は閉ぢられる。
青樹の中はがらんどうだ。叩けば音がする。
夜がぬけ出してゐる時に。

その日、
空は少年の肌のやうに悲しい。
永遠は私達のあひだを切断する。
あの向ふに私はいくつもの映像を見失ふ。

冬の詩（抄・合作）

6

樹々はおのがじし影を投げて
鞦韆《ブランコ》の重い沈黙の振子を揺する
犬は沼にむかつて吠え
誰ひとり横切らぬ風景に消える
月光は憂愁の庭を埋め
頬に指をつけると氷《こほり》のやう
見よ　見よ
死のやうに高貴な彌撒《ミサ》の時
いづくともなく夜の雪降り来り
ミルテの葉蔭に銀《しろがね》の沓《［くつ］》をかくす。

青い道

涙のあとのやうな空。
陸の上にひろがつたテント。
恋人が通るために白く道をあける。

染色工場！

あけがたはバラ色に皮膚を染める。
コバルト色のマントのうへの花束。
夕暮の中でスミレ色の瞳が輝き、
喪服をつけた鴉らが集る。
おお、触れるとき、夜の壁がくずれるのだ。
それにしても、泣くたびに次第に色あせる。

記憶の海

髪の毛をふりみだし、胸をひろげて狂女が漂つてゐる。
白い言葉の群が薄暗い海の上でくだける。
破れた手風琴、
白い馬と、黒い馬が泡だてながら荒々しくそのうへを駆けてわたる。

幻の家

料理人が青空を握る。四本の指あとがついて、次第に鶏が血をながす。ここでも太陽はつぶれてゐる。

たづねてくる空の看守。日光が駆出すのを見る。

たれも住んでないからつぽの白い家。

人々の長い夢はこの家のまはりを幾重にもとりまいては花弁のやうに衰へてゐた。

死が徐ろに私の指にすがりつく。夜の殻を一枚づつとつてゐる。

この家は遠い世界の遠い思ひ出へと華麗な道が続いてゐる。

冬の肖像

北国の陸地はいま懶《ものう》くそして疲れてゐる。山や街は雪に埋められ、目覚めようともしないで静《しずか》な鈍い光の中でゆつくりと、ゆつくりと次第に眠りを深めてゐる。空と地上は灰色に塗りつぶされて幾日も曇天が続く。太陽が雲の中へうまつてゐる間は雪そのものが発するやうに思はれる弱い光——輝きの失せた、妙に冷たくおとろへた光が這ふやうにして窓硝子を通つて机の上の一冊の本に注いでゐる。ところどころ斑点をつけた影をつくりながら震えてゐる。同じ場処に落付かずにたえずいらいらして文字を拾つてゐるやうに見える。すべての影はぼんやりと消えさうな不安な様子をしてゐる。屋根の傾斜に沿つて雪が積り、雪でつくられた門の向ふに家がある。裸の林、長い間おき忘れてゐた道端の樹等は私達をむかへるために動かうとする一枚の葉をももつてゐない。ただ箒を並べたやうに枯れた枝は上へ上へと伸びてゐる。

(躑躅《つつじ》、林檎、桃等が地肌から燃えたつやうに花を開いては空気の中にあざやかに浮びあがる)(其処の垣根は山吹の花で縁取られ、落葉松は細かに鋏んだ天鵞絨《ビロード》の葉を緑に染めてゐる)さうしたものらが目を奪ふやうなはなやかさで地面を彩つてゐたことを、厚く重《かさな》り、うす黒く汚れてゐる雪の中にゐて誰が思ひ出すだらう。遠い世界の再びかへらぬ記憶として人々は保つてゐるのに違ひない。そしてしまひには幾十年も住み馴れたやうに思ひこんで自分のまはりにだけ輪を描いてゐるのだ。丘を越えると飜《ひるがえ》つてゐる緑の街や明滅する広告塔のあることにも気付かずに老いてしまふ。そのあとを真白に雪がつもる。ひとたび雪に埋められた地上は起き上る努力がどんなものか知つてゐるのだろうか？　総ては運動を停止し、暗闇の中でかすかに目をあけ、そしてとぢる。鳥等は羽をひろげたまま、河は走ることをやめてゐる。それは長い一日のやうに思はれた。雲が動いてゐることを見出すだけでも喜びであつたから。終日雪が降つてゐる。木から屋根へまつすぐに、或は吹き流されて隣へ隣へと一方が降りだすと真似をしたやうに次々伝染してゆくやうだ。空はひくく地上に拡つて、遠くの海なりに調子を合せて上つたり下つたりしてゐるのだ。空を支へてゐる木たちがその重さに耐えられないやうな時に雪が降るやうに思はれる。どんなに踏み分けて進んでも奥の方がわからない程降つてゐるので、そばを通る人も近くの山も消え去つてしまふ雪の日である。

　時々空の破れめから太陽が顔を現しても日脚《ひあし》はゆつくりと追ひかけてでもゐるやうに枯れた雑木林を風のあとのやうに裏返しながら次第に色を深めてゐる。其処は夢の中の廊下のやうに白い道であつた。触れる度に両側の壁が崩れるやうな気がする。並木は影のやうに倒れかかつて。その路をゆく人影は私の父ではあるまいか。呼びとめても振り返へることのない脊姿《［うしろすがた］》であつた。夜目にも白く浮かんでゐる雪路、そこを辿るものは二度と帰ることをゆるされないやうに思はれる。幾人もの足跡を雪はすぐ消してしまふ。死がその辺にゐたのだ。人々の気付かぬうちに物かげに忍びよつては白い手を振る。深い足跡を残して死が通りすぎた。優しかつた人の死骸はどこに埋つてゐるのか。私達の失はれた幸福もどこかにかくされてゐる。朝、雪の積つた地上が美しいのはそのためであつた。私達の夢を掘るやうなシヤベルの音がする。

　風であつたのか。戸を叩くやうな音で目覚める。カアテンを開けると窓硝子が白い模様をつけて、その向ふではげしく雪が降つてゐる。

硝子の道

飾窓が廻転してゐる。花束は外套のうへにある。リンゴは屋根から屋根へところがつてゐる。自動車はドアの前で止る。そこを通るものはすべて街路から一呎《フィート》位空中を浮いてゐる。さうだ、婦人等はぶら下つてゐる。常に見えない紐によつて釣り上げられ、またはお互に引き合つてゐるのだ。

　広告塔から夜がとび降る。灯がくだけて青と赤のガラスの破片となつて散つてゐる。切断されながら、歪《ゆがめ》られながら混雑した街の傾斜面の一部はかはるがはる現はれて走り去る。夜の鳥はその羽毛を一枚づつまきちらしてゐるのであらうか？　空気を羽搏《はばた》きつつ、軟《やわ》い羽毛が一時に飛翔するために全部のあかりを覆つてしまふのでぼんやりとしたランプが街路を充す。

　フルウツパアラアは果実から発散する甘い湿気で煙の中に沈んでゐるやうに形がはつきりわからない。おお!!　私でない私。扉に近よるのをつきのけて出て来る私。黒い手袋。ブロオチの紫水晶。すつかり私を真似た幾人かが樹木のやうに映つては揺れる。揺れる。どれがほんとうの私なのかわからなくなるまで。幻の鏡。不思議な道。一本の指先きが硝子窓に触れた時、その向ふ側のメロンはたやすく突き刺すことが出来る。

白と黒

白い箭《や》が走る。夜の鳥が射おとされ、私の瞳孔へ飛びこむ。

たえまなく無花果《いちじく》の眠りをさまたげる。

沈黙は部屋の中に止まることを好む。

彼等は燭台の影、挘《むし》られたプリムラの鉢、桃花心木《マホガニー》の椅子であつた。

時と焔が絡みあつて、窓の周囲を滑走してゐるのを私はみまもつてゐる。

おお、けふも雨のなかを顔の黒い男がやつて来て、私の心の花壇をたたき乱して逃げる。

長靴をはいて来る雨よ、

夜どほし地上を踏み荒して行くのか。

風

単調な言葉はこわれた蓄音機のやうに。
草らは真青な口をあけて笑ひこける。
その時静かに裳《も》がゆれる。
道は白く乾き
彼らは疲れた足をひきづる。
枸橡《くぬぎ》色の髪の毛が流れる方へ。

蛋白石《たんぱくせき》

入口の前でたちどまり
窓を覗きこんでは
いくたびもふりかへりながら
帰つてゆく黄昏。
川のそばでは緩慢なワルツを奏でる。
木靴の音が壁を叩いてゐる。
しめつた空気が頬をながれ
水溜を雲がわたる。

私の視力はとまつてしまひさうだ。

神秘

ゴルフリンクでは黄金のデリシアスがころがる。地殻に触れることを避けてゐる如く、彼らは旋廻しつつ飛び込む。空間は彼らの方向へ駈け出し、或は風は群になつて騒ぐ。切断面の青。浮びあがる葉脈のやうな手。かつて夢は夜の周囲をまはつてゐたやうに、人々の希望は土壌となつて道ばたにつみあげられるだらう。影は乱れ、草は乾く。蝶は二枚の花びらである。朝に向つて咲き、空白の地上を埋めてゆく。私らは一日のためにどんな予測もゆるされない。樹木がさうであるやうに。そして空はすべての窓飾であつた。カアテンを引くと濃い液体が水のやうにほとばしり出る。

あ、また男らは眩暈《めまい》する。

夢

真昼の裸の光のなかでのみ現実は崩壊する。すべてのものは鋭く白い。透明な窓に脊を向けて、彼女は説明することが出来ない。只、彼女の指輪は幾度もその反射を繰返した。華麗なステンドグラス。虚飾された時間、またそれらは家を迂回して賑やかな道をえらぶだらう。汗ばんだ暗い葉。その上の風は跛《〔びっこ〕》で動けない。闇の幻影を拒否しながら私は知る。人々の不信なことを。外では塩辛い空気が魂を巻きあげてゐる。

樹魂

森のトンネルをこえて、麓にまでつづいてゐる　電信線をつたつて
再び幼かつた頃の思ひ出が戻つて来る
谷間は暗く、そして冷たい
さまよえる声よ
あなたはそこにゐた
雪解の道をわたる商人らを追ひかけてゆく黄昏
軒下を蚊柱が上へ上へとまはつてゐる

あ、あ、帰つてこないか。まつすぐに
楽しい叫びとなり。山々をゆすつて　空の彼方へしみこんでしまふ
少年の日の憂ひを深めて、人影はみな遠くへ行く

白く

芝生のうへを焔のやうにゆれ
アミシスト《[amethyst]》の釦《[ボタン]》がきらめき
あなたはゆつくりと降りて来る
山鳩は失つた声に耳を傾ける。
梢をすぎる日ざしのあみ目。
緑のテラスと乾いた花卉。
私は時計をまくことをおもひだす。

The street fair

舗道のうへに雲が倒れてゐる
白く馬があへぎまはつてゐる如く

夜が暗闇に向つて叫びわめきながら
時を殺害するためにやつて来る

光線をめつきしたマスクをつけ
窓から一列に並んでゐた

人々は夢のなかで呻《うめ》き
眠りから更に深い眠りへと落ちてゆく

そこでは血の気の失せた幹が
疲れ果て絶望のやうに

高い空を支へてゐる
道もなく星もない空虚な街

私の思考はその金属製の
真黒い家を抜けだし

ピストンのかがやきや
燃え残つた騒音を奪ひ去り

低い海へ退却し
突きあたり打ちのめされる

緑

朝のバルコンから　波のやうにおしよせ
そこらぢゆうあふれてしまふ
私は山のみちで溺れさうになり
息がつまつて　いく度もまへのめりになるのを支へる
視力のなかの街は夢がまはるやうに開いたり閉ぢたりする
それらをめぐつて彼らはおそろしい勢で崩れかかる
私は人に捨てられた

The Madhouse

自転車が走つてゐる
爽かな野道を
護謨輪《ゴムわ・タイヤ》の内側は地球を廻転させる
まもなく彼はバグダアドに到着する
そこは非常に賑つてゐる
赤衛軍の兵士等　縮毛の芸術家　皮膚の青いリヤザン《Ryazan》の女　キヤバレの螺線《ママ》階段　ピア
ノはブリキのやうな音をだす
足型だけの土塊の上に立つてゐる人々は尖つた水晶体だ
踏みはずすと死ぬだらう
太陽の無限の伝播作用　病原地では植物が渇き　荒廃した街路を雲がかけてゐる
彼にとつて過去は単なる木々の配列にすぎぬやうにまた灰のやうに冷たい
入口の鵞鳥《ガチヨウ》の羽　さかしまな影

私は生きてゐる　私は生きてゐる

雲のかたち

銀色の波のアアチをおしあけ
行列の人々がとほる。

くだけた記憶が石と木と星の上に
かがやいてゐる。

皺だらけのカアテンが窓のそばで
集められそして引き裂かれる。

大理石の街がつくる放射光線の中を
ゆれてゆく一つの花環。

毎日、葉のやうな細い指先が
地図をかいてゐる。

眠つてゐる

髪の毛をほぐすところの風が茂みの中を駈け降りる時焔となる。

彼女は不似合な金の環をもつてくる。

まはしながらまはしながら空中に放擲《ほうてき》する。

凡ての物質的な障碍、人は植物らがさうであるやうにそれを全身で把握し征服し跳ねあがることを欲した。

併し寺院では鐘がならない。

なぜならば彼らは青い血脈をむきだしてゐた、脊部は夜であつたから。

私はちよつとの間空の奥で庭園の枯れるのを見た。

葉からはなれる樹木、思ひ出がすてられる如く。あの茂みはすでにない。

日は長く、朽ちてゆく生命たちが真紅に凹地を埋める。

それから秋が足元でたちあがる。

雪の日

毎日蝶がとんでゐる。
窓硝子の花模様をかきむしつては
あなたの胸の上にひろがる
パラソルへあつまつてゆく。
すぎ去る時に白くうつつて
追ひかけても　追ひかけても
遠い道である。

鐘のなる日

終日
ふみにぢられる落葉のうめくのをきく
人生の午後がさうである如く
すでに消え去つた時刻を告げる
鐘の音が
ひときれひときれと
樹木の身をけづりとるときのやうに
そしてそこにはもはや時は無いのだから。

睡眠期

1

髪の毛をほぐすところの風が茂みの中でさわぐ時火のやうに燃える。
彼女は不似合な金の環をもつてゐる。
まはしながらまはしながら空中に放擲する。
凡ての物質的な障碍、人はそれらを全身で把握し征服し跳ねあがることを欲した。
併し寺院では鐘がならない。
なぜならば彼らは青い血脈をむきだしてゐた、脊部は夜であつたから。
私はちよつとの間、空の奥で庭園の枯れるのを見た。
葉からはなれる樹木、思出がすてられる如く。あの茂みはすでにない。
日は長く、朽ちてゆく生命だけが真紅に凹地を充してゐる。
それから秋が足元でたちあがる。

2

ゴルフリンクでは黄金のデリシァスがころがる。地殻に触れることを避けてゐる如く、彼らは旋回《せんかい》しつつ飛び込む。空間は彼らの方向へ駈け出し、或は風は群になつて騒ぐ。切断面の青。浮びあがる葉脈のやうな手。かつて夢は夜の周囲をまはつてゐたやうに、人々の希望は土壌となつて道ばたにつみあげられるだらう。影は乱れ、草は乾く。蝶は二枚の花びらである。朝に向つて咲き、空白の地上を埋めてゆく。私らは一日のためにどんな予測もゆるされない。樹木はさうであるやうに。そして空はすべての窓飾であつた。カアテンを引くと濃い液体が水のやうにほどばしりでる。

あ、また男らは眩暈する。

3

白い箭が走る。夜の鳥が射おとされ、私の瞳孔へ飛びこむ。

たえまなく無花果の眠りをさまたげる。

沈黙は部屋の中に止ることを好む。

彼らは燭台の影、撈られたプリムラの鉢、桃花心木の椅子であつた。時と焔が絡みあつて、
窓の周囲を滑走してゐるのを私はみまもつてゐる。
おお、けふも雨の中を顔の黒い男がやつて来て、
私の心の花苑をたたき乱して逃げる。
長靴をはいて来る雨よ、
夜どほし地上を踏み荒してゆくのか。

4

真昼の裸の光の中でのみ崩壊する現実。すべての桍《とねりこ》は白い骨である。透明な窓に脊を向けて彼女は説明することが出来ない。只、彼女の指輪は幾度もその反射を繰返した。華麗なステンドグラス。虚飾された時間。またそれ等は家を迂廻して賑やかな道をえらぶだらう。汗ばんだ暗い葉。その上の風は跛で動けない。闇の幻影を拒否しながら、私は知る。人々の不信なことを。外では塩辛い空気が魂をまきあげてゐる。

5

自転車がまはる。

爽かな野道を。

護謨輪の内側のみが地球を疲らせる。

まもなく彼はバグダアドに到着する。

其処は非常ににぎはつてゐる。

赤衛軍の兵士ら、縮毛の芸術家、皮膚の青いリヤザン女、キヤバレの螺旋階段、
ピアノはブリキのやうな音をだす。

足型だけの土塊の上にたつてゐる人々は尖つた水晶体であらう。踏みはづすと死ぬ。太陽の無限の伝播作用。病原地では植物が渇き、荒廃した街路をかけてゐる雲。

彼にとつて過去は単なる木々の配列にすぎぬやうに、また灰のやうに冷たい。

入口の鵞鳥の羽、さかしまな影。

私は生きてゐる。私は生きてゐると思つた。

一九三三年

憑かれた街

過去の壮大な建物を
あらゆる他の滅びたもののうへに
喚び起し　待ちもうけ　希望するために
我々の想念をむなしくきづいてゐる美は
時の限界の中で
彼らの悲しみはけつして
語られることはないだらう
併し地上の花の咲いたリノリユムは
羊の一群が野原や木のふちを貪つて
のつそりと前進しながら
路上に押しあげられ　踉《よろめ》き
彼らはその運動を続けてゐる

冬時にすべてのものは
魂の投影にすぎない
魂の抱擁
湿つた毛絲のやうにもつれながら

波

水夫が笑つてゐる。
歯をむきだして
そこらぢゆうのたうちまはつてゐる
バルバリイの風琴のやうに。
倦むこともなく
彼らは全身で蛇腹を押しつつ
笑ひは岸辺から岸辺へとつたはつてゆく。

我々が今日もつてゐる笑ひは
永劫のとりこになり
沈黙は深まるばかりである。
舌は拍子木のやうに単純であるために。
いまでは人々は
あくびをした時のやうに

ただ口をあけてゐる。

雲のやうに

果樹園を昆虫が緑色に貫き
葉裏をはひ　たへず繁殖してゐる
鼻孔から吐きだす粘液
それは青い霧である
時々　彼らは
音もなく羽搏《はばた》きをして空へ消える
婦人達はただれた目付きで
未熟な実を拾つてゐる
空には無数の瘡痕がついてゐる
肘のやうにぶらさがつて
それから私は見る
果樹園がまんなかから裂けてしまふのを
そこから雲のやうにもえてゐる地肌が現はれる

毎年土をかぶらせてね

ものうげに跫音《あしおと》もたてず
いけがきの忍冬《すいかずら》にすがりつき
道ばたにうづくまつてしまふ
おいぼれの冬よ
おまへの頭髪はかわいて
その上をあるいた人も
それらの人の思ひ出も死んでしまつた。

目覚めるために

春が薔薇をまきちらしながら
我々の夢のまんなかへおりてくる。
夜が熊のまつくろい毛並を
もやして
残酷なまでにながい舌をだし
そして焔は地上をはひまはり。

死んでゐるやうに見える唇の間に
はさまれた歌ふ声の
——まもなく天上の花束が
開かれる。

花咲ける大空に

それはすべての人の眼である
白くひびく言葉ではないか
私は帽子をぬいでそれらを入れよう
空と海が無数の花弁《はなびら》をかくしてゐるやうに
やがていつの日か青い魚やバラ色の小鳥が私の頭をつき破る
失つたものは再びかへつてこないだらう

雪の門

その家のまはりには人の古びた思惟がつみあげられてゐる
——もはや墓石のやうに青ざめて
夏は涼しく　冬には温い
私は一時花が咲いたと思つた
それはとしとつた雪のひとかたまりであつた

単純なる風景

酔ひどれびとのやうに
揺れ動く雲の建物。

あの天空を走つてゐる
古い庭に住む太陽を私は羨む。

二頭の闘牛よ！
角の下で、日光は血潮のやうに流れる。

其処では或ものは金ピカの衣服をつけ
或ものは風のやうに青い。

その領土は時として
単純なる魂の墓場にすぎない。

昼間は空虚であるために、
もはや花びらは萎んで。

それから夜だ。
人人は家の中にゐる。

困惑と恐怖におののき
無限から吹きよせて来る闇。

また種子どもは世界のすみずみに輝く。
恰《［あたか］》も詩人が詩をまくやうに。

春

亜麻の花は霞のとける匂がする
春の煙はおこつた羽毛だ
それは緑の泉を充す
まもなく来るだらう
五月の女王のあなたは

舞踏場

私の耳のすべてで
私はきく
彼らが行つたり来たりしてゐる
胞子のやうに霧が空から降つてゐる
床の上のさわがしいステップ
私は見た
花園が変つてゆくのを

五月のリボン

窓の外で空気は大声で笑つた
その多彩な舌のかげで
葉が群になつて吹いてゐる
私は考へることが出来ない
其処にはたれかゐるのだらうか
暗闇に手をのばすと
ただ　風の長い髪の毛があつた

むかしの花

かつて海の胸に咲いた
併し今では殆んど色あせて
歳月がどこからかやつて来て
静かに滅んでゆくときとおなじく
すでにそれは見えない
少女らは指先きで波の穂をかきあつめる
空しいひびきをたてて

窓の外には鈴懸があつた。楡《にれ》があつた。頭の上の葉のかげで空気がゆつくり渦巻いてゐるのを私は見てゐる。いまにも落ちさうだ。毛絲のやうにもつれあがり、薄い翼のある空気がレエスのカアテンを透して浮いてゐる。緑のふちかざりとなつて。その黒いかたまりとかたまりの間からさしこむ陽が花びらや細い茎につきあたるので庭の敷物は一面光にぬれてきらきらと輝いてゐる。それ等の光は再び起きあがることを忘れたかのやうに室内へはほんのわづか反射してゐるだけである。そのために部屋の中はうす暗くよごれてゐた。すべてのものは重心を失つて室内から明るい戸外へと逃げる。其処は非常なすばやさでまはつてゐる。私は次第に軽くなつてゆくのを感ずる。私の体重は庭の木の上にあつた。葉に粉末がついてゐるのはほこりだらうか。葉らは地上の時の重さにたへかねてでもゐるやうにして風に吹かれて揺れる。その掌をすりあわせながら。

人はいつも湿つた暗い茂みの下を通る。無言で、膝を曲げて、ひどい前かがみになつて。街路はしづまりかへり犬は生籬《いけがき》沿ひにうろつきまはつてゐる。家は入口をあけはなして地面に定着してゐる。スレエトが午後の黒い太陽のやうに汗ばんでゐる。私はそれらのものをぼんやり見てゐる。私は非常に不安でたまらない。それは私の全く知らないものに変形してゐるから。そして悪い夢にでもなやまされてゐるやうに空の底の方へしつかりとへばりついてゐる。ただ樹木だけがそれらのものから生気を奪つて成長してゐる。私からすでに去つた街。私が外を眺めてゐる間に、目に見えないものが私の肉体に住み、端から少しづつおかしてゐるやうに思はれる。私は幾度もふりむいた。私は手をあげてゐるのに、指は着物のはしを摑んでわづかに痙攣してゐた。何がこんなに私の頭をおしつけ重苦しくするのだらうか。どこかでクレエンが昇つたり降りたりしてゐる。木の葉を万載して。

目が覚めると木の葉が非常な勢でふえてゐた。こぼれるばかりに。窓から新聞紙が投げ込まれた。青色に印刷されてゐるので私は驚いた。私は読むことが出来ない。触れるとざらざらしてゐた。私はこの季節になると眼が悪くなる。すつかり充血して、瞼がはれあがる。少女の頃の汽車通学。崖と崖の草叢や森林地帯が車内に入つて来る。両側の硝子に燃えうつる明緑の焰で私たちの眼球と手が真青に染まる。乗客の顔が一せいに崩れる。濃い部分と薄い部分に分れて、べつとりと窓辺に残された。草で出来てゐる壁に凭《よ》りかかつて私たちは教科書をひざの上で開いたまま何もしなかつた。私は窓から唾をした。丁度その時のやうに私はいま、立つたり坐つたりしてゐる。眼科医が一枚の皮膚の上からただれた眼を覗いた。メスと鋏。コカイン注射。私はそれらが遠くから私を刺戟する快さを感ずる。医師は私のうすい網膜から青い部分だけを取り去つてくれるにちがひない。そうすれば私はもつと生々《いきいき》として挨拶することも真直に道を歩くことも出来るのだ。

杖で一つづつ床を叩く音がする。空家のやうに荒れてゐる家の中に退屈な淋しさである。階段を昇つてゆく盲人であらう。この古い家屋はどこかゆるんでゐるやうな板のきしむ音がする。孤独を楽しんでゐるかのやうに見える老人。いつも微笑してゐる顔。絶望も卑屈もそこにはなかつた。そして私は昨日見た。窓のそばの明るみで何か教へるやうな手つきをしてゐる彼を。（盲人は常に何かを探してゐる）彼の葉脈のやうな手のうへには無数の青蟲がゐた。私はその時、硝子に若葉のゆれるのを美しいと思つた。

六月の空は動いてゐない。憂欝なまでに生ひ茂つてゐる植物の影に蔽はれて。これらの生物の呼吸が煙のやうに谷間から這ひあがり丘の方へ流れる。茂みを押分けて進むとまた別な新しい地肌があるやうに思はれる。毎日朝から洪水のやうに緑がおしよせて来てバルコンにあふれる。海のあをさと草の匂をはこんで息づまるやうだ。風が葉裏を返して走るたびに波のやうにざわめく。果樹園は林檎の花ざかり。鮮かに空を限つて咲いてゐる

私はミドリといふ名の少年を知つてゐた。庭から道端に枝をのばしてゐる杏の花のやうにずい分ひ弱い感じがした。彼は隔離病室から出て来たばかりであつたから。彼の新しい普段着の紺の匂が眼にしみる。突然私の目前をかすめた。彼はうす暗い果樹園へ駈けだしてゐるのである。叫び声をたてて。それは動物の声のやうな震動を周囲にあたへた。白く

素足が宙に浮いて少年は遂に帰つてこなかつた。

星宿

露にぬれた空から
緑の広い平野から
目覚めて
光は軟い壁に沿つて歩いてゐる
暗い空気の中でわづかに支へられながら
あたかも睡眠と死の境の一本の地平線のやうに
地上のあらゆるものは生命の影である
その草の下の私らの指は合弁花冠となつて開く
無言の光栄　そして蠱惑の天に投じられたこの狂愚
今ではそれは石塊に等しく私の頭を圧しつける

他の一つのもの

アスパラガスの茂みが
午後のよごれた太陽の中へ飛び込む
硝子で切りとられる茎
青い血が窓を流れた
その向ふ側で
ゼンマイをまく音がする

背部

よるが色彩を食らひ
花たばはまがひものの飾を失ふ
日は輝く魚の如き葉に落ち
このひからびた嘲笑ふべき絶望の外に
育くまれる無形の夢と樹を

卑賤な泥土のやうに跽《ひざまず》き
切り倒された空間は
そのあしもとの雑草をくすぐる
煙草の脂で染つた指が
うごめく闇を愛撫する
そして人が進み出る

葡萄の汚点

雲に蔽はれた眼が午後の揺り椅子の中で空中を飛ぶ黒い斑点を見てゐる。
歯型を残して、葉に充ちた枝がおごそかに空にのぼる。
かつて私の眼瞼の暗がりをかすめた、茎のない花が、
いまもなほ北国の歪んだ路を埋めてゐるのだらうか。
秋が粉砕する純粋な思惟と影。
私の肉体は庭の隅で静かにそれらを踏みつけながら、
滅びるものの行方を眺めてゐる。
樹の下で旋回する翼がその無力な棺となるのを。

押しつぶされた葡萄の汁が
空気を染め、闇は空気に濡らされる。
蒼白い夕暮時に佇んで
人々は重さうに心臓を乾してゐる。

雪線

古ぼけ色褪せたタイムが熱い種子となつて空間に散乱する。無言の形態をとびこゑ地上を横切る度に咲く花の血を吹きだしてゐる唇のうへでテクニックの粉飾を洗ひ落せ!!

昨日の風を捨て約束にあふれた手を強く打ち振る枝は熱情と希望を無力な姿に変へる。その屍の絶えまない襲撃をうけて、歩調をうばはれる人のために残された思念の堆積。この乾き切つた砂洲を渡る旅人の胸の栄光はもはや失はれ、見知らぬ雪の破片が夜にとけこむ。何がいつまでも終局へと私を引摺つてゆくのか。

一九三四年

プロムナアド

季節は手袋をはめかへ
舗道を埋める花びらの
薄れ日の
午後三時
白と黒とのスクリイン
瞳は雲に蔽はれて

約束もない日がくれる

遅いあつまり

口笛を吹くとまた空のかなたからやつて来る、限りない色彩におぼれることのないやうに。エメラルドやルビイやダイヤモンドの花弁が新しい輝きに充ちて野山をめぐる。うなだれる草の細い襞《［ひだ］》が微風を送る。テラスは海に向つて開かれ、数へ切れぬ程の湿つた会話がこぼれる。今はなく、時には鮮かに。

天に昇る

停車場には靴下が乾かしてある
ユリカ《［ママ］》の枝にぶら下つて
気紛れな風が叢に跪拝《［きはい］》する
幼樹のかげの雲はふみにじられ
北方に向つて星群が移動する
冬がいくたびも地上に墓石を据えた
その胸を飾る薔薇は燃えつくした灰である
熱情はやがて落魄《［らくはく］》せる時と共に
彼らの不在を告げるだらう
また彼らの眼の中の月光は全く役に立たない代物だ

会話

——重いリズムの下積になつてゐる季節のために神の手はあげられるのだらう。起伏する波の這ひだして来る沿線は塩の花が咲いてゐる。すべてのものの生命の律動を渇望する古風な鍵盤はそのほこりだらけの指で太陽の熱した時間を待つてゐる。

——夢は夢を見る者にだけ残せ。草の間で陽炎はその緑色の触毛をなびかせ、毀れ易い影を守つてゐる。またマドリガルの紫の煙は空をくもり硝子にする。

——木の芽の破れる音がする。大いなる歓喜の甘美なる果実。人の網膜を叩く歩調の流れ。

——真暗な墓石の下で、すでに大地の一部となり喪失せる華麗な不在者が現実と花苑を乱す時刻を知りたいのだ。

——

——不滅の深淵をころがりながら、幾度も目覚める者に鬨聲《ときのこえ》をつくりその音が私を生み、その光が私を射る。

この天の饗宴を迎へるべくホテルのロビイはサフランで埋められてゐる。

メーフラワー

ピアノの中は花盛り
ふれると鍵が動きだす
莫連芝《［ママ・ばれんしば］》草は犢《［こうし］》の食物
Lilas の花は王冠
硝子の植物の間を
エスパーニユの貨幣が落ちる

果実の午後

雨は木から葉を追ひ払つた
村では音楽を必要としない　たとへ木は裸であらうとも、　暗い地上を象牙の鍵《キイ》を打つてゐる彼らの輝かしい影の歩調を。
すでに終曲は荒れた芝生に、
丘の上を痘痕《〔あばた〕》のある果物がころがつてゐる。

暗い歌

咲き揃つた新しいカアペットの上を
二匹の驢馬がトロッコを押して行く
静かに　ゆつくりと
奢《おご》れる花びらが燃えてゐる道で
シルクの羽は花粉に染まり
彼女の爪先がふれる処は
白い虹がゑがかれる。

花

1

夢は切断された果実である
野原にはとび色の梨がころがつてゐる
パセリは皿の上に咲いてゐる
レグホンは時々指が六本に見える
卵をわると月が出る

2

林の間を蝸牛が這つてゐる
触角の上に空がある

3

今日は風の色が濃い
ピストンが塩辛い空気を破つて突進する
くつがへされた朝の下で雨は砂になる

午後

花びらの如く降る。
重い重量にうたれて昆蟲は木蔭をおりる。
檣壁《［ママ・しょうへき］》に集まるもの、微風のうしろ、日射が波が響をころす。
骨骼《［こっかく］》が白い花をのせる。
思念に遮られて魚が断崖をのぼる。

夏のをはり

八月はやく葉らは死んでしまひ
焦げた丘を太陽が這つてゐる
そこは自然のテンポが樹《たち》木《き》の会話をたすけるだけなのに
都会では忘れられてゐた音響が波の色彩と形を考へる
いつものやうに牧場は星が咲いてゐる
牝牛がその群がりの中をアアチ《［arch］》のかたちにたべてゆく
凍つた港からやつて来るだらう見えない季節が
しかもすべての人の一日が終らうとしてゐる

海泡石

斑点のある空気がおもくなり、ventilator が空へ葉をふきあげる。

海上は吹雪だ　紙屑のやうに花葩《はなびら》をつみかさね、焦点のないそれらの音楽を鋪道に埋めるために。乾いた雲が飾窓の向ふに貼りつけられる。

うなづいてゐる草に、lantern の影、それから深い眠りのうへに、どこかで蟬がゼンマイをほぐしてゐる。

ひとかたまりの朽ちた空気は意味をとらへがたい叫びをのこしながら、もういちど帰りたいと思ふ古風な彼らの熱望、暗い夏の反響が梢の間をさまよひ、遠い時刻が失はれ、かへつて私たちのうへに輝くやうにならうとは。

指間の花

1

昨日ホテルの裏通りを歩いてゐた時、ガードの下のところに咲いてゐる黄色い花をめつ《［ママ］》けた。アスファルトの裂け目の乾いた土の上のひとかたまりの色彩。

明るい午後の鋪道は自動車のボディが照りかへつて、それの長いつながりは美しい。私は幾度もその後から駆け出したくなる。太陽が其処にゐるのかと思つた。エンジンのひびきや油の匂が軽い空気のやうに街にいつぱい充ちて、両側の窓硝子をゆすぶつてゐる。街角では起重機が鉄材を空へ捲きあげてゐる。薄い空を傷つけなければよいが。物の壊れる音、常に動いてゐる空間の魅力は素晴らしい。ヂグザグとした切断面の美しさばかりを見てゐるといふことは単に眼を疲れさすだけではないか。

2

ベコニヤは支那の婦人の靴を連想する。桃色の小さい豊かな花弁がカアテンをあげたばかりのフレエムの中に湿つてゐる。
並木の下で少女は緑色の手を挙げて誰かを呼んでゐる。植物のやうな皮膚を驚いて見てゐると、やがて絹の手袋をぬいだ。

3

夜更けになると人間の形をしたハンマアが小さなカンテラの灯の下で地殻を掘りさげてゐる。そして真暗な穴の向ふへ私達を連れこまうとしてゐる。明るい地上がいまにきつと忘れられる時が来る。土壌の崩壊、建設、そんなものが人間を負かしてしまふのだらう。

4

馬が嘶《いなな》きながら丘を駆けてくる。鼻孔から吐きだす呼吸はまつ白い雲であつた。彼はミルクの流れてゐる路をまつしぐらにやつてくる。私は野原は花が咲いたのかと思つた。

5

朝になるとキャベツ畑では露が大きな葉のかげに溜るのだが、殆どこれは昆虫の常食になる。露の宝石をたべるので、青虫はあんなに透明な体をしてゐる。

6

カツトグラスの中に一本のケンシスが生える。その鉛の液体は有害である。私は本を読む時、メガネをはづしてそばへ置く。

1.2.3.4.5

並木の下で少女は緑色の手を挙げてゐる。
植物のやうな皮膚におどろいて、見るとやがて絹の手袋を脱ぐ。

Finale

老人が背後で　われた心臓と太陽を歌ふ
その反響はうすいエボナイトの壁につきあたつて　いつまでもをはることはないだらう
蜜蜂がゆたかな茴香《ういきょう》の花粉にうもれてゐた
夏はもう近くにはゐなかつた
森の奥で樹が倒される
衰へた時が最初は早く　やがて緩やかに過ぎてゆく
おくれないやうにと
枯れた野原を褐色の足跡をのこし
全く地上の婚礼は終つた

前奏曲

雲に蔽はれた見えないところで木の葉が非常な勢で増えてゐる。いつの間に運ばれるのかプラタナスも欅《けやき》も新しい葉で一杯になり、生きものが蠢《うご》めいてゐるやうに盛り上つてこぼれるばかりに輝いてゐる。遠くで見てゐると空気が俄かにかき集められ、黒い塊がかさなり合つて暗がりをつくり、それが次第に丘の方に拡つて茂みになつてゐるやうに思はれるだけで、ほんとうに其処に大きな茂みがあるのか、木が並んでゐるのかわからない。或る時は空が何かで傷つけられたのであんなにも汚れてゐるのだと考へられたりする程、高く離れてゐる。その下の凹地は鳩の胸のやうに若若しい野原で、都会から来た婦人たちは（まるでスパダ湾のやうですわ）といつて驚く。そして軟かい敷物の上に坐つて、サンドヰツチやチヨコレエイトを食べながらこの地方の気候のよいことやこの夏にはオオガンヂイの蝶が流行するだらうと話してゐる。その間にもたえず緑の泉は旋廻し、輪転機から新聞紙が吐き出されてゐるやうに光つてゐる。

　私は終ることのない朝の植物等の生命がどんなに多彩な生活を繰返してゐるかを知ることが出来て目がくらみさうだ。全く人間の足音も、バタやチーズの匂もしないけれど、息づまるやうな繁殖と戦ひと謳歌が行はれてゐるのを見てゐるうちに、負けてしまひさうになる。私たちの住んでゐる外側で、しかもすれず《［ママ］》れの近いところで嚇《おど》かしでもするやうな足並を揃へ、わけのわからない重苦しいうめき声をたてるので私はいつも戸外ばかりを見てゐなければならない。いつの頃からこんな風物にとりかこまれ、またその中に引きづられて行くことになつたのだらう。空気と空と樹木と草むらだけの他に何の噪音も誤魔化しもなく私が見えるものといへばこれ等のものの流れるやうな色と形の大まかな毒毒しさである。それが不思議な迫力で私を入口から押し出したり、悲しませたり怒らしたりする。

　追ひたてられてでもゐるやうにぼんやり目を開くと、瞼のそばでその自然の挨拶だけがとりかはされる。私は目が覚めたのだと思ふ。さうすると雨漏りのあとのついた黄色な天井も、鋲《びょう》で到るところに小さな穴がある壁も眠りから覚めようとする菫色の弱い光にぢき吸収され、どんどん後に退いてしまふ。私はなにかしら逃がしてはいけないものを失つたやうな気がする。子供が紛失したものをいつ迄も諦らめきれずに、めぐり合はせを待つあの時と同じやうに。それからまた捕ふてみたいと思つてもそこは湯のやうに生温いだけで再び戻つて来るものはない上半身が急に軽くなつたやうな気がすると、何事も思ひだせなくなつて、もはや過ぎ去つたといふことがそんなに魅力をもたなくなる。そして森や太陽や垣根が明け方の夢からとり残されたと思はれるやうに鮮やかに現はれるのである。

　周囲はいつものやうに緩やかな繰返しを続けるのだらう。この植物の一群の形態は私と何等のかかはりもない筈なのに、私はなぜかしばられたやうに彼らの一つ一つに注意しなければならない。梢の先が動いてゐるのを見てゐると眠くなり、毎日ぶつぶつ独り言をしやべつてゐると日が暮れてしまふ。

　庭の中央の楡は婚礼のヴエールのやうに硬い枝を拡げ、その根元は鋸の歯の形に雑草がとり巻いてゐる。荒れた叢をところどころ区別する斑点――ダリヤ、オダマキ、オドリコ草、灯心草等がセルロイドの玩具のやうに廻つてゐる。さうだ、空間は葉脈のつながりから落ちることが出来ない、もつれた網目の上に乗せられて。ただ草の茎と茎の間を蟻が行つたり来たりしてゐるそのやうな小さな営みが殆んど空間を占めてゐることを考へる。こんな細く、そしてうす暗い道があつたのかしら、ちよつと指が触れると、あとかたもなく消えてしまふ針金を渡つて歩いてゐる生活が人の気付かない処で休みなく営まれてゐる、栗の花がわけもなく群がり散つてゐるとより見えない昆虫どもが幾度も同じやうに次の茎へ移る。お前は何を考へてゐるのか、お前はどこへ行くのか、最初のスタートがどんなに無意味であつたとしても、方向を見定めないうちに絶望しないやうに。

　当然やつて来るべきものが、コースを間違へないでまた帰つて来たと思はれる季節が、しかも何の予告もなしにいつの間にか地球のまはりをめぐり、夥《［おびただ］》しい種子の芽を吹き出す時に、私たちはどんなにか盛んな植物等の建設を望んだらう。同じやうな速さで草木は短い羽毛を貪欲な世界にすべての分野をわかち与へ人の目を別な方面へ導いていく。併し私たちの馴らされた視野が気付かぬ間に、見知らぬものに置き換へられてしまつたために、強烈な色彩と自由を渇望するやうになつた。

もぢやもぢやに縮れた緑の門の中から夜の明けるのが見える、靄《もや》の晴れる如く、ゆるやかに流れて、大気の奥からやつて来る黎明は美しい迷宮である。あまり美しいものを見ると誰でもよくないことを考へがちなものである。私たちの眠つてゐるうちに、悪い事があつたのではないかと思ふ。表面はおだやかさうに見えるがあれは秘密を隠してゐるからだ、気味悪い不安をたたへた静けさ。早く叫び声をださなければ殺されるかも知れない。このやうに澱《よど》んだ空気に浸たつてなぜ反抗しないのだらう。われわれは呼吸が困難な程湿気の多い草いきれが地上から湧きあがる中に憑れて、閉ぢこめられてゐるのに、植物は人間からあらゆる生気を奪つて、尽くることのない饗宴をはつてゐる。

樹木は青い血液をもつてゐるといふことを私は一度で信じてしまつた。彼らは予言者のやうな身振りで話すので。樹液は私たちの体のわづかばかりの皮膚や筋肉を染めるために手は腫れあがり、心臓は冷たく破れさうだ。北国の農園では仔牛が柵を破壊してやつて来るので麦は早く刈りとつて乾燥しなければならないだらうし、それから羊毛の衿巻も用意しなければと人々は云つてゐる。まもなく雪が降つて木を枯らしてしまふのだらう。

　女達は空模様や花の色などで自分等の一日を組立てることばかりを考へるやうになつた。お天気の工合《ぐあい》が気になり、暖かさや寒さが爪の先まで感じられる。例へば着物や口紅の色が、家具の配置までが、その時の窓外の景色と何か連絡があり約束があるのだと考へる。常にそれらの濃淡の階調に支配され調和してゆかなければならないと思ふ。彼女たちは或る時は花よりも美しく咲こうとする。だから花卉《かき》の色や樹の生えてゐる様子を見てゐると女の皮膚や動作がひとりでに変つてゐる。

　変化に富んだ植物の成長がどんなに溌溂としてゐることだらう、私は本を読むことも煙草を吸ふことも出来なくなつた。枝が揺れてゐる、焰々《えんえん》ととりまかれてゐる、と彼らの表情のどんな小さな動きをも見逃さないやうに、と思つてゐるうちに、私自身の表現力は少しも役に立たないものになつて、手を挙げたり、笑つたりすることすら彼らの表情のとほりを真似てゐるにすぎない。私のものは何一つなく彼らの動いてゐるそのままの繰返しで、また彼らから盗んだ表情なのである。どちらが影なのかわからなくなつた。私が与へたものは何もない、それなのに彼らのすることはどんなことでも受入れてしまつた。こうしてゐるうちに私は一本の樹に化して樹立ちの中に消えてしまふだらう。私は今まで生きてゐると思つてゐただけで実は存在してゐないのかも知れないのだ。単なる樹木の投影、昼の間だけ地面を這つてゐるおばけのやうな姿、それもすぐ見えなくなつてしまふのに。やがて樹木の思惟がわれわれの頭上をどんどん追ひ越していく。人は平衡を失ひ、倒れさうになり、頭髪を圧へつけられるのか帽子をかかへてあぶなつかしい歩き方をする。私は長い間人間に費やしてゐた熱情がつまらないものであることを知つた、それは丁度硝子の破片をのみ引掻いてゐた指の傷害を悔ゆる時のやうに。

どの人の顔もどの事件も忘れられてしまつてゐるのに、やはり最初に想出されるのは山の格好とか木の大きさなどの自然の姿態であつて、それらから糸を繰るやうに、いろんな出来事とか建物、食物などが引きだされ、人間はその間からいりみだれて覗くだけで、衰へた記憶になつてしまふ。昔のことはひときれの古びた空気だとして捨て去られるとしたら、老人にとつてどんな会話が最も慰めになるだらう。各々の人の胸のうちで瘡痕が輝くやうになるまで、遠くの方へ去つてしまふのをふりかへつてゐるのはきつと花の咲いてゐる方に青春があると思ふからだらう。

雨が終日樹木を洗つて、地上との二重奏が始まる。どこからともなく、或はきれぎれに韻律のある波が押し寄せて、草木を黄や赤に変へた。求めやうとする、とどまらうとする明るい音楽は季節を大分早めてゐるやうな気がする。話声は聴きとれなくなつた。まだ秋になつたばかりなのにストーヴの中には石炭が投げこまれる、家族のものはみなヴエランダへ出て見えない弦の奏でる単純な曲に耳を傾けてゐる。空から鉄骨のやうな枝がぶらさがつて、日覆《ひおおい》の布は取除けられる。楡は裸になつた。ここでは時間は葉が離れる方へ経過してゐるやうに思はれる。誰しも心では年齢を歎きつつ。一つの輪は賑やかな日の記念であり、過去へ続く鎖ともなるから。色褪せたすべては空中に散乱して最後の歩調を待つてゐる。段段近づいてくる空しい響き、それは樹間をさまよう落魄《らくはく》の調べであらうとは、自然の転移、また定められた秩序が唇の上で華やかな夢を望むのか。

素朴な月夜

ルーフガアデンのパイプオルガンに蝶が止つた
季節はづれの音節は淑女の胸をしめつける
花束は引きむしられる　火は燃えない
窓の外を鹿が星を踏みつけながら通る
海底で魚は天候を笑ひ　人は眼鏡をかける
ことしも寡婦になつた月が年齢を歎く

言葉

母は歌ふやうに話した
その昔話はいまでも私たちの胸のうへの氷を溶かす
小さな音をたてて燃えてゐる冬の下方で海は膨れあがり　黄金の夢を打ちならし　夥しい
独りごとを沈める
落葉に似た零落と虚偽がまもなく道を塞ぐことだらう
昨日はもうない　人はただ疲れてゐる
貶められ　歪められた風が遠くで雪をかはかす　そのやうに此処では
裏切られた言葉のみがはてしなく安逸をむさぼり
最後の見知らぬ時刻を待つてゐる

菫の墓

ピアノからキイがみなでていつた
真暗な荒野に私は喜びを沈めよう
昼の裸の行進を妨げる
むきだしになつた空中の弦は断たれるだらう
リズミカルな波が過ぎ去つた祭礼にあこがれる
いつまでも祈るやうな魂の哄笑が枝にお頭儀《〔じぎ〕》をさせ
われわれの営みを吹き消す
その巨人等の崩壊はまもなく大地へ
凍つた大理石を据えてしまふ

落魄《らくはく》

——きけ、颶風《ぐふう》の中から芽をふくのを。

いま庭は滅びようとしてゐる。

おののく生命を吹き消す風が　また木を軽くするのか。

地上に切倒された驕慢と怠惰の幹は　君の思念をあまりにも酷くさいなむ。

それはすべて偽りの姿だ　仮りに塗られたマスクだ。

烈日の海は開く　一群の薔薇を絡みつけ、いはれた言葉だけが赦しを乞ひ　なほ生きようとしてゐる。

一九三五年

烽火

太陽の娘は
蒼穹からくる光の中に
黄金の腱をうちならし
新しい燔祭《はんさい》に拍手する
ハアプシコードの KEY の上を
朝は弾く
汚れた象牙の指はかきあつめられ
生命を燃やしつつ
やがて躍動する時は来た

三原色の作文

郵便局まで一哩《マイル》ある。

肉屋の前ではレグホンが嘴《くちばし》を折り曲げて、餌をあさつてゐる。硝子戸に地玉子ありと書いてある。白いエプロンの親父が獣どもの筋の間から庖刀を光らして嚔《くしゃみ・くさめ》をしてゐる。小学校の裏門を通ると蜂の巣のやうに騒がしい音がして一オクターヴ低い国歌がオルガンのKeyを離れる。それらが遠い風のやうな終りになると、村は全く空中に沈んで無風地帯では鳥は啼かない。南天畑は漆を溶したやうにどろどろと美しい。陸軍の自動車隊のある丘が見える、其処は枯草が焦げた饅頭のやうに丸い形をしてゐる。褐色の蜥蜴が天気の良い日に通風筒がケラケラケラケラ廻るのを見てゐる。あれは何だ！ クリームを塗つたばかりの長靴の整列。私は杉の林と笹藪と物干台のある道を悪い声で唄ひながら通る。兵士が驢馬の背の上の果実がおかしいと云ふ。さういへば太陽は最初は眼のそばで照り、それから背後にまはつて終日人間につきまとつてゐる安物の金ピカなのだが、どうやら少し歪んできた。草原の真中に瘋癲《ふうてん》病院がある。屋根の上の旗は道を迷はないための目標だといふ話である。洗濯屋の自転車がそれを迂廻してやつて来るのがバルコンから見える。サフランが一面に咲いてゐる屋上のその又上から絹のスリパアが落ちて来る。私の耳のそばの河が私にいつもそんな夢を見せる。弦のゆるんだ音楽が退屈な時間の裂け目から噴きだす。日曜日の午後の軽い手紙を期待するといふことは牝鹿の頭の先のリボンが風に嬲《なぶ》られる時のリズムを愛するように楽しい。その白い刺が心臓に触れることを考へるのも愉快だ。裸の樹木は空の奥まで透きとほつて眺められる。木の切株にあがつて、盲縞《めくらじま》の袷《あわせ》に羅紗《ラシャ》のマントを着た男が蝙蝠傘を杖にして、大勢の子供や大人に取り囲まれて威張つてゐる。『コノ気狂奴ガ、キサマタチハ知ツテヰルノカ、コノ道路ガイツ出来タノカ、コノ欅ノ歳ハイクツナノダ。オレガナ、オレガナ、大正六年ノ好景気ノ時ニ、サウダ、相場ニ失敗シナカツタナラ、ナポレオンガコーカサスニ来タトイフコトヲ聞イタノデハナイ。オレノ舎弟ハ二千町歩ノ田地ヲモツテヰタ、ソレナノニ米ハ高イ。笑ツテヰルナ、イマニキサマタチハ、コロンデシマフゾ ha ha ha ha ha……』なんといふ冷たい叫びだらう。歯の見えない口中が真赤にただれてゐた。向ふ側の菓子箱のやうな病院の窓を早くしめなければ、あちらから悪い風が吹いてくる。若い者の脳髄を侵す寒さが汽車の時間に間に合ふために駆けつけるなどといふことは、あまり例外をつくらない。

太陽の娘

白い肉体が
熱風に渦巻ながら
刈りとられた闇にひざまづく
日光と快楽に倦《〔う〕》んだ獣どもが
夜の代用物に向つて吠えたてる
そこにはダンテの地獄はないのだから
古い楽器はなりやんだ
雪はギヤマンの鏡の中で
カアヴする
その翅を光のやうにひろげる
ヴエルは
破れた空中の音楽をかくす
声のない季節は
どちらの岸で

青春と光栄に輝くのか

夜の散歩

夜更になると鋪道は干あがつて鉛を流したやうに粗雑で至るところに青い痰が吐きつけられてゐる。その生々しいかたまりが、私に人間の腐つた汚れた内臓の露出された花のやうな部分を想像させ、摑まへどころのない不気味な気持にかりたてられる。昼の間は巧みな表情やお世辞の多い会話で蔽ひ隠せるだけ隠した人達がこの暗がりのあちらこちらに自分の一番醜悪なところだけを新聞紙の屑や蜜柑の皮と一緒に安心して置いていつたに違ひない。それらを下駄の歯でおさへつけ、爪先で蹴飛ばしながら男も女も夜の街路からどこかへ逃げてしまつた。どよめきは完全に停止し何事も無かつた時のやうに静まりかへつてゐる。撥〔は〕じき返す犬どもの目玉もなく、陰翳といふ陰翳はすべてもつともらしい破滅の中に沈んで暗黒が舌なめづりをしてゐる。私の怖れてゐるのは私をうちのめす闇の触手だ。見えない力で凍えかかつた胸を溶かし或時は約束もなく棄て去るそれらの曖昧な刃物を。

私は今歩いてゆく。他人の捨てたぬけ殻を拾ひ集めながら現実を埋めてゐたものはこんなむさくるしい残滓だけであつたことを思ひいつも空白な場所を充してゐると考へてゐた〔ママ〕美しい羽毛は頼りにならない泥沼の上であつた。傲慢な性格や建物、音響などが現実を濾過する時の眩暈する時間はたつたいままであつたやうな気がするけれども、ほんとうは遠い昔の出来事かも知れない。私達の凭りかかつてゐる壁のやうなもので出来た夜が押し拡げてゆくのは貧弱な壜の口から落ちてゐる一滴の黒い水である。それが殖民地の港を潜り、裏切られた人々の心を流れ、明るくなるまで堰《せき》止められることはないだらう。

両側の家々の窓はもうはためかない。私が通るたびに合歓木《ねむのき》のやうに入口を閉ぢる。戸のすきまからいくつもの目が覗いて、終つたばかりの談話をまた続けて私の癖を笑ひ、噂をし、どんな悪口を云ひ合つてゐることか。ぼそぼそ呟いてゐる音のその内側から洩れるのが私を立ち止らせ、狙つてゐる。私は振返ることを許されない。前方には電車の軌道が空中に湾曲して華やかな火花を散らしてゐる。でこぼこした地図を跨《また》いでゐるやうに粘りつこい足の裏を気にしながら、私は小さな環のまはりを足踏みしてゐるだけである。立つてゐる場所といへば靴のかかとがわづかに接触してゐるだけの土壌が私自身を支へてゐるのみで余分な土地はどこにもない。不安定な足枷をふみしめながら歩行することは非常に困難である。私達は深い谷底に突き落される幻覚を屢々《しばしば》見る。私は縋《すが》る、毛絲に、垣根の忍冬に。けつして脚元だけしか照さうとしない電気王冠が人を嘲笑しつつ無気力な男達の顔を歪めて通りすぎる。お前には何も出来ない、お前はもう役に立たなくなつたのだといふやうな様子をして。私達は彼等から卑劣な言葉を、哄笑を掬《すく》ひあげれば沢山だ。誰れも見てゐるわけではないのに裸になつてゐるやうに私は身慄ひする。街路樹には葉がなかつた。触ると網膜が破れさうだ。今まで私をとらへてゐた怪物の腕はなほ執拗に強制する。信じさせようとしたり、甘やかさうとしたりする心を。あれは無形の組立をおへたばかりの嘘偽なのであらう。いつまでも失つたものを掘りかへさうとしてゐるおひとよしな女への冷酷な鞭である。だから再び清麗な反響は聴えない。成熟した日光の匂も其処にはなかつたから。内臓の内臓を曳き出してずたずたに裂いても肉体から離れてしまつた声は醜い骸骨を残し、冬の日の中に投げ出されてゐる。

私は嵐のやうな自由や愛情にとりまかれていたかつた。それなのに絆は断たれた。もはや明朗なエスプリは喪失し、大地はその上に満載した重さに耐えられぬ程疲労してゐる。低音を繰返し苛立たしい目付をして。ただ時々閃《ひらめ》く一条の光が私が見た唯ひとつの明日への媚態であつた。

裏町の脂粉を醸《かも》し、掌のうへで銀貨の数をしらべ、十二時二十八分の風が吹く。夜中から朝へと往復する風が私の双手《もろて》を切つて駆けだす。その揺れてゐる襞《ひだ》の間からフイルムのやうな海が浮びあがる。雪が降つても降つても積らない暗い海面、丁度私が歩いてゐる都市のやうに滑らない花の咲かない一角で、何か空しい騒ぎを秘めてゐる波の群、滅びかけた記憶を呼びかへし、雲母板《うんもばん》のやうな湿つぽいきらめきを与へつつ一度に押寄せて来て視野を狭くする。あの忌はしい外貌は歎くだらう。思惟の断層に生彩をそえながら消えてしまふまで、傷口を晒す。

角を曲らうとする。誰れがこんなじめじめした区域に、根を下さうとするのか。星の囁《ささやき》を忘れよ、夜の脇腹を縫ふピストンに合せて散る頭上の花葩《はなびら》は輝く。軒下に首へハンカチを巻きつけた一人の男が蹲《うずくま》つて、たつたいま下界に墜落して来たかのやうに天空を窺つてゐる。妙に古典的な表情とくすんだ静脈が透いて見える。早く帰らなければならない、もう帰るんだぞと云ひながら、独白が歯のあひだからこぼれる。

花苑の戯れ

Scene I

街の舗道へあざやかに
描いた恋のフイギユア
空のロビイのリラの花
瞳のなかの暗い日を
白と黒とに開けてゆく

Scene II

鉄砲百合から合唱する少女達の声が——
最初に季節を破る
植民地行きの燕麦《えんばく》は
貨物船の上で芽を出すと

食卓の雲のかげから
ペンギン鳥がエプロンを振る
貝殻
蝶
Oh！

海の花嫁

暗い樹海をうねうねになつてとほる風の音に目を覚ますのでございます。
曇つた空のむかふで
　けふかへろ、　けふかへろ、
と閑古鳥が啼くのでございます。
私はどこへ帰つて行つたらよいのでございませう。
昼のうしろへたどりつくためには、
すぐりといたどりの藪は深いのでございました。
林檎がうすれかけた記憶の中で
花盛りでございました。
そして見えない叫び声も。

防風林の湿つた径をかけぬけると、
すかんぽや野苺のある砂山にまゐるのでございます。
これらは宝石のやうに光つておいしうございます。

海は泡だつて、
レエスをひろげてゐるのでございませう。
短い列車は都会の方に向いてゐるのでございます。
悪い神様にうとまれながら
時間だけが波の穂にかさなりあひ、　まばゆいのでございます。
そこから私は誰れかの言葉を待ち、
現実へと押しあげる唄を聴くのでございます。
いまこそ人達はパラソルのやうに、
地上を蔽つてゐる樹木の饗宴の中へ入らうとしてゐるのでございませう。

夏のこゑ

遠く見えるな　遠いな
羅紗のマントにくるまり
霧のやうに紫だ

さぶろう！　さぶろう！　と叫んでは
母親は戻つてくる声をまつてゐる
夏の深い眠りのうへで蜥蜴が
風の吹く方を向いてゐる

近く見えるな　近いな
重さうな膝が動きだしてきた
村はづれで大人達はお天気を心配して
騒ぎ合つてゐる

だまりつこく蹲《うずくま》つて
一日中私達に噂をさせてゐる
断ち割ると花粉のやうに水が流れるのだ

海の捨子

揺籃はごんごん音を立ててゐる　真白いしぶきがまひあがり　霧のやうに向ふへ引いてゆく　私は胸の羽毛を掻きむしり　その上を漂ふ　眠れるものからの帰りをまつ　遠くの音楽をきく　明るい陸は肩を開いたやうだ　私は叫ばうとし　訴へようとし　波はあとから　消してしまふ

私は海に捨てられた

風が吹いてゐる

暗い庭を
賑やかに笑ひながら
行列が通つたあとのやうに
ゆられる樹木は
誰れに話かけようとしてゐるのだ

見えない足音が
遠くの声のやうに
白日の夢をかはかし
氷の上で
私の影を踏みつけてゐる

外ではげしく
昼が吹き消された

鷗《かもめ》は嘴《くちばし》をまげ
むらがる波から
あたたかい言葉を集め
ランターンの中へ
逃げ込んでしまつた

人人は春を待ち
失つた時刻を求め
彼らの瞳のなかへ
もう一度
鷗の帰るのを望むだらう。

山脈

遠い峯は風のやうにゆらいでゐる
ふもとの果樹園は真白に開花してゐた
冬のままの山肌は
朝毎に絹を拡げたやうに美しい
私の瞳の中を音をたてて水が流れる
ありがたうございますと
私は見えないものに向かつて拝みたい
誰れも聞いてはゐない　免《ゆる》しはしないのだ
山鳩が貰ひ泣きをしては
私の声を返してくれるのか
雪が消えて
谷間は石楠花《しゃくなげ》や紅百合が咲き
緑の木蔭をつくるだらう
刺草《いらくさ》の中にもおそい夏はひそんで

私たちの胸にどんなにか
華麗な焰が環を描く

海の天使

揺籃はごんごん鳴つてゐる
しぶきがまひあがり
羽毛を掻きむしつたやうだ
眠れるものの帰へりを待つ
音楽が明るい時刻を知らせる
私は大声をだし　訴へようとし
波はあとから消してしまふ
私は海へ捨てられた

一九三六年

季節の夜

青葉若葉を積んだ軽便鉄道の
終列車が走る
季節の裏通りのやうにひつそりしてゐる
落葉松の林を抜けてキヤベツ畑へ
蝸牛のやうに這つてゆく
用のないものは早く降りて呉れ給へ
山の奥の染色工場まで六哩《マイル》
暗夜の道をぬらりと光つて
樹液がしたたる

季節

晴れた日
馬は峠の道で煙草を一服吸ひたいと思ひました。
一針づつ雲を縫ひながら
鶯が啼いております。
それは自分に来ないで、自分を去つた幸福のやうに
かなしいひびきでありました。
深い緑の山々が静まりかへつて
行手をさへぎつてゐました。
彼はさびしいので一声たかく嘶《いなな》きました。
枯草のやうに伸びた鬣《たてがみ》が燃え
どこからか同じ叫びがきこえました。
今、馬はそば近く、温いものの気配を感じました。
そして遠い年月が一度に散つてしまふのを見ました。

翻訳詩

SLEEPING TOGETHER（ハリー・クロスビー）

愛撫すべきこれ等の夢
〝見るためには目を閉じよう〟

FOR A PROTECTION

あなたの髪を解くところの軽い風を償ふために挨拶するときにあなたの顔の一部［、］あなたの口の一部の動くのを私は見る。私は雪球をもつてくる。だがそれがあなたの玩具には不似合だといふことが私にわかる。背景の白い廊下は夢の測度のなかの単なる事件だ。冷たい風を妨《［ママ］》ぐため、わたしがからだに捲きつけた絹の着物にあなたがもぐり込んで来た時醒めてしまつた夢の。風の冷《［つめた］》さは夢の中でもはつきり感じられたに違ひない。わたし達の bedclothes は夜中にすつかり辷《［すべ］》りおちてしまつたので。

WHITE　SLIPPER

Yes といふ言葉よりも白い、真白な飛行機が上靴のやうに空から落ちて来る。あなたは薔薇色と白の skirt を拡げながら銀色の棘の芝生を踊つて来る。そして私が太陽から蹴落した白い上靴を上手にうけとめる。

WHITE　CLOVER

白い Clover の透視がある。あなたの足のひとでとはためく着物の私への到着。扉の把手の上のあなたの手は新月の臆病だ［。］肩を被ふあなたの髪の毛は一時に切り落した星の大瀑《おおだき・たいばく》。ほつそりした腕は私の首の帆柱にあなたがあげる白い帆。搾り立てのミルクの色もあなたの皮膚には比べられない。希臘《ギリシャ》壺の涼しい曲線もあなたの胸の涼しい曲線に比べられない。Iseult の婚歌にあわす舞姿もあなたの queen らしさには及ばない。あなたの耳は私の声の矢にあたる小さい鳥である。あなたの膝は私の欲望の手を休める無邪気な安息処。あなたが裸で私等のベッドの端に坐つてはにかむ時、私はあなたの眼の開く奇蹟に驚く。

SAFETY – PIN

大胆にもあなたは婦人の帽子を被り、海に続く急な坂路を私について来る。目の前には大きい水のかたまり、その上には舟もなく、其の中には魚も居ない。（と漁夫の髑髏が教へて呉れる。）そこで私には鮫の心配は全くない。あなたはすぐに着物を脱ぎ始め、私が差出した貝殻へ指輪を抜いて入れる。安全ピンが抜けないで困つてゐる間私は感歎して見守る。死人を埋めた丘の上では風が四方からどつと吹き寄せる。これに邪魔された二人は丘を上つたり下りたりして死骸を探すがなかなかみつからない。やがて二人は否、あなたは安全ピンの問題に専心しなければならなくなつた。そして遂ひに外れない。あなたの指が甚だ不器用だと云ふ唯一の理由のために。

HUMAN FLESH AND GOLDEN APPLES

Diomedes の馬［の］やうに私は人間の肉を喰べてゐるが、あなたは Hesperides の金の林檎を喰べてゐる。林檎は大へん大きく黄金なので Hesperides の園に熟したのに違ひないと私は考へる。小砂利を掻き集めるやうなきれいな音がする。あなたの目の下の影は抹香の煙のやうに青い。あなたの声は遠く聞えるNight-birdsの啼声［。］あなたの体は砂利をしいた坂路を下りる孔雀の長い、白い頸《くび》のやうだ。あなたの口は一日中キツスされる欲望の場所。私達の恋は方程式の各部分を一緒に集めることだ。だから夜の九時に彼等がドアを敲《たた》いても、私はあなたが遠い田舎に行つてしまひ、私自身は、ニューヨークのホテルの一室にゐて昨夜エレベターボーイから買つた白いラム酒の一壜に慰めを求めなければならないのだとも思はれない［。］

I BREAK WITH THE PAST

暑いビルデングの事務所では一人の男が大学出立ての青い眼の速記者に何やら口授してゐる。

なつかしい奥さん！　まことにお気の毒ですがあなたの白鳥は嗜眠《しみん》病に罹つてゐることをお知らせします。然し私は今遠い田舎へ来てあなたの強い色彩のスカーフを首に巻きつけてゴルフリンクをぶらついて居る。私は再びあなたを見出せるとは思はない。私は炭庫の一つ一つを覗き込んで歩く。私は餓えた者のやうな顔をして球拾ひの子供に尋ねる。私は空の鳥にも呼びかける。あなたが寝室にゐる時の眼差し、三日月のやうな耳、私はあの優しい姿を思ひ続ける。私は駈け出す［。］太陽の赤狐も夜の洞穴へ姿を消し、遅くなつて来た。私は木の橋を渡る。過去と別れてゴルフ・リンクの向ふ側の遠い遠い将来を目掛けて走り出した。空高く翔ける自分を感じながら遥か遠くにかがやく二つの焔に近くなるとそれはあなたの眼だと知つた。夢より醒めた私は、マラソン選手のやうに疲れてしまつた。

GOLDEN　SPOON

あなたの体は金の匙《さじ》。それで我はあなたの心を喰べる。目には見えても触れることの出来ない不思議な感情の説明を求めやうとはすまい。だが私は銀の匙の大軍が司令官銀のフオクの命令で出動準備を整へて、命令一下忽《たちま》ちに私がいま一生懸命に口にくわへてゐる金の匙を目掛けて襲撃して来るのが恐ろしい。

AUNT　AGATHA

一本の脚は一本の脚以上のものだとあなたは云つたが私も賛成だ。脚の下に毛虫がゐるとあなたは云つたが私も賛成だ。何故なら私は脚の下に何だか水ぽいものを踏みつけてゐるやうに感じられるからだ。恋愛は動物的なものだとあなたは云つたが私は同感だ。何故なら私は豹が大好きだ。

然しあなたがアガサおばさんを訪ねやうと云つた時私は椅子にあなたの顔を下向に縛りつけて非常な精確さで着物を捲り上げ銀の笞で打たうとした。丁度その瞬間にゲー侯爵夫人《Gay Duchess》とエルサ・ドブラバン《Elsa de Brabent》の二人がどつと笑を爆発させ乍《なが》ら室の中へ駈込んで、姪のライト・フツト嬢《Lady Lightfoot》はドウオフ青年《Yellow Dwarf》とキスして居るところを見つけられ学校から放逐されたと話した。

あなたがわざと私の腕の中に押よつて来たのを感じたので夢はここで終つたが、あなたの眼といふ二つの鏡の中に反射して居る太陽の位置で七時過ぎてもう大分経つてしまつたやうに思はれる。

IT IS SNOWING

私達は死［体］解剖を見ることによつて、戦争の恐怖を想像する。憂欝なまで有能である看護婦はストウブの側に坐る。そして寝台車のマドンナの一節を読んでゐる間あなたは三年間 Touggourt に Chorus girls が来なかつたといふことをうるさく私に話してきかせようとする。私の冷たい手がなければ感情的な赤の騒擾が起る。手はあなたの胸の冷たい貝殻の上に置かれいつのまにか白い雪の二つのかたまりである。雪は盛んに降つてゐる。人人は Over-shoes を履いてゐる。私達が目覚めた時雪はやはり降つてゐる。舗道の雪をとりさる人達の Shovel の音がきこゑる。こんな寒い灰色の日に私達の出来る最もかしこい方法は冬どきの熊のやうに再びもぐり込んで眠るのだ。

WHITE AEROPLANES IN FLIGHT

私達は空を飛んでゐる。目の下の土地は路や川の言葉が楽書《らくがき》した一枚の Note-paper。墓は将棋の駒の遊戯場。耕された野原は手風琴の蛇腹。黒い草叢は烏。私達は空一面翔けてゐる限ない数の、白い飛行機等の中の一つに乗つてゐる。飛行機等は白い無数の光の点で空を埋めながら太陽の赤狐の後を追ひかけてゐる。私達は彼を雲の中では見失ふ。私達は再びみつける。併し太陽は私達から逃げて海の青いトンネルの中にかくれる。そしてあなたと私は Vendôme の広場に着陸しなければならないやうな不愉快な事件に直面する。なぜなら私達は Ritz で一室借りるため銀行で小切手を現金に替へなければならなかつた。

大きな物音で目が覚めた召使が室の窓を閉めてゐる。Narcisse は外へ出たがつて吠えたてる。

MIRACULOUS　MESSAGE

私は特別列車にゐる。私は食堂車にゐる。私は寝台車にゐる。私は上の寝台にゐるので窓から外を眺めることは出来ないが、外の暗闇では何か事件が起きてゐるやうな不安を感ずる。髯のある動物が丁度犬が新聞紙をはこぶやうにして、電報を口にくわえて列車に乗ろうとしてゐる。私は予めそれが私あてのものであると知つてゐる。自分が証明出来ないものを信じながら。私が電報と分つべからざるものであると考へるが私は列車の鉄の壁を破つて手をつき出すことは出来ない［。］私はすでに舌の屋根の下に電報をかくさうと決心してゐる。私の腕の中で動く体を眠むたい目覚めに感知し、「あなた！　お目覚めになりまして。」とあなたが云ふやうな奇跡的な音信を書いてないそんな電報は少しも役に立たないことも知つてゐる。

EMBRACE ME YOU SAID

抱擁して下さいとあなたは云ふ。併し私の腕はしつかりと壁に釘づけにされてゐる。抱擁して下さいとあなたは云ふ。併し私の口は赤い蜜蠟の大きなあつい果物で封じられてゐる。抱擁して下さいとあなたは云ふ。併し私の目は二千の冬の酷《きび》しい寒さに凋萎《ちょうい》してゐる。——抱擁して下さいとあなたは云ふ。その声は低くあわれつぽいので私の目は物に驚かされたShutterのやうに開き出す。その声は低くあわれつぽいので私の口は火の球の中の赤い氷のやうにとけてしまつた。その声は低くあわれつぽいので私の鎖は銀の針のやうに床に落ち、私の腕は自由にあなたの声の白糯子《ママ・しろじゅす》の裸体に巻きつく。私はあなたの声を音楽の小さな一片に切り刻んで私の胸深く秘蔵して置く。併し私の心の沙漠は脅かされる。女労動《ママ》者の一群が棘だらけの仙人掌の葉を埃つぽい街路に散《撒》きちらしながら行進して来るので。

A PROGRESS UPWARD

稀に起る出来ごとはテニスの球より速く飛ぶお伽噺の夢である。この夢は金属性の焔の輝きへの向上で出来てゐる。（日光のやうな朗らかな匂。）激しく求むる細かな孔《あな》に蜜蜂のやうに注ぎ込む。その聴音器はあなたの手の調和をとるため正しく整へられる。

WHITE FIRE

夢に見るあなたの咽喉は、一時にかがやく感情の輝き。それで私はいつも目覚める時間を越えてその白い焔の映像に支配される。

REVIRGINATE

太陽と風の陰部の中の華麗なダイヤモンドよりも高価な眼をもつ敏捷な金属の怪物が私の夢の真中へ矢のやうな鋭い音を立てて旋廻して飛込む。その夢からあなたは寝がへりをして、どうかなさいましどうかなさいまして、といふ。遂ひにひどく寒いので私がひつぱつたあなたの灰色の栗鼠《りす》の外套を頭から被つて私達は再び熟睡した。

ANIMAL　MAGNETISM

すべての水夫は笑つてゐる。笑ひは伝染する。すべての淫売婦は欠伸をしてゐる［。］欠伸は伝染する。私達は夜どほし笑ひと欠伸と一緒にし続けようとして疲れてしまふ。

室楽（ジェイムズ・ジョイス）

1

地と空の弦は美しい音楽をつくり出す。柳の集まる川の傍にある弦は。

川に沿ふて音楽が響く。愛の神がそこをさまよつてゐるので。彼のマントの上の青ざめた花。彼の髪の上の暗い木の葉。

軟かに弾きならしながら、音楽に熱して彼は頭を曲げ、楽器の上を指はさまよひ。

2

たそがれはアメシストから深い更に深い青に変る。ランプはあせた緑の光で街路樹を満たす。

古風なピアノが曲を奏でてゐる。静かな緩漫《［ママ］》な軽い曲を。彼女は黄色いキイの上にかがみ、

彼女の頭は一方へ傾く。

臆した考へとかなしい大きな眼と、人々が聴き入る間をさまよふ手と——たそがれはアメシストの光を更に深い青に変へる。

3

総てのものが眠るあのときに、おお孤独な空の番人よ、あなたは夜風と、朝の青ざめた門を開けと愛の神に向つて弾いてゐる竪琴のため息をきくか？

総てのものが眠るとき、甘い竪琴が愛の神の来るほとりに奏でられ、夜風が夜の明けるまで答唱歌《[antiphon]》を答へるのをあなたは独りで聞いてゐるか？

奏でよ、見えない竪琴よ愛の神まで。空の中の彼の道はやはらかな光が行き戻りするその時間には輝いてゐる。天上と下界との中にやはらかな美しい音楽を奏でよ。

4

はづかしげな星が少女のやうに、寂しげに空へ出て来るその時、あなたはねむたげなたそがれのなかで、門のそばで歌つてゐる人をきく。彼の歌は露よりもやはらかい。そして彼はあなたを訪ねてやつて来たのだ。

彼が夕暮に呼ぶときはもはや夢想してはいけない。また想ひに耽つてはいけない。私の心を歌つてゐるこの歌手はだれだらうか、と。この愛の歌でさとるがよい。あなたを訪ねて来たのは私だといふことを。

5

窓に凭《もた》れよ、金髪のひとよ、私はあなたの楽しい歌をきいたのだ。

本をとぢ私は読むことをやめた、床の上に踊る焰の影を見ながら。

私は本を離れた。私は室を出た。あなたがたそがれの中で歌つてゐるので。

楽しい歌をうたひ、そしてうたつてゐる。窓に凭れよ、金髪のひとよ。

6

私はやさしいあの抱擁の中にゐたい（おおそれは甘くそれは美しい）

その中では冷たい風が吹くまい。悲しい冷酷さのゆゑに　私はあのやさしい抱擁の中にゐたい。

私はあの胸の中に何時までもゐたい（私は静かに戸を叩き彼女を呼ぶ！）

そこでのみ平和は私のものになる。冷酷もかへつてやさしいものだ、いつもあの胸の中にさへゐたら。

7

私の愛人は軽快な装ひをして林檎の木の中にゐる。そこでは賑やかな風が大勢で走ることを心から好む。

賑やかな風が通り過ぎながら若い木の葉を誘惑するために止まるその場所を、私の愛人は静かにゆく。草の上の彼女の影の方に身を傾けて。

そして空が笑つてゐる陸の上の青いカツプになる処を、私の愛人は軽やかにゆく。彼女の着物を優雅な手でかかげながら。

8

彼女を飾る春とともに緑の森をゆくのはたれか？　快適な緑の森を歩き更にそれを楽しくするのはたれか？

軽やかな足どりを知つてゐる道をふんで陽の光の中を通りすぎるのはたれか？　非常にあどけない様子をして快い陽の光の中を通りすぎるのはたれか？

総ての森林帯の道はやはらかくそして金色の焔で輝いてゐる。誰のために日光のかがやく森林帯は華やかな着物をつけてゐるのか？

おお私のまことの恋人のために、木等は立派な衣服を着てゐる——おおそれは若く美しい私のまことの恋人のために。

9

海の上に踊る五月の風等よ、船跡から船跡へと愉しく輪をつくつて踊り、その間に波が頭上に飛上つて空中にかかつた銀のアアチの花環に飾られるが、あなたは私のほんとうの恋人をどこかで見たか。

いな！　いな！

五月の風等よ！

恋人がゐない時、恋人は不幸なのだ！

10

輝く帽子と翻《〔ひるがえ〕》る飾り、彼は谷間で歌つてゐる。やつておいで、やつておいで、恋するものはみな。夢は夢みるものに残せ、歌と笑とにも動かされず、立上らうともせぬ彼等に。

翻るリボンをつけて彼は大胆にうたふ。彼の肩の上に野蜂が群れて唸る。そして夢みる時は、夢は終つた。恋人から恋人へとやさしい恋びとよ、私はやつて来た。

11

さようなら、さようなら、さようならをせよ、少女の日々へさようならをせよ。幸福な愛の神がおまへを求めるためにやつて来た。おまへの少女らしい様子を求めて——おまへを美しくする帯、おまへの黄色な髪の上の飾り紐を。

天使《[cherubim]》のラツパが彼の名を告げるのを聞いた時はおまへは少女らしい胸の帯を彼に向けて静かにときはじめ、少女時代のしるしなる飾紐を静かに解き去る。

12

私の内気な恋人よ、暈《[かさ]》を着た月はおまへの胸にどんな忠告を与へたのか。古風な満月の愛の神、暈と星を足下に見、道化た托鉢僧《[capuchin]》の仲間にすぎない哲人の。

神のことは気にかけず、むしろ私の賢さを信ずるがいい。光栄はその眼に輝き、星の光ときらめく。私のものよ、おお、私のものよ！　いとしい、傷つきやすいものよ、もう月夜にも霧の夜にもおまへの泣くことはない。

13

たしなみ深く彼女を求めて行き、そして私が来ると告げよ、いつも祝婚歌《[Epithalamium]》をうたつてゐる香はしい風よ。おお暗い陸を越えて急ぎ、海上を走れ。海と陸は私達を離すことがあつてはならぬから。恋人と私を。

さあ、お願ひだ。たしなみ深く、風よ、行つて、彼女の小さな庭を訪れ、窓辺で歌つてくれ。歌つてくれ。婚礼の風が吹いてゐる。今は愛の真盛り、まもなくあなたのほんとうの恋人はあなたの処へ来る。まもなく、おおまもなく、と。

14

愛するもの、美しいものよ。起き出でよ、起き出でよ！　私の唇にも目にも夜露が下りてゐる。

香はしい風が溜息の曲を奏でてゐる。起き出でよ、起き出でよ、愛するもの、私の美しいひとよ！

私は杉の木のそばで待つてゐる。わが妹、わが恋人よ。鳩のやうなまつ白な胸よ、私の胸こそはあなたのねどこなのだ。

青ざめた露が私の頭の上にヴエイルのやうに降る。やさしいものよ［、］私のやさしい鳩よ、起き出でよ、起き出でよ！

15

露にぬれた夢から、恋の深いねむりから、死から、私の魂よ、めざめよ。今こそ見よ！

木々の葉は朝に目覚まされて溜息に充ちてゐる。

東方は次第に明けて来て、そこから静かにもえる焔があらはれる。すべての灰色と金色の蜘蛛の巣のヴエイルをふるはせながら。

その間に、やさしく、静かに、ひそやかに、朝の花の鐘等がゆすぶられる。仙女達《faery》のたくみな合唱（おお無数の！）が聞えはじめる。

16

おおいま谷間は涼しい、そこへ恋人よ私達は行かう、かつて愛の神の現れたそこで多くの声の歌ふのが聞えるから。

そしてあなたは聞かないか鶫《つぐみ》の呼ぶのを、私達を彼方へと呼ぶのを。おお谷間は涼しく楽しい、そこで恋人よ私達は休まう。

17

あなたの声が私の傍にあつたため私は彼に苦痛を与へた。私の手の中にあなたの手を再び握つたために。

それを償ふことの出来る何の言葉もまた何の形もない——かつて私の友であつた彼はいま私にとつて見知らぬ人だ。

18

おお、やさしいひとよ、あなたの恋人の語るのを聞け。友等が彼を裏切る時人は悲しむのだ。

なぜならば、その時彼は知らねばならぬから、友達が不信なことを。また彼等の言葉が一握りの灰になつたことを。

併し一人の乙女が彼の方へ静かに寄るだらう、そして彼を愛の道で静かに求めるだらう。

彼の手は彼女の滑らかな円い胸の下にある。それによつて悲しみをもつ人にやすらかさが来る。

19

総ての人々はあなたの前で偽つてさはぐのを好むからと云つて悲しむな。恋人よ再び平和であれ。――彼等にあなたを恥しめることが出来るか？

彼等はあらゆる涙よりもなほ多く悲しい。彼等の生活は一條の絶えない溜息として高まる。

彼等の涙に傲慢に答へよ。彼等が否定するとおなじく否定せよ。

20

暗い松の林のなかで真昼に深い涼しい影の中で私達は横［た］はつてゐたい。

どんなに甘いだらう、そこに横［た］はるのは。また接吻するのは甘いことだらう。大きな松の林が廊下のやうになつてゐる其処で。

おまへの接吻が降つて来る。髪の毛のやはらかな群がりの中の接吻は更にたのしい。

おお、松の林の方へ真昼に今私とともに行かう、やさしい恋人よあちらへ。

21

栄誉を失ひまた友となる魂も見出さない彼は軽蔑し憤怒しつつ彼の敵等のあひだで、古風な高貴をたもつてゐる。その高い交はりがたい者――彼の恋人のみが彼の仲間である。

22

そのやうに甘く私を虜にするものを思へば、愛する者よ、私の魂は消え失せさうだ――やさしさを私に求め、愛を私に求めるやはらかな腕。ああ、その腕がいつか私を其処にしつかりと抱くことが出来るなら、歓んで私は一人の囚人になるのに！

愛する者よ、交《かわ》された腕のなかで愛によつて震へるその夜は私を誘惑する。そこでは少しも私達を驚かせるものはなく、ただ眠りはもつと夢の多い眠りへつながり、魂と魂がとぢこめられて横たはるばかり。

23

私の心臓の近くで羽搏《はばたき》をするこの心臓は私の希望と総ての私の財宝である。私達が別々にはなれた時は不幸で、接吻と接吻の間では幸福だ。私の希望と総ての私の財宝——さうだ！　——そしてすべての私の幸福。

そこに、苔の生えた巣の中で鶺鴒《せきれい》が色々の財宝を守つてゐるやうに、私の眼が泣くことを覚える以前に私の持つてゐたこれらの財宝を私はしまつておいた。たとへ恋は短い間しか続かないにしても、私達も彼らのやうに、賢くはないだらうか。

24

静かに彼女は梳《くしけず》つてゐる。彼女の長い髪の毛を。静かにそしてしとやかに、様々の美しい唄をうたひながら。

太陽は柳の葉の中に、そして斑らな草の上に輝く。その間も彼女は梳つてゐる、姿見の前で彼女の長い髪の毛を。

私は願ふ［。］梳るのをやめるやうに、あなたの長い髪の毛を梳るのを。なぜなら私は美しい唄の中にかくれた魔法のことをきいてゐるから。

それは此処で歩いたり停つたりする恋人に、いくつものやさしい唄といくつもの投げやりを持つ全く美しいものとなつて現れる。

25

軽やかに来、また軽やかにゆけ、たとへ心臓がおまへに不幸を予覚させようとも、谷と多くの焼け落ちた太陽のあるあたり、山の精はおまへの哄笑を走らせ、無礼な山の空気がおまへの飜る髪の毛全部に漣《さざなみ》をたてるまで。

軽やかに、軽やかに、――そのやうにして。夕暮の時刻に下方の谷を包んでゐる雲らは最も賤しい侍者である。心臓が最も重い時は、歌であらはされる愛と笑ひだ。

26

やさしいひとよ、おまへは夜の七絃琴に聴き入る。やさしい婦人よ、一つの予言する耳よ。あの静かな歓びの合唱の中に、何の音がおまへの心臓をこはがらせるのか？　北国の灰色の沙漠からほとばしり出てゐる河の音のやうに思はれたのか？

おまへのその気分は、おお臆病な者よ、それは彼の与へたものだ、もしもおまへがそれをよく考へ直してみれば。魔術を使ふやうな不気味な時間に我々に気狂ひ物語を語つた彼――そしてそれはみな彼がパアチアス《Purchas》やポリンシエツド《Holinshed》の中から読んだ不思議な名前のせゐだ。

27

たとへおまへのミドリダテス《Mithridates》なる私が毒箭《どくや》を防ぐやうに造られてゐようとも、でもなほおまへの心臓の魔力を知るために、おまへは気づかない間に私を抱きしめなければならぬ。さうすれば私はただ降服して、おまへの優しさの悪意を自白するばかりだ。

優雅な古風な言葉のためには、愛する者よ、私の唇はあまりにも賢く蠟づけられる。また私は、我々の笛を吹く詩人が厳めしくその賞讃をする恋も今までに知らない。また非常にわづかな虚偽もないやうな恋も私は今までに知らなかつた。

28

やさしい婦人よ、恋の終りについての悲しい歌をうたつてはいけない。悲しみを傍へ押しやつてそして過ぎてゆく恋がいかに満ち足りてゐるかを歌へ。

死んだ恋人等の深い永い眠りについてうたへ。そして墓の中ですべての恋はどうしてねむるかを。恋も今はもの憂い。

29

恋人よ、なぜあなたはそのやうに私をとり扱ふのだらうか？　静かに私を責めるやさしい眼、あなたはなほ美しい。

——併しおおあなたの美しさはどんなに衣裳をつけてゐることか？　あなたの眼の透明な鏡をとほして、接吻から接吻への軟い溜息をとほして、孤独な風らは恋の居る影の多い庭に叫びながらうちあたる。

まもなく恋は解け去るだらう、我々を越えて荒い風が吹く時に——併しあなた、親しい恋人よ、あまりに私に親しい人、ああ！　なぜあなたはそのやうに私をとり扱ふのだらうか？

30

過ぎ去つた昔に、我々の処に愛の神がやつて来た。一人が黄昏に臆病らしく弾いて居り、そして一人は怖ろしさうに傍に立つてゐた時に。なぜなら最初恋はすべてを恐れたから。

我々は慎重な恋人だつた。その甘い時間を幾度かもつた恋は去つた［。］我々が進むだらうと思はれる道を今最後に我々は歓んで迎へる。

31

おお、それはドニイカアニイ《Donnycarney》のそばであつた。蝙蝠が木から木へ飛ぶ頃恋人と私が一緒に歩いたのは。そして彼女が私にいつた言葉は甘かつた。

夏の風が私達のかたはらをさはがしい音をたてて進んだ——おお、幸福さうに！——しかし夏の呼吸よりも軟いものは彼女があたへた接吻であつた。

32

終日雨が降つてゐる、おお、果実のみのつた樹等の間へおいで。葉等は記憶の道の上に堆積してゐる。

記憶の道にちよつとの間停まつて我々は別れよう。来なさい、恋人よ、其処では私はあなたの心を動かすかも知れぬ。

33

いま、おお今、かつて恋が甘い音楽を奏でたこの灰色の国の中を、二人は手を携へて逍遥《さまよ》

はう、古い友情のために耐へながら、そしてかくの如く終をつげた我々の恋が華麗であつたのを悲しむこともなく［。］

赤と黄の着物を着た小さな奴が、木を叩きそして叩いてゐる。それから我々の孤独のまはりぢうを風はたのしげに口笛を吹いてゐる。樹の葉等——彼等は少しも溜息をつかない、秋毎に年が彼等をとり去つても。

いま、おお今、我々は最早聞かない、律詩《vilanelle》も、円舞曲《roundelay》も！　しかもなほ我々は接吻しよう。恋人よ、日の暮れに別れをつげる前は悲しむな恋人よ、何事をも——かくて年は年に重《かさな》つてゆく。

34

さあ眠れ、さあ眠れ、おおお前、落着きのないものよ！　《さあ眠れ》と呼んでゐる声が私の心の中できこゑる。

冬の声が扉口できこゑる。《もう眠つてはならぬ》と、冬の眠りは呼んでゐる。

私の接吻はいまお前の心に平和と静けさをあたへるだらう——さあ安らかに眠れ、おお落着きのないものよ。

35

終日私は水の音の歎くのをきく、独りで飛んでゆく海鳥が波の単調な音に合はせて鳴る風を聞くときのやうに悲しく。

私の行く処には、灰色の風、冷たい風が吹いてゐる。私は遥か下方で波の音をきく。毎日、毎夜、私はきく。あちこちと流れるその音を。

36

私はきく、軍勢が国を襲撃し、膝のあたりに泡だてながら馬の水に飛び込む音を。傲然と、黒い甲冑を着て、彼等の背後に立ち、戦車の御者等は手綱を放し、鞭を打ちならしてゐる。彼等は闇の奥へ高く名乗りをあげる。私は彼らの旋回する哄笑を遠くできく時、睡眠の中で呻《［うめ］》く。彼らは夢の暗闇を破る、一のまばゆい焔で、鉄床《かなしき》のやうに心臓の上で激しく音をうちならしながら。

彼らは勝ち誇り、長い緑の髪の毛をなびかせながら来る。彼らは海からやつて来る。そして海辺をわめき走る。私の心臓よ、そのやうに絶望して、もう睿智を失つたのか？　私の恋人よ、恋人よ、恋人よ、なぜあなたは私を独り残して去つたのか？

訳者附記

一、原詩の韻を放棄し、比較的正しい散文調たらしめるにつとめた。
二、従つて各スタンザ毎に書き続けの形式を執つた。
三、テキストはエゴイスト版を使用した。

雪のやうに白いリンネルが垣根の上に乾かしてある。私は木等が耳を傾けてじつとしてゐる間に立つてゐる。私の眼は白いぼたんづるのやうに大きい。この庭は一つの緑の泉である。静かにうなだれた静けさに満ちてゐる。静かに私の体重が上り私をはなれる。私の脚の重さは木の幹の中にある。腕の重さは木の枝の中にある。内臓の重さは芝生の上を流れる。私の体の殻は皺のよつた葉の間にある。私の思考それ自身が空気のやうに重さがなくなつて樹木の古びた緑の泉を充たす。向ふの空地まで溢れて流れる。

この同じ時の中に一千のまた一千のそして数千の体が地の塩辛い湿気の中に融ける。彼等はすべて殺されたのだ。互に戦つて。時の限界の中では総ての彼等の悲しみは決して話されないだらう。

これ等の貧しい魂の或る者はなほ生き、村を通つて行進してゐた。冬時に夕暮の方へ向つて。息は彼等の鼻から怒つた羽毛となつて流れた。土は野原のうねや木のふちを貪つてゐる青い菌のやうな霧の環を吐き出してゐた。人々はしめつた毛絲のしめつた悪臭の中に動いてゐた。かつて子供のイエスが牛と驢馬の温い呼吸の中に横たはつてゐたやうに。

併しそれは私の話の初《はじま》りにすぎぬ。今真実の物語りに耳をかたむけよ。軍隊が村を通つて行進してゐた。彼等は苦しんでゐた。冬時であつた。夕暮に近く、そして隊の先頭は村の外のどこかで止つた。大佐は普通の長さに縮められてゐた時にはその最後の部分が村の家から離れるやうになることを計算してゐた。その時彼は葉巻とチユインガムをもつて来るための一人の使者を遣はすことが出来ると。併し隊列が最後の震動をなした時には後部はなほ村の中にあつた。そこで或るものは狭い街のものかげに止まるといふことになつた。黄色い光が窓から輝き始めた頃に。人々は彼等の荷物を下して、列を乱《［みだし］》て路傍へよつた。彼等は暑家の内部をのぞき込みそして見た——多分乾かしてあるさるびやの下で一［人］の女がアイロン板の上に身を屈めてゐるのだらう。多分老ひた一人の男が時計を巻いてゐるのだらう。

併し道の中に一人が立止まつてゐた。彼は丈が高く弱々しくまるい赤ら顔であつた。白い眼と一つまみの小さい鼻を突出して。彼はいつも手風琴を持ち歩いてゐた。

雲は空の上の方に集つてゐた。冷たい霜のやうな空気が夕方［に］なるとともに霧で濃厚になつた。

手風琴を持つた男が彼の楽器へ耳をつけて傾聴してゐた。彼は極く静かに弾いてゐた。時々は高い調子の音を入れて。女や子供達の一組が休息してゐる男達のまはりに集つた。彼等は手風琴を持つてゐる男を見まもつた。次第に音楽は高い慟哭へとひびいた。男は長い脚をもつてゐた。そして妖精のやうに踊つた。木と星と石と路の上に輝いてゐる水たまり等に足先をむけて。女達は自分等で勝手に話合つた。或るものはくすくす笑ひ、或るものはお腹をかかへて笑つた。「今までには決して」彼等は繰返して云つた。「あんなに快活で弱々しくしてゐるのに、道の角をまがれば死ぬかもしれないのだからねえ」と一人の老婦人［が］白い頭にショールをかけながら云つた。他の人々は鋪道［に］坐つた。家の壁に背をむけて。彼等はいつも道化男になれてゐたのだつた。そして微笑しただけであつた。

「おお、彼はあんな人間ですよ、彼はいつもそうなのです」と彼等は女達に説明した。

　前方の雲が暗くなつた。大佐は気遣はしげに見上げた。進んで行つた方がよいと彼は思つた。軍隊の前方にゐる人々は急に跳び上り彼等の背嚢《［はいのう］》を背負ひ出した。その運動が路上にずつと続いた。はげしい叫びを立てる手風琴まで達した。そしてその音が消えた。

「彼等は出発した」と女達が云つた。前方にゐる男はすでに動いてゐた。他のものは這ひ上がり彼等の後を追つてよろめいた。手風琴を持つた男が二三歩後へ残された。彼の楽器の帯革の中の彼の手で彼は自分を一諸《［ママ］》に押した。長い弾力のある歩調がのつそりと前進した。静かに、快活に、ひとりで、彼は一曲弾いた。雲は軍隊の前方に横に拡がつた。雲の一つの花環が空を横切つて揺れてゐるやうに思はれた。その時雪片が霧の中に降り初めた。街を横切つて放射した窓の黄金色の光の中に。女達は軍隊が道路に沿つて歩いてゆくのを見まもつてゐた。よろめきながら、手風琴の腹［の］やうにあちこちと揺れながら。

彼等は身震ひをした。そして落ちて来る雪片を見てさけんだ。「いらつしやい。風邪をひいて死にますよ」と彼等は叫んだ。

詩の一群（チャールズ・レズニコフ）

1

その家は冬に暖い、夏は涼しく——日覆の布ばかりが波のやうにそして飜つてゐる。
陰をつくる木の葉らは不安気にして、茂みの枝はうなづいてゐる。

2

私らの隣の茂みの枝は非常に細い。その黒い線は殆んど見えない。緑の葉は空中に浮いて見える。

3

私はちよつとの間、裏庭の茂みには花が咲いてゐたと思つた。それは雪で包まれた老いた葉のいくらかであつた。

4

一頭の黒い馬と白い馬、この冬の日にトラックを曳いてゐる。彼らの鼻孔から息が煙となつて地面にとどくので、おばけのやうに見える。

5

再び日は長い。空は青、生垣は緑になつた。樹は緑、楡の枝ばかりが暗い。夜風は冷たい。併し昼はあなたの不在の雪が融けてゐる。まもなく五月はここへ来るだらう。さうすれば五月の女王のあなたも。

花が咲いてゐる（ブラヴィック・インブズ）

1

樹の下で空気は闇に染まり
そしてその頭上の茂みで
夜は空気に空気は夜に溶け込み
私は何が頭と手をそんなに重くるしく圧迫するのかわからなかつた
それは木の葉の投影なのか
または天くだる翼を載せた薄い空気なのかわからなかつた

私は地上を圧しつける夏の重さを感じた
露を帯びて頭が垂れてゐる麦の広い平野
風に花びらを支へ得なかつた薔薇
ほこりだらけな草の中に行儀悪くころがる鳶色の落ち梨を

2

星は雲に蔽はれた或は私の眼をかすませたのは疲れだらうか

私はふりむいた

薔薇の重みはほこりだらけな草の鎗の先へ私の肉を押しつけてゐた

3

静かに月光は拡がつた
樹木の尖頭と岡の上に
長い曲線を画いて軟い光は谷の方へ流れた
葉の下で旋廻して

私の胸の奥の奥で開花し

梨は枝から離れ
そして夜鶯の精《[ghosts of nightingales]》が樹の間で羽搏《[はばたき]》した

POEM（ハワード・ウィークス）

黄色な州の中の黒い燕の巣。

彼らは青ざめた夕暮の空を突進する斑点となつてさまよつてゐる。

眼を閉ぢて眼瞼の暗いところで黒と金の旋廻する斑点を見てゐるやうに。

その老人は春に燕を待ち、そして彼は夏中彼らを見守つてゐる。

彼は小さな玄関で背後にクツシヨンを置いた揺り椅子に坐つて、うす明るい夕暮の光の中で彼の眼のまへに飛ぶ燕を見てゐる。

彼は云ふ［、］私は夏には死なないし春にも決してと、
併し雪が地上をうめるとき、彼は燕が彼の眼の中の闇を飛んでゆくのを見るだらう。

寡婦のジヤズ（ミナ・ロイ）

白い肉体が黒人の塊に合はせて震へる
シカゴ！　シカゴ！

意味を捕へがたい歎息が
蒼白い蛇の縺《［もつ］》れとなつて動き

原始の境に戻つてゆく
足音の昏睡するエクスタシイとなる

白人はその動きを止める怜悧に
有色人種は　彼等の眼に月光を持つてゐる

優雅な林間の
風琴に憑かれて

乙女の幼樹等は
木笛とともに斜めに

そしてマツサアジをしたギゴロ《［gigolo］》スは
すすり泣くタブウの方に徘徊《［さまよ］》つてゆく

電気王冠が
床の秘密の品物を粉砕する

刈り込まれた形態が
不調音の真鍮の皿に融け込む
侵入して来る
成熟したエロスの
喜劇俳優等を廻転させながら

黒色の動物天使等が
人間の手袋をつけて
金属の胴の怪奇的な澎《[ママ]》大さの中で吠え立てる

そして悪戯好きの音楽が
気絶する鳩の群の前に
恍惚とした遊逸を破砕する

卑怯な《[Craven]》
巨大な不在者
代用物の暗闇が
白熱光のやうな記憶へ転がつてゆく

それは愛の生残者の
この豊かな妻殉死《[suttee]》について

音響の焰に焦がされ
寡婦となつた棺が

お前の虐殺された笑ひを
無力に支へてゐる

良人
どんなに内密にあなたは死でもつて私を裏切つたか

この諂《［うたが］》ひ騙すジヤズが
その熱帯の息を吹き立てるときに

肉の反響の間に
人種的愛撫の
綜合法

天使と驢馬が
この地上の間違ひなきエスペラントオ《[esperanto]》で
絶えることなき喜悦について
会話する

私の慾望が
死の距離にまで
退いてゆくとき

人影のない空間の
半透明の沈黙を
探す

眠れる者からの帰り（デイヴィッド・コーネル・デヨング）

笑ひふざけながら枝折戸《しおりど》から入つて来る男が私だ。

自分の筋肉や腱や自分の囁きを嘲笑ひながら。

それらのものが彼女の眠りの上へ花崗岩を据えたのだ。

黄色い花粉のなかに頭を突込んでゐる蜂と単純な草の点頭《うなず》きと静かに両膝を折つてゐる牛等にとり巻かれたその夏の眠りの上に。

そして彼女は横［た］はつてゐる、眠りにとけこみ、蜥蜴色の——よい天気の中に。

私は彼女の手に私の手をのせ、私の唇を彼女の豊かな唇にのせ、予言者のやうな身振りで私の肉体を寄り沿はせた。

胸の上に新月のやうにかかつた肋骨の下の嵐、燃えるやうな瞼の動きをもう一度見たいと思ふ古風な熱望。

しかし私は深い深い死の上に花崗岩をのせてしまつた——軟い触毛の花弁にとざされ、草の中、草の上、羊の群に囲まれた眠りの上に。

私は笑ひふざけながら帰る、自分の腱には走る力もなく、風信機が気持よい天気の中を
——からからと笑ひながら。

瞑想（ラルフ・チーヴァー・ダニング）

いま風のある庭に
鋭い声の声がする
かつて夢の中でのやうに
私は赦しを求める魂の声を聴いた
低い空虚のホオルで
思ふよりも
裁きを与へることは難かしい
永遠は広く
どちらの方向にもどちらの側にもある
けれども人は生きなければならぬ。

韻得《〔律〕》のある波は
融けざる岸辺へと寄せ上る

リリカルな湾のほとり
揺られる樹木は
いつまでも風に歎きたのむ——
昼を吹き消す風
赦さうとはしない風に
そしてなほ海はめぐる独楽の上の
一滴の水である
けれども人は生きなければならぬ。

やさしい外貌は欺く
真理はないのだ
彼の方にも彼女の方にも
老人は自らの青春を
信ずることが出来ない
おごそかな哲学者等
篩《ふるい》で水を濾《こ》す

すべては流れ
ヴエールは昔話を隠す
けれども人は生きなければならぬ。

古い旗はもはやはためかない
そこには善はなかつた
悪とはただ名ばかり
すでに言はれた言葉のみ
焰にとりまかれた運命のやうに
これらの輪は
赦しはしないのだ
裏切られ鞭うたれ
貶しめられ閉め出され
しかも人はまさに生きなければならぬ。

夜の想念（R・S・フィッツジェラルド）

冷たい夜更に目覚め風の音をきく
それから眼を閉ぢしづかに横たはる。
これらの言葉がわかるのに彼らはどうして
姿が見えないのか、
私の屋根の下のこの闇の空虚で
窓硝子は風のためにうるさくゆすられる。
そこでまた横になり、瞑想する。
どこかで黒い海が重い肩をはなれ
砂上を突進し、干潮のひびきが
そしてたえまなく轟きわたり……
このやうに横たはりながら
私に考へさせる友人、
どんな取引が悪魔《[ghouls]》たちによつて行はれるのか（或はこれは伝説である）
地球のがらんどうな内部の低い処で、

月の影の下に、
夜のすすり哭きや苦い霜の下で、
私の骨の富をおそれる、この土の中へ
永久に与へよ、彼らの手で覆へされるだらう……
私のそばには少女はゐない、腕と胸を締めつける者はゐない、私は独りだ。
冬の刃がおそるおそるかすめる。
また必ず死んだ庭とライラツクの匂を想ひだしながら、
ヴエルで蔽はれたたそがれは
その町の上へ夏に降りてくる。
私は横たはる、そして私から去る私の年を見つめる。
冷たい寝床と風を怖れ、沈黙と涙のトリツクの中に
愚かにも独りぽつちでゐるのだ。

谷間の方へ（ノーマン・マクロード）

我々は時々山の農園から谷間の方へ下りて行つた。

道に沿つて春が夜明の時刻のやうに冷たい。

薔薇の野原のうへの露は空気に溶け藤色になり。

シリンガの枝は静けさの中で白い胸をした鳥であつた。

高くそして低く、谷間へと我々の孤独な心臓ははなれてゆく。

野苺の藪は朝の色彩を深めて茂つてゐる。

我々は何も考へずに歩く。

道端の藪から生毛のやうな草が匂つてくるの［を］かぎながら
我々は時々影をよけては元気よく歩む。

道の曲角の向ふで我々はしばしば前方の空中にとぐろを巻いてゐるガラガラ蛇をみつける
だらう。

我々はどんな牡馬がするよりも上手に足をそらすことが出来るのだ。

身の危険からのがれるためには。

太陽は朝の光栄のやうにはちきれさうだ。

我々が地平線のやうになつた山からやつてくる時に。

散文・日記・書簡

モスコオ芸術座小話

コンスタンチン・スタニスラウスキイと、ネミロウイチ・ダンチエンコで監督してゐる、モスコオ芸術座の、感銘深い記録を見て、あの長い、すぐれた歴史も、忍耐、勇気、自重、信念の字義通りの努力によつて、きずきあげたといふことを知る。モスコオ芸術座は三十年間に七十九の劇を演出してゐる。最初の一座の者の内には、ロシヤをはじめ世界中の有名な劇場を求め去つて、そこで監督や幹部俳優として出演してゐるものもある。今もなほ、一座に残つてゐる座員といへば、一八九八年の夜に、開演した、「皇帝フイヨドル、イワノイツチ」以来の俳優達の中で、第一線にたつた八人、技術と事務係が七人、案内係が五人、道具方が二人、だけである。

スタニスラウスキイの、「我が生涯と、芸術」から二つの記事を掲げれば、モスコオ芸術座の成功の理由を明にするであらう。

初の記事はモスコオ芸術座が、世界的名声を拍し得た、基礎としての恩人、戯曲作家チエホフに就てである。「桜の園」、「三人姉妹」、等の新形式の作品は、従来の演劇上の典型を破つた革命的現出となつたのである。スタニスラウスキイは云つてゐる。「チエホフの作品は、其素材の方面から見れば蚊、蟋蟀《こおろぎ》、或は農夫とか、何等変化の無い簡単なすぢよりあつかつてゐないが、彼の偉大な芸術の至境ともいふべきものは、平凡な日常茶飯事の戯曲の中に、幸福を求むる人間の永遠の希望を感ぜしめ、彼の向上への努力を示めし、又真のロシヤ風の詩の匂を感ぜしめると、なほ成功を裏付ける第二の記事は、スタニスラウスキイと、ダンチエンコが三十年前、最初の一座を組織した時に街のレストランでテーブルをかこんで対談した時の、「十五時間の会話」、から次の抄出によつて、説明されるであろう。

「―例へばA俳優ですが。貴方は彼は才能があると思ひますか？」

「ええ非常に。」

「ぢや貴方は彼を一座に入れますか？」

「いいえ」

「なぜでせう？」

「どうしてつて、彼はあまり品がなさすぎますよ。観客にはこび、支配人の気まま通りになり、謂ゆるやすいぽいですからな。あの様に毒された男は仕様がありませんね。」

「それではB女優は如何ですか？」

「彼女は立派な女優です。併し私達の為ではありません。」

「なぜ？」

「彼女は芸術を真に愛してません、そしてよい役割にばかりなりたがつてゐるのです。」

「C女優は？」

「ほん気でする気がないんです。すぐふざけてしまふぢやありませんか。」

「D俳優に就いてはどうでせうか？」

「私達は彼に、ずい分引きつけられますね。」

「なぜ？」

「彼は戦ひとらうとする信念を持つてゐます［。］彼は現在の地位に甘んじてはいません。彼こそ理想の俳優ですね。」

「私も賛成です。では候補者の目録に名を書き込みませう。」

『椎の木』第二年の注意を惹かれた作品　続

左川ちか
『椎の木』一九三三年度作品中、特に印象深いものは左記の二篇でございます。
一、朝のパイプ　江間章子氏
フレツシユな作品
一、独りのもの　山中富美子氏
力作だと思ひました。

ノエルを待ちつつ

かしこい御婦人達はいつもお菓子屋のウインドウグラスに唇を押しあて、そのデコレエイシヨンを眺めながら、まあなんてきれいなんでしよ!!　とカン歎する。一度も食べたいと云つたことがない。またお茶とお菓子の季節ですね。黄や赤や、或は白に紫に、何んと花が咲いたやうに美しく街の両側を埋めてゐることでせう。

花といへばあなたは何がお好きですか。あなたをとりまく限りない色彩におぼれることのないやうに。夜会には是非かほり高い蘭の花をお進めいたします。造花を胸に飾ることはもう古い［。］ひたいにすべり込んでゐる黒いベレの下から小さな小さな黄の菊の花を挿してレストランから飛び出るやうな気のきいたお嬢さんはいらつしやいませんか。その季節、その時のドレスに似合つた生々《いきいき》した花、それこそあなたのシムボルでせう。夜更けて、自動車の窓から凋《しぼ》んでクシヤクシヤになつた赤い花を捨て去る妙味をあなたは愛しませんか。ではサヨナラ。

S.S.C.C.

冬の日記

十二月×日

しばらく山も海も見ない。山が見たくなつた。風が吹くと何も彼もそのままにほつといて家へ帰りたいと思ひます。真暗な北の海の潮鳴りがきこえてくるやうに思はれます。電車の音か知ら。やつぱり潮鳴りです。

貝殻を一杯もつてゐたことがありましたが今ほしいと思ひます。葉巻の空箱に、長い間かかつてためたのを。赤いのや、光るのや、丸いの、尖つたの、みんなやつてしまつた後なのに。

幾年か昔に逆もどりしさうに海がなつかしくてたまりません。地面があがつたり下つたりしてゐるやうに思はれる潮鳴り。白い波頭をおしたてて進んで来たり、すつと引いて行つた後のしめりや、荒れて、荒れて、ゴンゴンと音が続いて、しぶきが霧のやうに重くかたまつて、いつも砂浜に立ちこめてゐましたけれど。死んだやうに動かない雪に埋つた街のかたすみで、狂ひまはつてゐる海。あの海の音のする家へ明日にでも荷物をかたづけて行きさうに、街を歩きながら海のことなんか想出してゐます。

もう賑やかな通りを歩くのが厭になつた。毛皮や、外套や、飾窓や、笑ひ声でいつぱいになつてゐる鋪道は何だか少し私にはまばゆすぎるやうに思はれます。《エスプリ》がやうやく校了。ちよつと、面白い雑誌になりさうです。売れるか知ら、紙屑が褐色の落葉と共に風に追ひたてられて、街がうすよごれて来る頃です。

十二月×日

冷たいので電燈に手をかざして温めました。とてもきれいなのに気がつきました。薄くなつて血管のふくらんでゐる赤い指。拡げたり揃へたりしてゐたら合弁花冠のやうに美しく咲いておりました。大切にしやうと思ひました。

花屋の花だの他家の庭の花を美しく思つたり、欲しくなつたりばかりしてゐる私。

夜更かしをしては西洋の音楽家の伝記を読んでおります。えらい人ばつかりです。それはおとぎばなしを読んでゐるやうに面白い。

Chamber music

舗道がコチコチに凍つて、冬の街は何となく味気なくなるのですが、スケートリンクのつもりであざやかな恋のフイギユアを画くことも彼女達にとつてはまた楽しいといふものです。

アベツクの時、あなたは彼氏の左側になりますか、それとも右側にきますか。どちらでもいいとしても、信頼せる彼氏であればある程シヨウインドのある側へ並んで散歩なさいませ。退屈な時に、またさうでない時に、これ程賢明な方法はないでせう。そして独ぽつちの時には出来るだけ迅速に歩くこと。たん念にウインドを覗いてゐるなんておよそ馬鹿げた道草に見えます。

寒い時は靄《もや》が立ちこめてゐるやうな室内〔、〕殊にレストランやカフエは何か知ら幸福さうに見えるものですが。併したいていの場合そこは有害な談話や悪い空気が充ちてゐるのです。あなた達はそんな時空腹を感じるでせう。そしたらまつすぐに郊外の家へ帰る用意をなさるやう。電車やバスにゆられて、郊外の景色も見あき向側の座席の人間がみんなロボットのやうにつまらなくなりましたら、此のエスプリを御覧下さいませ。あの薄暗い倹約した電燈の光のもとで宝石のやうに新鮮に、優美に、或は有効にあなた達の前に輝くことでせう。或る時は気軽な友達ともなり、レディスやゼントルメンのために楽しいひとりひとりの生活を花のやうに飾るためにもつくることのない知識の泉となりますことでせう。

気紛れな方達よ！　スポーツもシネマも恋のあそびにもあきちやつて、猫の目のやうに変り易い街の流行を拾はうとお思ひでしたらこの小さな携帯便利な旅行案内は如何でございませうか。

S・S・C・C

水晶の夜

阿部さんは硝子に詩をかく。太陽の下で、それは童話風なきらきら光つた破片となるでせう。そして一つづつがギリシヤの夜を飾るために、透明な花弁となつて咲いてゐる。宝石のやうな、統制された花弁が、夜の胸に輝く時、私はあまりまばゆいので目をつむる。すると瞼の暗がりの中で美しい影の配列を見ることが出来る。

触れると指が切れさうだ。

私は時々硝子に傷をつけやうとして引掻いて見るのだが、指はその表面をすべつてゐるだけであつた。

阿部さんの詩の不幸は実に、紙の上に鉛の活字を載せてゐないことだと思ふ。

十九世紀の詩が掌の中で握りつぶされる黎明は、全くこの多角的なグラスの中の秘密だ。

　つまらなくなつた時は絵を見る。其処では人間の心臓が色々の花弁のやうな形で、或は悲しい色をして黄や紫に変色して陳列されてゐるのを見ることが出来る。馬が眼鏡をかけて樹木のない真黒い山を駆け下りてゐる。私はまだ生きた心臓も死んだ皮膚も見たことがないので、とても愉快だ。なんて華やかな詩だ！ 私は虫のやうな活字を乾いた一片の紙片の上に這はせる時のことばかりを考へてゐたから。美しい色が斑点となつて風や海の部分を埋めてゐる。画家の夢が顔料でいつぱいに染つて、まだ生々しく濡れてゐるのだ。馬鹿気た落書きなんだらうと思ひながら、あのずたずたに引き裂かれた内臓が輝いてゐるのを見ると、身顫《みぶる》ひがする位気持ちがよい。跳躍してゐるリズム、空気の波動性［。］この多彩な生物画が壁に貼りつけられて、眼の前で旋廻してゐるのは一つの魅力である。

　画家は瞬間のイメエジを現実の空間に自由に具象化することの出来る線と色をもつてゐる。彼の魔術は凡てのありふれた観念を破壊することに成功した。太陽と精神内の光によつて細かに分析された映像を最も大胆に建設してゆく。時には人の考へたこともなかつたものに形を与へてくれた。又、いつも見馴れて退屈してゐるものをぶちこわして新しい価値のレッテルを貼る。画家の仕事と詩人のそれとは非常に似てゐると思ふ。その証拠に絵を見るとくたびれる。色彩の、或はモチイフにおける構図、陰影のもち来らす雰囲気、線が空間との接触点をきめる構図、こんな注意をして、効果を考へて構成された詩がいくつあるだらうか。たいていはその場の一寸《ちょっと》した思ひ付きで詩を書いてゐるにすぎないのではないかしら。それでよい場合もある。併しそんな詩は既に滅びてゐる。平盤な生命の短いものであつた。

　私たちは一個のりんごを画く時、丸くて赤いといふ観念を此の物質に与へてしまつてはいけないと思ふ。なぜならばりんごといふ一つのサアクルに対して実にいいかげんに定められた常識は絵画の場合に何等適用されることの意味はない。誰かが丸くて赤いと云つたとしてもそれはほんのわづかな側面の反射であつて、その裏側が腐つて青ぶくれてゐる時もあるし、切断面はぢくざくとしてゐるかも知れない。りんごといふもののもつ包含性といふものをあらゆる視点から角度を違えて眺められるべきであらう。即ちもつと立体的な観察を物質にあたへることは大切だと思ふ。詩の世界は現実に反射させた物質をもう一度思惟の領土に迄もどした角度から表現してゆくことかも知れない。

　私は今まで一つの平面の対角線の交点ばかりを見てゐた。その対角線に平行する空間を過ぎる線のことや対角線に垂線を下した場合などに気付かない時が多かつた。黒か白の他に黒でもない白でもないぼんやりとぼかしたやうな部分がこの空間をどんなに占めてゐるのだらう。そんな網の目のやうな複雑な部屋の窓を開けることはまたどんなに楽しいだらう。私は自分の力でこぢ開けなければと思ふ。

展覧会では完成した絵をいくつも見た。なる程うまいかも知れない。併しそのやうな絵は面白くない。それは結局一つの区域内の完成、運動の停止であつて、行き詰つてゐることを語る以外の何物でもない。私はむしろ破綻のあるものに魅力を感じた。その時の動揺は将来性を示してゐるやうに思はれた。それから又随分映画の影響を受けてゐる作品が多いと思つた。シルウエツトや黒と白の明暗の使ひわけなど。落ちぶれたゴツホや太陽の二つあるやうな絵もあつた。

疲れて足が地面につかないやうな気がしたけれど外へ出たら若い緑が目にしみた。

衣巻さんと詩集『足風琴』

衣巻さんは物を云ふ時目をパチパチとなさいます。さうすると私はさあ何かおつしやるのだなと用意します。そして随分おかしいことでもそんなにおかしさうでなくおつしやいますのでほんとうにおかしくなります。いつか蓄音機のゼンマイが切れて指でレコードを廻しながらフオツクス・トロツトを習つたことがございました。畳の上で、絨緞をめくらしながら踊つたことなんかあの時のだれだつて忘れてゐるでせう。こん度衣巻さんの詩集〈足風琴〉をいただいてこんな昔のことを想ひ出しました。なんてまあ古風な伴奏でございませう。長い間お目にかかりませんのでお元気かしらと思ひます。衣巻さんはまたとてもおしやれさんですが、上等のネクタイでも、なんでもないやうに首にぶら下げていらつしやるし、ステツキだつてつまらなささうに持つて歩くのにそれが少しも変でないのです。もう衣巻さんにとつてネクタイも帽子も手や足と同じやうに肉体の一部なのでせう。詩までが手袋やハンカチといつしよにその持主の体臭を伝へてゐるやうな気がいたします。

〈足風琴〉の中には、それはそれは、たいへんお行儀の悪い詩がございます。お嬢さんがピアノの鍵盤に腰を掛けてゐるやうな、でたらめのわけのわからない音楽が聞えてまゐります。あまり信用出来ないやうな気がしながら、その気楽な中に引き入れられてしまふのでございます。私は目に見えるものは何でもそのままほんとうだと思ふ癖がございますので、器用な足で奏でられる多くのミユウズ《[Muse]》様が蛇腹から飛出るのを不思議に思つたりいたします。詩が普段着をきてこんなに楽しさうにしてゐるのは愉快でございます。

衣巻さんはほんとうはづるいのでせうか。正面からぶつかつて来るやうなことはなく感傷をうしろへうしろへと隠し、五本の指の間から覗いてにやにや笑つたりしております。

詩集〈足風琴〉の中で林檎園紀といふ詩を私は一番好きでございます。

私の夜

また夜更かしをする癖がついてしまひました。隣りの部屋からそつと兄のシガレットケースを持ち出してゴールデンバットを吸つてゐると目が覚めて少しも眠くありません。おいしくもなんでもないのに煙草を吸つてぼんやりしてゐることが楽しいと思ふやうになりました。夜がどうしてこんなに好きになつてしまつたのでせう。空気がねつとりと湿つて窓枠や扉にのしかかつてくるやうな気がいたします。昼の間輝いてゐたものが全く見えなくなつたり、大地を叩くやうな音響が聞えてまいります。きつと明るい時、大勢の人が道を歩いた足音やおしやべりの声などが、ほのかな温《ぬくも》りと共に、まだ残つてゐるのではないでせうか。どこかで昼が吹き消された、ただそれだけのことなのでせうになんといふ変り方でせう。すべては死んでしまつたのではないかと思はれる程、無言の休息をつづけております。あらゆるものは夜の暗がりに溶けこんでしまひ、私の耳のそばでは針で縫ふやうな時間が経つばかりです。その中にぢつとしてゐると、私自身も着物を脱いだやうに軽くなつて、がんばりも、理屈も、反抗や見栄もいつの間にか無くなつてほんとうに素直な善良な人間になるやうに思はれます。他人から投げられたどんな鞭だつて赦せるやうな気がします。誰かが泣いて見ろといへば大声をあげて泣くことも出来ます。私はいつも長い間かかつて集めたほこりだらけの石塊を出して遊びます。伊豆の島から拾つて来た白い粉の出る軽石や、黒耀石、瑪瑙のかけら、葉脈の浮いてゐる化石、アイヌが昔熊を射る時用ひたといふ尖つた矢の目石など化粧箱に一杯たまりました。それらを着物の袖でこすつてゐると、不思議に澄んだ光を出します。神秘的な夜がみんな一つの石ころの中に凝り固まつて入つてゐるやうな気がいたします。

　それから又私は木の葉の色や海の暗さや眠つてゐる人のことを考へます。この世の中で一番恐ろしいことや凶悪なことが行はれるのも広い闇の中だといふことに気づきます。夜の向ふ側で、実際はもう起りつつあるのでせう。そしてそれを見張つてゐるのは私ひとりです。

シツトウエルの〈田園喜劇〉について

ボン書店からでた、イーデイス・シツトウエル詩抄〈田園喜劇〉を読んでおりましたら、不思議にもいつか見たことがある彼女の肖像画を想ひ出しました。大きな指輪をはめて組みかさねられた手や三角のひろい額、ローソクの焔で写しだされたのではないかと思はれる揺れてゐるやうな濃い影などを。ぼんやりしてゐるとどこか深い処へ押し流されるやうな汗ばんだ気持ちの悪さを感じさせたあの容貌の如く、〈田園喜劇〉の中におさめられたこのイギリスの女流詩人の十七編の詩はセンチメンタルな甘さの無いかはりに一種の迫力のあるボリユムを感じました。そしてまた硝子板に描かれたゴツホの絵のやうな透明さは欠けておりますが、たしかに太陽の中から生れた明るい自然と人間の心臓の波動との二重奏を聴くことが出来るでせう。シツトウエルの詩の美しさは月光に鍍金《めっき》された贋造物ではなく鋼のやうに強靭な、それ故に真実性のある美しさではないでせうか。

　シツトウエルは〈ベール・アメーロ〉といふ詩の中で、月はオーガスタンの貨幣のやうだと歌つております。風の吹く夜にポプラの梢でちやらちやら音がして釣上げられるのは面白いと思ひます。多くのリリカルな他の人達の田園詩に比較することが出来るならば鶏のとさかやすぐりの木のとげや小さな星が彼女の詩の世界では単なる自然の喜劇役者の役割をしてゐるに過ぎないかもしれないが、現実を濾過したそれらの風物はかへつて美しいシルウエツトでありませう。

この書の〈木製の天馬〉から抄訳した〈夜景画〉などはいい詩だと思ひます。

戦後のイギリス詩壇を知るためにも、この女流詩人の詩集が北村常夫氏の訳で出版されたといふことはほんとうに喜ばしいことであります。

きりのはなたば

けふは寒い日でございました。雪が降りさうな空でございました。洗濯をしてゐるぬれた手へあなたのかはいらしい詩集「きりのはな」をいただきました。凍えた指を温めてゐるとあなたの詩のひとつひとつが熱いものとなって私に伝ってまゐります［。］

ほとばしりでる素直さと豊かな感情に輝いてゐるなんといふ清麗な詩集でございませう。枯れたやうな枝にいっぱい紫色の花をつける北陸の五月の空が明滅する高雅なエスプリと叡智を誕生したといふあなたに房《〔ママ〕》はしく、私は雪の中から真直に伸びた一本の若々しい芽を想像いたしております。そしてどんなものにも歪められることのないあなたの心の果実がこんなにも幸福な影を地上に投げてゐることを考へます。私はあなたのそばでたえず、伴奏を続けてゐる海の響も空の色も知りませんが、しばらく振りで自分の生れた北国の吹雪の日の息づまる瞬間や雪明りの路を想ひ出してをります。冷たい空気が羽毛のやうに心臓を蔽ひ、あなたの瞳の中でアルプスの山脈がどのやうな陰影をつくり、鋭い閃光にふるえてをりますことでございませう。あなたの詩はそれらの背景なくしては考へられない程ナイイヴな線とあざやかな色彩をもってをります。

私はあなたにお目にかかりたくなりました。そして私の一番愛してゐる思ひ出に就いて——馬橇《ばそり》の鈴の音やゴムの長靴や、屋根の上に積る雪のことなど、それから山が近く見える日のこともお話したく存じます。さうすれば又私はあなたを育てた風景の中にも楽しく住むことが出来ませうし。

失ってはいけない時といふものを私たちは持ってゐるものでございます。詩集「きりのはな」はあなたのためにも、それから私たちのためにも美しい記念樹でございます。私はあなたがここを乗越えてゆかれるだらう。これからも、「きりのはな」の中のあなたのやうにいつも少女らしい好奇心や熱情に充ちて、見えない大きな形を造りあげることを信じてゐるのでございます。

冬は戸外は寒うございますが、人の心の中は温いのだと思ひます。高岡は雪が降ってをりませうか。女人詩のみなさまがあなたをめぐって、「きりのはな」の出版記念会がほんとうに盛大でございますやうに祈ります。

春・色・散歩

遠くの空が黄色く光つて、目を細くしてゐるとそれが淡紅色の中に溶けてしまひ段々大きな拡がりになつて真白に輝いて来ると目を開いてゐることが出来なくなります。春になると私はよく白い空を仰いで驚くことがあります。これは私の視覚が病気になつたのではなく、暖かい太陽が冬の間の凍つた空を少しづつ溶かすので色々な複雑した現象を呈するのだと思ひます。春の空は透明ではないが丁度スペクタルを見るやうに瞬間的な華やかな美しさが溢れてゐるやうな気がいたします。そんな空の下では野原も樹木もいつの間にか新しい装ひに変へられて、自然の大まかなデザインが私たちの目を見はらせ、私たちの体を戸外へ戸外へと押しだしてしまひます。私の絵具箱の中のチユヴからエメラルドグリーンが全部絞りだされてしまつたのではないかと心配になる程、外はその色の汎濫です。その中を赤いベレが通りガンメタルの靴下が走つてもおしやれな婦人等のやうな自然のもつ色彩のトーンを乱しはしないでせう。

私は家の中にぢつとしてゐることが出来なくなり、船に乗つてどこかへ行くことを一日中考へたり、疾走する自動車から振るひ落されさうになる時のあの危険を楽しんだりいたします。風景でも音響でもたえず動いてゐるものに魅力を感じます。郊外電車からバスに揺られて小さく刻まれて目の中に入つてくるフイルムのやうに展《〔ひら〕》けてゆく街の絵は非常にヴイヴツト《〔ママ〕》なものだと思ひます。

明るい鋪道はそれ自身が奏するかのやうにすべての機械の交響楽です。そして人がそのうへを行つたり来たりしてゐることによつて速度が加り、或は高音に、音楽的な美しい階調をあらはしております。用事もないので、両側の飾り窓を眺めて歩きます。柳の並木がアーク燈のある側《がは》から芽をだし、その下を歩く人の袂《たもと》を軽くなぶつております。

宝石店の飾窓はいつものやうにお姫さまのためにたくさんのドロツプのやうな甘い花束やまばゆい王冠をならべてあります。私は花屋とお菓子屋の店先ではまるで反対な感覚をもちます。カーテンをあげたばかりの硝子のフレエムの中に咲くスヰートピイやカーネーシヨンやバラを見てゐると、とてもおいしさうで食べたくなるのです。お菓子屋のデコレーシヨンを見るとそれが花園の中の赤い花で黄色い花粉が散つてゐる、といふ風に考へてしまひます。街の窓々にはレエスのシヨールやパラソルが拡げられました。果実店はルビイのやうな苺を、オレンヂの硝子球を、太陽からの贈り物のやうにもつたいぶつて飾つてあるのです。私はライカが欲しいと思ひ、エメラルドの指輪を想ひだし、アメシストのブロオチに触れてみたくなり、一つづつ飾窓を覗いて歩きます。いつの間にか私はタンポポやライラックで出来たランドオ《landau》に乗つて、このきれいな花園の中の一本道を静かに走る女王様のやうにうつとりとしております。そうすれば一枚づつ花芭《はなびら》が開くでせう、これらの店の扉があくやうに。そして春の街にはなんと多くのイミテーションの女王様がゐることでせう。

「何をぼんやりしてゐるんだ」といふ声がして向ふ側の大きな硝子をメリメリと裂《わ》りながら私の肩を叩く人があります。それと一緒にタンポポの馬車も、明るい花園もどこかへ消えてしまつて、私の知人が私の後方で笑つてゐるのです。いい葉巻の匂がして、緑色の風が吹いて、豆電気のやうにちかちか光る空気が私の眼の中をひとまはりするのでした。

童話風な

小さい時からよく夢を見る方でありました。目が覚めてもそれらの幻覚を失ひたくないと大切らしく数へるやうにしてしまつておいて顔を洗つたり、髪を結んだりしておりました。私の話といへば夢で見たことばかりなので、その頃、私の友達がまた夢のことなのねと云つては笑ひました。誰れの足跡もついてない雪の道を見たばかりの夢を語りながら通学した時のことを想ひ出しますけれど、毎日ずい分沢山の夢を見たものだと思ひます。

　現実ではとても鈍い聴覚や視覚が夢の中ではまるで別のもののやうにヴイヴツト〔ママ〕で、いたづらで、色んな働きをしておりました。色彩などいつも鮮明なのは不思議だと思ひます。昔の古びた写真でも見るようなセピヤ色の夢があつたり、海が緑色だつたりしました。夜眠る時昨日の続が見られますようにとか、あの音楽がもう一度きこゑればいいとか、ヨーロツパへ行けますやうにとかと願つて目を閉ぢる時もありました。一番夢をもたなければならないやうな子供時代の現実の生活が私にとつてあまりに失はれ過ぎた、少しばかりみぢめだと思へるやうなことばかりだつたので、こんな風に人の眠る時間でも私の心は起きて、自分で夢を造り、それを最も自然らしく愛したり楽しんでゐたりしたかつたのでせう。そして夢の中にだけ私が住んで、笑ひ、空想し、そこから一歩も外へ出ることが出来ないやうにしていたかつたのです［。］

明《［あかる］》い昼の間はぼんやりしてゐるのに、夜になると私の空つぽの頭の中へ、素晴らしく精密なエスプリが入つて来て、色々とうめあわせをしてくれたのです。夢の中では死んだ人も年齢をとりませんし、こわれたものも形があるし、時間的な、空間的なすき間のやうなものも感じられませんし、すべてが現在の進行をしてゐるといふことは喜ばしいことだと思ひます。

朝になると逃がしてはいけないことばかりのやうな気がします。

いまはあまり夢を見ません。見てもすぐ忘れてしまひます。疲れてゐるからではなく、夢を見ても最初に聞いて貰へる友達も居なくなつたし、そればかりか現実は私にとつてすべて夢だからです。

樹間をゆくとき

眼鏡をかけてゐるといふことは物をはつきり見るためではなかつた。つまり顔の幅だけで物を見てゐると、現はれてゐる事柄だけに錯覚を感じそのものがどんな拡がりをもつてゐるのか、どんなふうに浸潤してゆくかを知る前に現象それ自身の火花にごまかされてしまふ場合が多い。見ることは結果を知るのではなく、現象の中の一部分の終りに達するためである。こんなことを考へながら麦畑の中を歩いて行く。戦ひとつたやうに生々《いきいき》と伸びてゐる麦が黒い土地をくまどつて白く輝いてゐる。五月の太陽は今の日本の詩人たちにとつては少し明るすぎるのではないだらうか。それは幻影と夢を語るのみで、このあまりにフランス流の空気の中では調和する何物もない。向ふ側の樹木のつながりと彼らのイメエヂとどんな関係があるといふのか。ライカの世界だけを詩に移入されたといふ過失は、眩暈を感じる程度で、菓子のやうな甘さも、羅列された言葉も、私が歩いてゐる道の側の欅の若葉ほどの新鮮さがあるとはいへない。他人の真似をしてゐる間だけ自己を失ひ、そのかたまりをなしくづしてしまつた時は疲労してゐる。眼鏡をはづした時のぼんやりした風景の中にも明瞭な美しさがあり、眼鏡をかけてゐる時ははつきり見えるものの中にも、ぼんやりしたよさがあるのに、誰れもが、たつた一つの鏡を覗いて、黒白をきめなければならないと考へることは愚かだ。境界線を探すことではなく、その一本の線の両側の無数の伏線を、飛躍した視野の切断面にぴしりぴしりと、あはせてゆくことにあるのではないだらうか。ただ、その視野が近いか遠いかといふことに芸術的なリズムの高い低いがきめられると思ふ。詩は言葉の勉強だと思ふ。併しそれは話すやうな言葉とちがつて、表面から見えない心の言葉である。思惟の中から選ばれた言葉で空間を充すことであると思ふ。言ふために言はれた言葉だけの意味を拾ひあげることではなく、何を言はうとし、又何物かを反映しようとすることであらう。最もきびしくそして非常にわづかで、焔のやうに焼切るところの巧さである。沢山のおしやべりをしながら何か一つほんとうのことを言ふことでもあり、或は背後から追ひかけてゆくことでもある。

　火の消えない煙草の吸ひ殻を私は踏みつける。私の先を誰れかもう歩いて行つたのだ。このたえまない自然の断続の中から、人為的なものをみつけることに彼の失敗があり、彼女の誤謬があつた。林の中に入ると今まで聞えなかつた風の音がやかましくきこえる。あの風の音のやうな作品を沢山かいた柏木俊三さんは梢と、それから空気や風のやうな無機物を愛したとは考へられない。むしろ反対のものであつたらう。風が体内を通り抜けてゆく時の人間や、林の中で小馬の啼声に目をむいてゐる自分自身の姿を書きたいために、ああした無駄なことをかいたのにちがひない。裸になつた人間をかきたいのに、どうしてもそれを叫んだ人間をかけないで木魂《［こだま］》ばかりを書き、通つて行つてしまつた足跡だけをかいてゐた柏木さんの詩に苦しさといふやうなものが感じられるのは私だけだらうか。椎の木五月号の〈早春〉といふ詩よりは四月号の〈稲妻〉にそのはげしさを知ることが出来る［。］樹木の言葉を知り、そしていきどほつてゐる柏木さんが風物を衝いて出て来るのである。江間章子さんの〈田舎ぐらし〉はいつものやうに、焦点のない音楽を聴くやうにわけのわからない楽しさを与へる。江間さんはどの場合でもピントをあはせようとしない。私たちはちよつと戸惑する。そのすきに、鮮やかにも美しいカーブをする。平野仁啓さんにはいつも期待する。そしてそれを裏切られたことはない。〈乖離〉も手際よくまとめられた作品。〈旧友との一時〉で内田忠さんは暖い言葉で将棊倒しにくづれてゆく感情の細かさを歌つてゐる。実体はいつも見えない。その投影が私たちの胸にぼんやりした輪をなげる。さうしたものを内山義郎さんの詩から受ける。〈生活〉にも、三月号の〈思索〉にも内面の均整を直線だけで表現してゐるやうだ。〈屋根屋の職人〉の阿部保さんの詩は甘美な抒情詩、私たちは花束をもつた少女の絵をいつも想像し、音楽にしてはあまり遠すぎるかと思ひ、その薔薇の刺は透明な水晶の針のやうに光つてゐる。高松章さんの〈三月の歌〉は少し緩やかなやうである。併し季節の風はもう牧歌ではない。□［判読困難］の足音のやうに私たちの頬を平手で打つて通りすぎる。林の中を歩いてゐると、樹皮のすべすべした木を一本発見する。あまり見馴れぬので何だらうと思ふ。小高根二郎さんの詩を私ははじめて拝見する。〈石の歌〉は屈折する光のぎざぎざした切れ目を見るやうである。粘着力といふやうなものが仄かな明るさを示めす。

　樹木はだまつて立つてゐる。千年の年月のために、時間を克服するかのやうに。純粋といふことは水とビールのちがひではなかつた。私は樹の間から空の見えないのを息苦しいと思つた［。］

明るい夢と江間章子さん

江間さんはいつでも元気で明るくつて、楽しさうに見えるお嬢さんです。銀座などで会つたときよけいそんな気がするのですが、色彩の鮮やかな街の背景がどうもいちばん黄色や紅の着物に映つて、江間さんを美しく見せるやうに思はれます。一緒に歩いてゐても小声で歌つてゐたり、指で拍子をとつてゐるのをよくみかけます。どこかで奏でてゐるいい音楽を都会の噪音の中から自分だけ聴き分けて楽しんでゐるといふ風に見えるので、それが江間さんだけがわかつて私には分からないのだと考へるのですけれど。江間さんはよく銀座を散歩するらしい。私は蝦蟇《がま》や梟《ふくろう》の啼く真暗な村の夜に馴れてゐるのですが、銀座のことなど例へば、文芸汎論社の城さんにはよくお目にかかるとか、北園さんが帽子をかぶらないで歩いてゐたとか、饒さんに会つたわ［、］黒ん坊みたいに日焼してゐたのはテニスをするせいでせうとか、小松清さんに一日に二度もお目にかかつたのよ、そしてコロンバンでお茶を飲んだの、小松さんが江間さんお嫁にいつたんでせうとおつしやるのよ、なぜですかときいたら痩せたからですつて、口惜しかつたから、お嫁に行くときは小松さんにお知らせしますつて言つてやつたの、小松さんきつと酔つてらしたんぢやないかしら。などとおつしやるのを聞くと、パラソルを開いたやうにあけつぴろげた季節の銀座――十銭玉で花の鉢を購《もと》められる舗道や熱帯魚を並べた店や、会へば今日はと挨拶をしたり笑つたりするくせに、長い間御無沙汰してゐる私にも知人である、それらの幾人かの人々の元気な様子などを想像したりしてゐるうちに、お化《ばけ》のでさうな暗い村なんかから飛び出して、ごうごう電車に揺られて、銀座の真中へ放り出して貰ひたいやうな気がいたします。そして江間さんの話す銀座はテンポの早い音楽的な美しい街で、私なんかたまに歩くときの日覆のない暑い銀座でないのが不思議です。

　健康で今にもはづみさうな江間さんのそばにゐると私も伝染したやうに元気になつて、一オクターヴ位高い声をだして話をしてゐるのに気がつきます。自分でも少し上がつてきたな、高すぎると思つてもどうしても止められなくなります。江間さんは魅力のある言葉を沢山もつてゐる人です。否、江間さんが話すとつまらないことでもそんな効力を表はすのかもしれません。それで私なんか話してゐるうちに言つてしまふ場合があるやうです。江間さんはどんなことでもしまつておけないといふやうに、まるで溢れでるのをおさへてゐるやうに話をなさいます。たいてい幸福なことなので、まぶしくなつて言葉がつつかへて返事が出来ないやうな時もあります。いいところばかりどつさりあつて、それを素直に思ふやうに外へ表はすことの出来る方なのでせう。何か発光体のやうに美しく、側にゐる者はその光で明るく描きだされて存在してゐるのだと思はせます。もうこれだけでおしまひよ、もうなんにも無いのよと言はれると、まだあるでせう、きつとまだといふ顔を私はします。私は江間さんにどこで始めて会つたか、いつから親しい友達になつたのか忘れてしまひました。ただぼんやりしてゐるうちに、江間さんが親しくなるやうにして下さつたやうにも思へるし、魔法にかけられたやうに江間さんが笑へば私も笑ひ、快活にすればその真似をしてゐるうちに、私にないものが私の中にどんどん入つて来た為だらうとも考へるのです。

　くさつてゐるのよなぐさめて！　受話機の向ふで一寸、困つたやうな声がするので、よし、なぐさめてやらうと思つて会つて見ると、とるに足らないやうな、なんでもないことに弱音をだしてゐるので大笑ひをします。なぐさめられるのは大抵私の方なので、余程つまらなさうにしてゐると見えて何が食べたいかとか、元気を出すやうにとか言つて下さいます。人間つてつまらなくなつた時に食慾が起きるものらしく、私は世界中で一番おいしいものが食べたいと訴へるのです。さうすると眠くなる程御馳走して下さいます。

　私たちが会ふのは月に一度位でせうか。会ふと昨日の続きのやうにおしやべりをしてしまひます。文学とか詩とかそんな話は殆んどしたことはありません。詩の話なんか若ししたりすると江間さんはくすぐつたさうになさるので私は恥かしいと思ふからです。どんな本を読んでいらつしやるのかも知りません。いつか演劇史のやうなものが本箱にのつてゐたのを見ましたが、その時は築地座に入つて芝居をやらうと一生懸命になつていらつしやつたのです。発表された詩を拝見するたびに、いつおかきになり、詩をつくる時はどんな顔をするのかしらなんて、とんでもないことを考へるのです。江間さんは海が好きです。私たちは大森の海岸［の］コンクリートでかためた塀の上に頤《あご》をのつけて、暗くなつて行く海を見ながら外国へ行く話をしたことを思ひだしました。東京湾汽船が灯をつけて入つて来たところでした。その夏、伊豆の島へ雑誌の編輯をしてゐる方達に連れられて行つた時の小さな航海。とても時化《しけ》て船もろとも波に吸ひ込まれさうになり、男も子供もみんな病人のやうに船酔したのに江間さんだけが平然としてゐるので、私たちは少しくやしくなつて女海賊といふ尊称を奉つたのでした。この女海賊はあの船が難破して流されれば桑港《サンフランシスコ》ぐらゐは行けたかも知れないとおつしやいます。そして命知らずの女海賊はあの時流されればよかつたと言ひます。大森の海は濁つて板切れなど浮いてゐました。私たちは貨物船で行けば三百円でマルセイユまで行けるだらうとか、チリ！《ーカ》で日本人の小学校に先生の職があるとかと話をしました。こんな時、ああ行きたい行きたいと、江間さんはすぐにでも行きさうです。又或る時は銀座へ感じのよい店を共同でやりたい、本屋にするとかお菓子屋がいいとかもう二人のプランは進行して、とてもうけて、何をして遊ばうといふところまでゆきつきます。私たちの夢はよくこのやうに一致いたします。江間さんは目を輝かしてをります。こんな時私はふと思ひます。同じ夢を見ながら、それを何等かの方法で実行し、自分を満足させることが出来るのは江間さんだと思ふのです。沢山の夢を私は思ふだけです。江間さんはそれをどんどん現実へもつてゆける機会や力があると信じます。江間さんは疲れるといふことがなく、幸福をはつきり幸福だと思つて言ひ切れる人ですから。家では甘やかされた駄々子さんです。そして蝶よ、花よ、と大切にされております。先日江間さんはアンナカレニナのやうな女は好きになれないと言つておりました。それから小説の中に出てくる奥さんの話になつて奥さんつて、づうづうしいものねと言つてました。私たちは幸ひまだ奥さんでないのでうんと悪口を言ひました。江間さんは此の頃、年をとつた男の人が魅力があると言ひました。いままでのことは聞いてないので知りませんが心境の変化（？）かしらと私は思ふの［で］ございます。

日記

十月《〔一九三五年〕》十六日

朝早く窓をあけたら、ここの病院の門から葬式自動車が出ていつた。煙のやうな雨の中を黒いかたまりが動きだすのを見た時、胸のどうきがとまつたやうな気がした。外を見たことを悔いた。午後、青木先生が廻診のとき手術をしなくていいとおつしやる。手術をして胸の下の悪いところを切つて切りきざんで私を苦しめてゐた病気といふ蟲を征伐してもらひたかつたのに、残念で不平《〔安カ〕》でたまらない。一日中あさの黒いかたまりが目に付いて気分が悪い。

二十一日

午前中気分が悪くうつらうつらと眠つてしまふ。熱が少し上つてゐるのに夕方から元気が出る。パイナツプルの罐詰を切つて貰ふ。食後手足を洗つて貰つたら、よけい気持がいい。ユリさんが来る。大塚へ靴下を買ひにゆくのだといふ。ヌガーを摑んでたべながら帰るのだといふ。すぐその後へ兄さんが来る。たいへんいそがしいとのこと。郵便物をカバンの中から出してくれる。九時すぎまでこの別荘以外の話をしてくれる。大部夜が短くなつたやうな気がすると喜ぶ。睡眠薬を一服貰ふ。十二時頃まで雑誌を読む。それから薬をのんで眠る。一時頃急に苦しくなつて、注射をしてもらふ。

十月二十二日　晴

ゆふべの注射が効いてか、とてもねむい。朝日が一杯窓から入つて来る。ベツト《［ママ］》の上で日光浴をする。汗だくになつて、体中秋の日を浴びてゐると、とても気持がよい。今日で入院して二週間目になる。稲田先生の廻診の日なので廊下をすぎる人達もいそがしさう。新しい白いシーツに更《［か］》へて貰ふ。青空をとんぼの群が上へ上へとあがつて消えてしまふ。どこからあんなに沢山とんで来たのだらうと不思議に思ふ。窓から見える道を学生や勤人が健康さうな四肢を動かして通るのを眺めてゐると、私も太い脚や手がほしいと思ふ。腕を上に振りあげて二三度まはして見たら、やせて黒くてきたならしく感じられていやになつた。夜ねむれなくて病院がいやだといつたら、青木先生が家へ帰へりなさいとおつしやる。今日で病名が決定するらしい。ユリさんが夕方来る。学校の話をして帰へる。兄さんは来なかつた。

十月二十三日

毎朝注射のさめない妙にうとうとした気持で目がさめる。此の頃のやうにいい朝をむかへることはうれしい。今日は食慾があつて、何でも食べて見たいやうな気がする。X光線の治療をうける。三十分間。夕食は気分がわるくて進まない。X光線のせいかと思ふ。食後胸に濡れ手拭をのせて、眠つてゐるとユリさんと兄さんがくる。ユリさんは箱根へ行つたときの写真の引延ばしたのや学校の写真をもつてくる。野沢さんやみんなでアルバムを見る。秀夫さんの日光のお土産を貰ふ。兄さんに赤かぶの千枚漬をたのむ。お午にはお習宇《［字］》の青山先生の妹さんが見事なザクロをもつて御見舞においでになる。ザクロを見るのは始めてと母がよろこぶ。十一時にナルコポン注射［。］熟睡。二週間目にはじめて階段を下りて放射光線室へいつたこと特記。

二十四日

今日一日どうして暮したのかしらと考へても何も考へられない程単調な気分の悪い日ばかりで、空を見ながらベツトの上にゐると、過ぎ去つたこともこれから来ることもみんな一つになつて、楽しくない。雲を見てゐたらムツソリーニの顔に見えたのでおかしかつた。

レントゲンをかけるとどうも疲れるやうな気がする。消燈してから兄さんが来て、ベットの端に腰をかけて、みんなね静《しずま》つた中で小さな声で話をする。おいしい漬物がほしい話をする。読みたい本をたのむ。今日は百閒先生の随筆を半分程よむ。苦しいのをがまんして注射をしなかつた。自分の意志を訓練してゐるので薬の効果なんて何の役に立つのかと思ふ。

二十五日

物の言ひたくない日だ。午前中から眠つてゐると先生に起こされる。レントゲンの部屋へ行く為廊下へ出て階段を下りると、看護婦さん達が元気で明るくたち働いてゐるのが不思議にまぶしく思はれた。自動車の走つてゐる街路を見てゐたら駈け出したくなつた。百閒先生の随筆の中に漱石の臨終のことが書いてあつて、死んだ漱石を解剖したら胃が破れて出血したのが腸にどつさりたまつてあつたさうだ。涙が出る程たまらなくなつた。夕方ユリさんが来る。青山のお婆さんのなくなつたことを知らせる。仔犬がまだ目を開かないとのこと。玄関まで送つてゆく。

二十六日

午後早く兄さんが来る。少し経つと中野のをばさんが姉さんと奎と一緒に来る。果物の籠をいただく。奎が英語を三つ覚えたと言つて見る。ドツグ、キヤツト、ピイナッツ。けふは大変工合《〔ぐあい〕》がいいので嬉しい。奎がベツトの上で流線型やお人形さんをかいて見せる。夕刻、小林恒子さんがいらつしやる。姉さんが帰る頃からの雨がいよいよ本降りになる。夜廻診は青木先生、がまん出来るかと言つて、笑つていらつしやる。今夜は注射をしないでがまんしてみようと思ふ。昼、眠らなかつたからうまくゆきさうだと思ふ。八時頃、小野さんがユリさんと来る。夜中に病院の外で、大喧嘩をしてゐるので目がさめる。律子さんから来信。

二十七日　雨風

時々雷を伴ふ大嵐。窓から見える大木が揺れるのを見てゐる。天候のせいか、気分が勝れない、声を出すのも億くうだ。大雨の中を兄さんが来る。今日は誰れもこないときめてゐたので嬉しく思ふ。お腹の工合がどうも変だ。

二十九日

午前中姉さんが奎を連れて見える。バラの花とおもちやの猫をもつて来て下さる。奎は例によつてベツトのわきで面白い絵を描いて帰る。レントゲンをかける。いつものやうに疲れを覚えない。稲田先生の廻診夕方おそく。兄さんのせき払ひは聴えなかつた。夜通し湿布をしていただく。注射をしない［で］すむ。母さんは殆んど帯も解かずに看護してくださるのでただもう有難いと思ふ。

三十日

いい天気だ。ただそれだけで片方の目から涙が出てくる。朝飯をとるときの苦しさつたらない。午後からお腹のいたみが和らぐ。眠つてゐるうちに兄さんが来てゐた。余市の叔母がリンゴを送つてくれた話やら、色々元気をつけてくれる。まはりの人達が仕事をなげすてて私の為に世話をしてくださるのに、私は病気をしてゐるのは自分でないぞと思つてゐる。どうしても自分の病気のやうな気がしない。早くなほりたい。世田谷のせまい食卓でみんなでごはんが食べたい。

三十一日

一日中痛んで注射を三本もする。姉さんが見える。保坂の家へよるとのこと。レントゲンをかける。苦しい日であつた。太陽がまぶしくてたまらない。

十一月一日

兄さんが湯ケ原へ行くといふし、今日は誰も見えない静かな日だ。向ふの道を学生がぞろぞろ通る。祭日だし、天気がいいし、部屋の中にゐる日ではないなと思ふ。キイラレンド《[Kielland]》の短篇集をよむ。仲々味がある。夜パピアト注射

十一月二日

姉さんと一緒に百田さんの奥さんがおいでになる。カーネーシヨンをいただく。仄かな匂が部屋一杯にしてくる。保坂さんの奥さんや三郎［・］康雄が来てくれる。熱が少しあつて、腰が痛くて立つことが出来ない。リンゴや梨をいただく。ひるは大部大声でおしやべりをする。

春山行夫宛書簡（一九三二年二月一四日）

拝啓

お手紙ありがとうございました。

生れて始めて原稿料をいただきましたので、うれしくて、どうしていいのかわかりません。

四人も五人ものひとに御馳走するつて約束してしまひました。

ほんとうに色々とありがとう存じました。二、三日うちに御礼にまいりたく存じます。

春山さんのお部屋はいつもどつさり花があつていいと思ひます。菜種の花はもうしほれたか知ら。

私はお友達からすけつちぶつくを貰つたので毎日いたづらしてをります。

こんどおみせ致しませう。さようなら

十四日　左川ちか

内田忠宛書簡抄（一九三二年二月カ）

なまけてばかりをります私でございますので、他人の美しい衣裳を眺めてゐるやうな、少しさびしい気がいたします。文学といふやうなものにしかよりどころがないくせに、むりやりにしがみついてゐるのがたまらなくなります。なまけてゐる時は自分に釈明して。何てやせがまんばかりしてゐるのだらうとつまらなくなります。此の頃は私、少しくさつてゐるみたいでございます。

先日百田さんとこへ参りましたら、内田さんが福井へ帰られたお話をしていらつしやいましたのですけど、丁度新聞でそちらの方大雪を報じてましたので無事かしらと少し心配いたしました。吹雪で息が出来なくなるやうな冬の日なんかもう忘れてしまひましたけど。私の祖父の長左衛門といふ長い名のひとも福井でございましたので、小さい時に聞かされた越前の話を想ひ出すのでございます。

二月に入つて東京も十センチ程積つて見事な雪景色でございます。

内田忠宛書簡抄（一九三四年夏カ）

すつかり盛夏になりまして、舗道を歩いてゐると、脳がくらくらして倒れさうになります。

それでも夏が好きで夏が好きでたまりません。そして夏といへば真赤なかたまりのひな罌粟《げし》を想ひます。またこの夏もどこへも行けさうもなく、働かなければなりません。海や山のことを話してをります。まるでいまにも行きさうに。たのしいのですけど、子供の頃のやうに。

銀座の毛皮屋がとても夏向きの店に変りました。花と、植木と熱帯魚と金魚と、大きな水槽に金魚がたくさんをりますの。熱帯魚がほしくて、いつでものぞいて見てまいります。お金が出来たら、銀座のやうなところへ江間章子さんと店を出したいと話してますの。江間さんは帽子屋と写真屋、私は本屋、シルビアビーチの本屋のやうなの。早くお金が出来るといいと思ひます。そしたら内田さんもお客さまになつていらして下さいますやうに。

川村欽吾宛書簡（一九三四年八月一五日カ）

マラルメの紀念詩集たまはりましてありがとうございました。

御礼がたいへんおくれてしまひまして。花葩のやうにレエスの卓上を飾って、ほんとうにうれしうございました。

夏のお休みもだいぶすぎましたけど、楽しくおすごしでいらっしゃいますか。どうぞお元気でいらっしゃいますやうに。私はどこへも行かずに、ボンヤリして家におります。暑くなると壁にひろげられた世界地図をながめております。ちょっとの間、たのしいです。

太陽が私たちにあまり近すぎるのでせうか。本も読めない程、私はなまけております。

九月にはまたお元気なお姿にお目にかかることが出来ますことでせう。

御機嫌を祈上げます。　さようなら

八月十五日　左川ちか

川村欽吾様

春山行夫宛書簡（一九三四年一〇月一一日）

お便りたまはりましてありがたう存じました。

先日モダン日本社から速達がございまして詩を十一月号に間に合はせていただきました。いつもながらご配慮のことほんとうにありがたうございます。

詩がお金になりましたのは三度目でございます。威張りたいみたいなとてもうれしうございます。みな春山さんのおかげでございます。

はじめはいつかの若草と、それから行動と、こん度と、あの為替をもつて郵便局に行くときの気持は私にとりまして忘れられないものでございます。いつまでもこんなではいけないと思ふ心だけでございますけど、勉強いたしたく存じます。どうぞ今后〔後〕ともよろしく御願ひ申上げます。

雨が降ると寒くて手なんかかぢかんでしまひさうになります。庭が大部荒れて、垣根から向ふの畑がすけて見えます。春に草と一緒にコスモスを摘んでしまひましたら、この秋は少ししかなくて、それが雨の中で開いたものですから色が薄いやうな気がいたしまして、花の少いのは悲しいやうに思ふときがございます。

自動車学校の方へ参りますと草に蔽はれた川があつて、杉の林の道があつて、其処を大きな声で話して歩くとたいへん気持がようございます。お天気になりましたら、私共の方へもお出かけ下さいますやう。

さようなら。

十月十一日

左川ちか

春山行夫様

翻訳文

髪の黒い男の話（モルナール・フェレンツ・小説）

私の他に三人の女と一人の男、四人連れの客が乗り合して居た。月夜のまよ中を私達の船は、リドからヴエニスを差して走つてゐた。私はこの夜更の急行列車に乗るために停車場へ行くのだし、この四人はヴエニスへ遊びに行くところであつた。彼等は何か声高にしやべり合つてゐるので私は遂ひみんな聞いてしまつた。女は三人共はでやかな身なりをした代表的な Lido《リドー》婦人であつた。男といふのはまだ若く色のうす黒い、めつたに見られない様なまつ黒な頭髪の持主で燕尾服なんか着こんでゐた。私は此の男が浜辺で上手にしかもあざやかな飛込みなどをして女達にさわがれてゐたのを見た。何でも誰かは彼を南アメリカ人だつて云つてゐたが、私はフランス語やイタリヤ語、イスパニヤ語等で話してゐたのをよくきいた。いま三人の女達とはフランス語で話してゐる。最初彼はこんなことを云つてゐた。

「僕はお金で恋を買ふなんてことは一生涯決してしませんよ。」

「あラ、私は恋を買ふことがそんなに恥だと思はないわ。だつて、あの不徳漢のドン《［Don》

ジユアン《[juans]》だつて好きな女があれば、その女がどうしても自分のものにならない時はお金で歓心を買ふといふこともしたぢやないの。」と一人の女が云つた。すると又他の女が。

「あの、パリでいつかね―」と云ひ出すのを男がさえ切つて。

「ああ、そ、そう、パリなんか特にそうですよ。賑やかな、通りで夜に知り合つて、つひ初めての家へ一緒に行つたりして―殺人事件なんかがよくあるぢやありませんか。」

「ええ、私もよくそんなこわい話をきいてよ。」

「僕はね、パリでドイツ人の友人があつたのですよ。彼は何かいやな経験をもつてゐるとよく云つてましたつけ。なんでも彼はブールヴァル・デジタリアン《[Boulevard des Italiens]》に別嬪さんの知り合ひがあつたんですよ。二人は或る時、夜おそくなつてからバーへ出かけてイギリスのウヰスキーなんかをたらふくのんだのです。女はチヤーミングだとくるでせう。彼はつひ度《[ど]》をすごしてすつかり酩酊してしまつたんですよ。その中に女が自分の家へ行こうつて云ひ出したんです。彼ははじめつからそんなとこへ行くなんて思つてなかつたんですがね。何せ、よつぱらつてゐるんでね―女はヴアンテイミル《[Rue de Vintimille]》の彼の女の古ぼけた住家に連れて行つたんですよ。」女の一人が笑つた。男は顔をしかめて。

「どうして笑ふんです?」

「だつて貴方がそのドイツ人ぢやなくつて?」と。彼の当惑そうな顔つきを見て女達はなほひどく笑つて、彼の話の中のドイツ人は彼だろうと、云つた。彼はそんな女なんかと遊んだことは無いと極力否定した。しまひには不気嫌そうにしてゐるので女の一人がとうとう、「まあ、いいわ、次を続けて下さいな［」］と云つた。彼はなほも話つづけた。

「でね彼等は彼女の部屋へと四階まで上つたんです。女は彼を小さな部屋に連れて行つたんだつて。彼はよつぱらつてゐるんですからね。もう立つてる事がようやくなんでせう。寝ようと思つて横になるにはなつたがうつら、うつらしてたんです。急に目をあけると鏡の中で何か動いてゐるんですよ。彼はベット［ママ］のそばへ脱ぎすてたジヤケツが動いてゐるのが鏡にうつつてゐるのに気がついたんです。彼はハツと思つて息がつまつた。彼は自分がよつぱらつてゐるから総てがくるくる動いて見えるんだなと思つたといふんです。けれども次はどんな風になるかと少々気掛りになつたんですよ。ところがね。ジヤケツがまたもムク、ムク、と動き出したんです。妙に思つて彼は目をすえて見たら、ベツトの下から人間の手がニユツと出て、ジヤケツトをそつと引つぱつてるんですよ。奴。声も出ない程びつくりしたでせうな、ポケツトには金が沢山入つた財布が入れてあつたんですからね。それから、ベツトの下にはジヤケツトを引つぱつた男がゐたんです。その男もまたフト鏡を見ると自分を凝視してゐるドイツ人がベツトの上にゐるのを見たわけです。四つの目が鏡の中でピタとかち合つて、お互にグツトにらみ合つてゐるのです。僕の心臓はとまつたかと思ひましたよ—」女の一人が、かん高い声で云つた。

「あら、いくら云つたつて貴方はそのドイツ人なんでせう。」

「どうしても貴方はドイツ人だといふことに、なるぢやありませんか。」

「貴方は私の心臓がとまつた——つておつしやつたでせう。」

「だから貴方は矢張りそのドイツ人ですわ。」

と女達は得意気に、はやしたてた。男は顔色をかへて憤慨した。彼は冷静にならうとした。併し彼は感情をおさえようとすれば、なほ唇はふるへてくるのであつた。彼の白い目はうす黒い顔に対照して不気味にするどかつた。さわぎがしづまると男は静かに云つた。

「僕は決してドイツ人ぢやないのですよ。」

「どうしたつて彼と僕が同じ人間ぢやないんです。」

「ただ僕は知つてる事だけをそのまま貴女達にお話したわけですよ。」

「でも、貴方は、私の心臓は……と一人称でいつたでせう。」

「さうです。それはほんとなんですからね。」彼の女達は黙つてしまつた。船が止まつたので暫らく静粛になつた。

私達一行はサン・マリコ《［San Marco］》に到着した。

「僕はドイツ人ぢやないと云ひましたが、それについて、貴女達はどうだつていふんですか？」

彼はじれつたそうにとげとげしく云つた。

「え、僕の心臓は止まつたんです。ほんとなんですよ。僕は全く驚かされたんですからな。」

「けれども僕はベツトの上のドイツ人ぢやないんです。ベツトの下で、ジヤケツトを引つぱつた男、あれが僕だといふわけです。まちがひはないでせう。そら。僕が驚ろかされた立派な証拠でせう。」

船は波止場へ着いた。彼は、彼の女達の荷物を整えたりして四人は船を出た。彼等は一寸の間に、人ごみの中にまぎれ込んでしまつた。船は、私一人をのせてまた走つた。

イソップなほし書き（オルダス・ハクスリー・小説）

蟻と蟋蟀《きりぎりす》

蟻は毎朝早くいつも眠つてゐるきりぎりすの窓ぎわを通つて、街の事務所に勤めてゐた。社会の柱脊《ちゅうせき》としての蟻の規則正しい倹約な生活に引返へ、芸術家のきりぎりすは気儘《きまま》に暮して居た。彼はもうける様な仕事は何一つ出来なかつたし、暇な時は陽気に遊んで贅沢をしてゐた。蟻は予言して、「若いくせに、いいことはない。」と云つてわざとらしく歎息するのだつた。が、自分の資産は増えるばかりだし内心喜んでゐた。彼は華やかに暮してゐる者には何か反感と嫉《そね》みを抱くのであつた。自分の様に無味乾燥な努力一方で生活を立てることを主張し、才能や知識にたけてゐるものには圧迫を感じ気に合はなかつた。仲間のうちでも勤勉実直で地味な者達を好いてゐた。

いつもなまけてゐるのに、ひとりでに大変成功してゐる不合理な事実を見る度に、天分といふものに就いて彼はなやまされた。蝶のやうに享楽をつくした豪奢な生活をしてゐるものが、霜で打ち倒れもしないで軒下などで越年の工風《くふう》をしてゐるのを見ると、いらいらした憎みが胸底によどんで一週間も食物が喉を通らぬ位であつた。才能のある者の自分より不幸な場合を見る時、教訓として自分を誇り彼は一番愉快になるのだつた。

その中に、蟻が予想してゐた通りの事件が起つた。破産した、きりぎりすが借金を頼んで来たのだつた。「だから私が云はないことぢやないのだ。」彼は道徳上の憤慨や愚痴また勝ち誇つた喜びで一杯になつて、色々と説教して今までの嫉みの気持ちを晴らした。困つてゐるのだから助けてやらうか、いや世間のてまへ懲めてやるんだ。彼は手厳しく拒絶した。

二、三日経つと蜘蛛が穴蜂との長年の不和を爆発させた。戦争が始まつたのだ。総ての蟲が集つた。山蜂、蜜蜂等は結束して、穴のそばに集合した。昔からの同盟者の蟻達は蜘蛛の方に味方した。きりぎりすも入隊してしまつた。

蟻は戦地にも出ず、高い利息の国債に投資して戦争の終局後は富豪になつてゐた。併し三月後、蟻の国の貨幣価値が下落して、彼は大失敗してしまつたのだ。一方きりぎりすは株式取引と、外国為替取引で大胆に相場をはじめて、おもひがけなく世界四番目の金持ちになつた。これは慎重や努力の効果のあてにならぬ事を訓《おし》へてゐる。

それからあまり寛大な欠点をもつたきりぎりすは貧乏になつた蟻が助けを求めて来た

時、すぐに多額の小切手を書いて渡し、利子はいらないとまで云つた。蟻は借りた金を二方面に分けて使用した。最初は新聞社の経済部の記者を買収して市場に大恐慌を起こさせた。他の金で驚いたきりぎりすが手離した、暴落した株を買ひ占める手配をしたのであつた。勿論ぢき株は上つたのである。蟻はもう一度金持になつた。それと同時にきりぎりすは貧乏になつてしまつた。

　これは次の様なことを訓へてゐる。恵まれた才能のもち主は努力家に対しては敵として常に警戒しなければならない。そして徳と、才能の間には不断の戦ひがある。

蛙と王様

　或る日蛙達は神様に王様がほしいと、願ひましたので神様は望をお聞き入れになつて、丸木を一本池に投げ込みました。しぶきが少しばかり蛙を驚かせましたが、おさまると皆飛出して来て新しい統治者に敬意を表してゐました。けれども少し経つと唖《おし》の様な王様を馬鹿に仕出して、王様のお腹で日向ぼつこをしたり、飛込み板にして、遊ぶ様になりました。王様のなさけ深い統治の許《もと》に、成長し繁殖して、年々蛙の国では人口が増えるばかりでした。この国の新聞紙は次の様なことを大見出しで特筆してゐました。

「我が国の人口が年々増加することは慶賀すべきである。みな国家の偉大さと国民の道徳の発達を象徴してゐる云々」

　年が経つと共に池には、うすきたない昆蟲が発生してきました。みみず、なめくじ、蚊の卵等食料品の値が非常に騰貴しました。水蓮の中の目抜きの場所の地代があがり池の底の工業地帯も住まれない程きうくつになりました。柳の根元は貧民窟として名状出来ない、ごたつきでした。少し物の解つた蛙達は、出生率の最も高いところが一番悪い区域だといふことに気付いてゐましたので、有閑階級や知識階級では避姙法が流〔行〕りました。それでもとは六七千もふとつた卵を生んでゐた貴婦人達もいまは六七百位しか生まないのです。

　反対に貧民窟の者達は、何の考へもなしに、どんどん生み続けました。併し池で遊んでゐるおたまじやくしは、どれも不具者や白痴ばかりで満足な者が見あたらないのに、たれでもあきれるでせう。若しこんな割合でいつたら蛙族の退化は目前に迫つてゐます。量が増せば必ず質が悪くなるのです。蛙の統計学者も食糧の欠乏もぢきだと云つてゐました。

　そこで代表者が王様に伺ひを立てました。彼はベンタム《[Benthum]》とジヨンスタートミル《[John Stuart Mill]》の学校で放任主義の教育を受けてきたので、其の問題に就て何等の手段をとりませんでした。

「神様！　貴方が下さいました王様は、私達には何にもなりません。彼は怠惰です。彼の政治上の見解は古くさくて現代の生活の問題を解決出来ません。」と遂ひに蛙の僧侶達は神様に一生懸命に哀願しました。

神様は蛙の恩知らずと気の変り易いのにうるさく思ひましたが、「ぢやよし、新らたに王様がほしいならやらう。」と云つて大変大きな鶴をやりました。新しい王様は大切な儀式の中央におりて、直に蛙の大僧正と牧師の半分を丸のみにしてしまひました。残つた者達は命からがら安全な場所へかくれてしまひました。王様の食慾はさいげんがありませんでした。とうとう池の人口を半分にしてしまひました。実際やつて見ないと気がすまない野蕃な戯談を好む神様はこの有様を痛快に思つて「どうだこん度の王様はよいか。」と尋ねました。

彼は胸くそ悪く思つたことは、年とつた蛙が自分達はみなあの愉快な、統治者を大変気に入つてゐると答えたのです。

「すきなんだつて?」思はずききかへしました。神様は蛙達の不平をきくことを予期し、うまく説教でもしてと、もくろんでゐたのでしたから。「お前達は半分以上もたべられたぢやないかそれでもすきか」「ええ半分以上、たしかに食べられました。併し残つてゐるものは立派なものばかりです。私達のうちで強いものと智恵のあるものは彼の嘴《くちばし》からのがれるのはたやすいのです。彼の牲《いけにえ》なんかになるものは体も心も弱いのです。適当にしてくれたことによつて私達の退化をふせぎ私達の政治上の問題を解決してくれました。彼は私達を飢餓からすくつてくれさへしました。そして生活程度が高められました。ほんとうに彼の統治は一口にいへば恩恵の長い連続でした。私達は新しい王様をどんなに賞讃してよいかわからないのです。また、あの様な立派な王様を下さいました貴方にも感謝致します。」かしこい蛙が云ひました。

神様は「ウムそうか、そうか」と申しました。

鴉と狐

木の枝に鴉が止つてゐた。下の道を狐がやつて来た。狐は空腹なのである。（尤も狐の空腹は慢性なのだが。）

鴉はチーズを一切れくわえてゐた。チーズは大きくも特に上等でもなかつたが、狐は食物に贅沢でなかつたし、小さな物を奪ふことがそんなに気品を下げることとも思はなかつた。それが彼の成功の秘訣であつた。

post card

恐れ入りますが、切手をお貼りください

810-0041

福岡市中央区大名2-8-1

天神パークビル50

書肆侃侃房

フリガナ

お名前　　　　　　　　　　　　　　男・女　年齢

ご住所　〒

TEL（　　　）　　　　　　　　　ご職業

e-mail：

※新刊・イベント情報などお届けすることがあります。　不要な場合は、チェックをお願いします→□
著者や翻訳者に連絡先をお伝えすることがあります。　不可の場合は、チェックをお願いします→□

□注文申込書　このはがきでご注文いただいた方は、**送料をサービス**させていただきま

※本の代金のお支払いは、本の到着後１週間以内にお願いします。

本のタイトル	
本のタイトル	
本のタイトル	

読者カード

本書のタイトル

購入された書店

本書をお知りになったきっかけ

ご感想や著者へのメッセージなどご自由にお書きください

※お客様の声をHPや広告などに匿名で掲載させていただくことがありますので、ご了承ください。

◀こちらから感想を送ることが可能です。

書肆侃侃房　http://www.kankanbou.com　info@kankanbou.com

株式会社　書肆侃侃房　@kankanbou_e
福岡市中央区大名2-8-18-501　Tel:092-735-2802
本屋＆カフェ　本のあるところ ajiro　@ajirobooks
福岡市中央区天神3-6-8-1B　Tel:080-7346-8139
オンラインストア　https://ajirobooks.stores.jp
nkanbou.com

おかげさまで
20周年！

書肆侃侃房
Shoshikankanbou

書肆侃侃房は
20周年を迎えました！

2022年4月、書肆侃侃房はおかげさまで創設20周年を迎えました。記念フェアなど20周年についての最新情報は、書肆侃侃房のwebマガジン「web侃づめ」特設ページにて発信しています。ぜひご覧ください。

第5回　笹井宏之賞

募集作品：未発表短歌50首
選考委員：大森静佳、染野太朗、永井祐、野口あや子、Moment Joon
応募締切：2022年9月15日
副賞：歌集出版

ァットガールをめぐる13の物語

・アワド　加藤有佳織・日野原慶訳　**好評重版!!**
800円＋税　978-4-86385-461-1

はわたしたちに冷たい。理由はわかっている。
分の体を生きることの居心地のわるさを描き出した、
作家モナ・アワドのデビュー作。
ーヌ・ゲイ、エイミー・ベンダー、ブライアン・エヴンソン、
紙誌で絶賛!!

新鋭短歌シリーズ59
老人ホームで死ぬほどモテたい　上坂あゆ美

本体1,700円＋税　978-4-86385-506-9　**4刷決定！**

明けの明星みてぇなクソガキ　彼女は寝起きでやってきた。まだ歯も磨いてないかも。この人が生まれる心の何もかもが圧倒的に美しいことを教えてくれる。　――椎名うみ(『青野くんに触りたいから死にたい』漫画家)

風呂の水が凍らなくなり猫が啼き東京行きの切符を買った
故郷の母と重なりしメスライオン　深夜のナショナル・ジオグラフィック

文学ムック
ことばと vol.5
編集長　佐々木敦

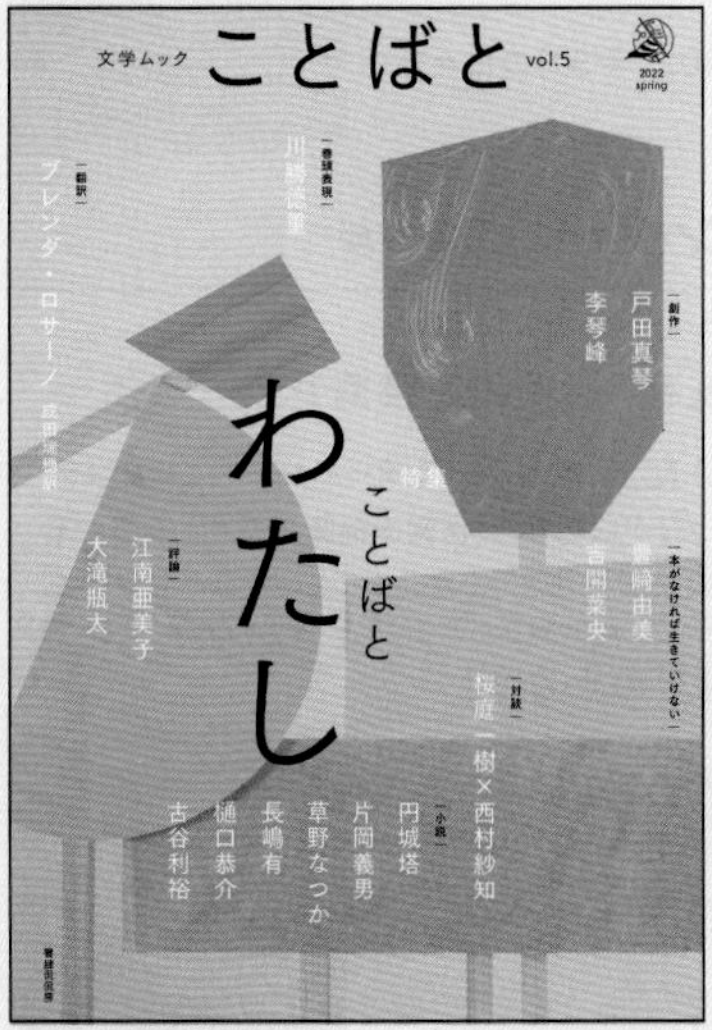

本体1,500円＋税　978-4-86385-516-8

巻頭表現　川勝徳重

特集　ことばとわたし

小説
円城塔　片岡義男
草野なつか　長嶋有
樋口恭介　古谷利裕

評論
江南亜美子　大滝瓶太

対談
桜庭一樹×西村紗知

創作
戸田真琴　李琴峰

翻訳
ブレンダ・ロサーノ　成田瑞穂訳

本がなければ生きていけない
豊﨑由美　吉開菜央

左川ちか全集　島田龍編

本体2,800円＋税　978-4-86385-517-5

詩の極北に屹立する詩人・左川ちかの全貌がついに明らかになる――。

萩原朔太郎や西脇順三郎らに激賞された現代詩の先駆者、初の全集。
すべての詩・散文・書簡、翻訳を収録。
編者による充実の年譜・解題・解説を付す。

日記　若手はなしかの思索ノート　林家彦三

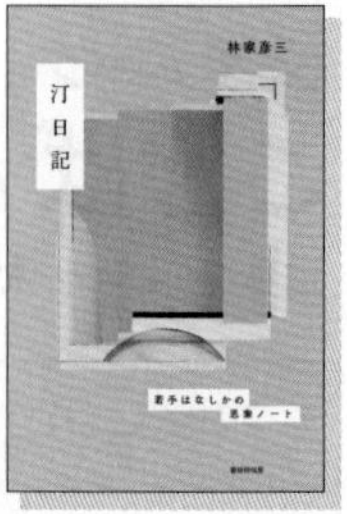

体1,500円＋税　978-4-86385-518-2

コナ禍に"二つ目"となった。
っかりと空いた時間に、ぽつりぽつりと紡いだ言葉。
れは、ほんのひとときの雨宿りの時間なのかもしれない。

京郊外で暮らす若手噺家の2020年4月～2021年5月の日々を
った日記文学的思索集。

カルチャーセンター　松波太郎

本体1,700円＋税　978-4-86385-513-7

松浦理英子・柴崎友香・保坂和志推薦!!

松波太郎はそこにいた。カルチャーセンターで共に過ごしたニシハラくんの未発表小説『万華鏡』が収録され、作家や編集者たちから寄せられたコメントに、松波太郎の説明責任までもが生じてくる文章と空白の連なり……松波太郎は、ニシハラくんに語りかける。**「どうかな?　これは何だろう?　小説なのかな?」**

やしさをバネに　チョン・ファシンのめくるめく人生

ョン・ファシン

体1,300円＋税　978-4-86385-510-6

と口と耳があれば生きてゆける。

本語は一言もしゃべれず、書くこともままならなかった娘チョン・ファシは日本で働く朝鮮の青年と結婚し、15歳で日本に渡る。80年に及ぶ本での過酷な日々を、いつも明るく逞しく不撓不屈の精神で生き抜い1人の朝鮮人女性の生涯を描いた感動の物語。

韓国女性文学シリーズ11

夏のヴィラ　ペク・スリン　カン・バンファ訳

本体1,700円＋税　978-4-86385-499-4

過去と現在が交差し、一瞬煌めいて消える
韓国で五つの賞に輝いた珠玉の短編集

いまやペク・スリンの小説は、母語と母国、母性の世界の不均質にま手を伸ばす。普段は見られない母親の美しさに怯えて泣き出す子のように、私もまたその過程にすっかり魅了された者のひとりだ。
――キム・グミ(小説家)『あまりにも真昼の恋愛』

路上の陽光　ラシャムジャ　星泉訳

本体2,000円＋税　978-4-86385-515-1

チベット文学を牽引する作家ラシャムジャ。
代表作「路上の陽光」をふくむ日本オリジナルの短編集。

日本を舞台にした短編「遥かなるサクラジマ」も収録!

ラサは懐の深い町だ。見た目も言語も異なる様々な民族が、
あらゆる通りを川の流れのように行き交っている。(本文より)

感電しかけた話　伊舎堂仁

本体1,700円＋税　978-4-86385-511-3

第一歌集『トントングラム』でデビュー、破天荒
口語短歌によって注目される著者の第二歌集

ぼくたちを徴兵しても意味ないよ豆乳鍋とか食べてるから
その町にいればどこからでも見えるでかい時計の狂って
本日も東日本のご利用まことにありがとうございました

短歌ムック **ねむらない樹** vol.8

本体1,500円＋税　978-4-86385-508-3

第4回　笹井宏之賞発表号

大賞　椛沢知世「ノウゼンカズラ」

選考座談会　大森静佳×染野太朗×永井祐×野口あや子×神野紗希

特集　渡辺松男の世界／2021年の収穫 ほか

彼は鴉を見上げてすぐ言葉をかけた。

「もし、もし、私は一目見てわかります。あなたは感じ易い芸術的な魂の持主なのですが、仕方なく芸術の解らない、性の合はない人々の中に住んでゐる方なのですね。その人達の中ではとても貴女の才能を伸すことは出来ませんね。」

鴉はうれしかつた。そして注意深く耳をそばた《〔ママ〕》てた。

「一寸、私の思つてゐることを述べさして下さい。私の名前は狐です。私の使命は同胞の役に立つことです。私の精力を捧げてゐる主な使命は、個性の完成と、正当な幸福の実現と成功の達成です。それらの事を私は名ばかりの料金の個人教授或は成績を納《〔収〕》めない時は料金は戻すといふ方法の通信教授のどつちかで教へてゐます。

御婦人よ‼　あなたの場合は私が役立つと思ふことの一つであります。誤解されてゐる人の事件は私の特技なんですから。あなたが思ふ通に自己表現が出来る様に、そして自己表現によつて立身し、幸福と富を得る様に、お助力しませう。」

「ええありがたう。」

鴉の答はかなり曖昧だつた。彼女は口を開かないでしやべらなければならなかつたので、チーズの為に押つぶされた様な声を出した。女性達がそうであるやうに、彼女も自分の魂のことを話されるのが好きだつた。彼女は自分が人に誤解されてゐること、又誤解される様な損な性質を持つてゐる女であることを言はれて少し気をゆるした。

「ぢや私に話して御覧なさい。あなたの特殊な才能は何です。あなたの野心はなんですか。女優になつて、個性の表現をしようとでもお思ひですか。又あなたの夢は、短篇小説や広告を書いて名声と富を得ようと望むことですか。」

鴉は首を振つた［。］狐は追求した。

「或はあなたは、ミケランジエロやダナ・ギブスン《［Dana Gibson］》の様になつて人々を感動させやうとでも思つていらつしやるのですか。若しそうなら私は六週間であなたを大家《［たいか］》にすることを請負ひませう。筆を持てる人なら誰でもデッサンが出来るし、肉汁でテーブル掛けを汚せる位の人なら誰だつて、色を塗ることが出来ます。私の趣味と美術の通信教授の方法は絶対保証付のしかも科学的なもので…………。」

鴉は再び首を振つた。併し狐は落胆しなかつた。

「若し商売で立身仕様《［ママ］》とお望みなら、やはり何か野心がおありでせう。若しもあなたのばら色の夢が歯科医や資格ある産婆などにならうと云ふのであるならば…………。」

「いえ、いえ。」

鴉は警戒して、チーズの隙間からきこゑない様な声で云つた。

「私の趣味は音楽ですのよ。」

「音楽!!」狐は思はず叫んだ。

「音楽ですつて。音楽は最高の芸術です。

私のハリトツクス《[halitoxic]》式のピアノ教授は厄介な練習の必要なんかありませんよ。」

「けれど、私歌手なの。」

「そりやなほいいですね。あなたが勉強しながら働ける私の発声法をおやりなさい。私の生徒の中では練習してゐる間に、コメディイ座や、グランド・オペラでいい役についたのがありますよ。」

「それはほんとうなの。」

彼女は釣り込まれて云つた。

「ええほんとうですとも。」

さもほんとらしい狐の答だつた。

「入学する前に一度あなたの声をきかなければなりませんな。そこですぐ歌つて下さい。」

鴉はカルメンも、イゾルデ・メリザンドも歌つたことがあつたので頭をそらして、得意になつて歌ひ出した。

チーズは口から落ちてしまつた。狐は落ちて来る途中でそれを捕へて、すぐのみ込んだ。

そして舌なめずりをして急いで逃げ去つた。

鴉は其の間、歌のことの他すつかり忘れて、有頂天になつて歌つてゐた。彼女の声は其の時通りかかつた大鴉の注意をひいた。大鴉は次の枝にとまつて傾聴した。彼女がうたひ終つた時、「ブラヴオ!!」と云つて、彼の所有の黒人劇場で一役やつてくれと云ひ足した。彼女は喜んで即座に承諾した。

以上の事は、低能でも運がよければ、時には狡猾な人間よりも得することがあることを示めしてゐる。けれどもそれは、大概は一時的なものである。何故なれば狐は直に彼女の一年間の給料の十分の一を請求する訴訟を起したのである。その理由は、チーズを彼に与へた以上は彼女は彼の発声法の教授を受けることに同意したのだから、その授業料を払ひ込む義務があるといふのである。そして謂ふ迄も無い事だが彼は見事此の訴訟に勝つたのである。

蠅のスープ（モルナール・フェレンツ・小説）

ブダペスト一流のレストランの所有者であるワンペテイツクス《[Wampetics]》が或る夏の日涼しい庭の木陰のテーブルで私に語つた話である。

私がそれを今まで覚えてゐるのは、如何にも其話がリフアインされた機智のある、この老紳士を彷彿させたからである。この老紳士といふのはフレデエリック・ポドマニツキイ男爵といふハンガリイの代議士で、何十年といふ間春でも秋でも同じ様に、降つても照つても、きつと、ワンペテイツクスのレストランへやつて来て独りぼつちで定つたテーブルで、昼飯を食べてゐる男である。

ワンペテイツクスの店は非常に繁昌するので、料理は立派で手がまはりかねる事もある。

或る日、ポドマニツキイ男爵の前に置かれた、スープの中に蠅が二匹浮んでゐた。

男爵は時々こういふ目に会つてゐるのだ。

彼は、スプーンをおいてウエターを呼んだ。

ワンペテイツクスを呼んでくれ給へ。

ワンペテイツクスは、せかせかとやつて来て、叮重《［ていちょう］》に頭を下げた。

ポドマニツキイ男爵は静かな穏当な句《［ママ］》調で低く云つた。

「ワンペテイツクスさん、貴方が私を喜ばせやうとして、色んな試みをして下さるのは有難いが、私が蝿のスープが好きだとお知らせ［し］た事がありましたかな。一《［いっ］》そのこと、何も入らないスープと別な皿に入れた蝿とを持つて来て下されば甚だ有難い。すれば私はその時に気に入つただけの蝿をスープに入《［いれ］》ますから。

二つの話（モルナール・フェレンツ・小説）

A

場面——美術家達のよく来るカフェの隅。話は人類と共に古い話、例へば「あいつ」は悪い奴だ。「ほんとは悪い奴ではない。ほんとはエゴイストだ。」と等々。善良な人間と悪い人間に就ての盛んな議論。善良な人間の極く頼りない例。悪い人間の素晴らしい例。最後に、一番悪い悪戯に関しての論争。最も悪い悪戯をした事のある奴には、商品として上等な葉巻一本。私はその葉巻を獲得した悪戯の話をここに述べる。

——僕が十六歳の時であつた。級友と一諸〔ママ〕に大晦日の晩に会をやつた。雪の降る中を家へ帰つて来たのは朝の八時頃だつた。皆すつかり酔つぱらつて何かふざけたくてたまらないのさ。ポストの側を通るとポストの口から手紙の角がはみ出してゐるんだ。ポストは新年の挨拶状で一杯になつて、後から入れた手紙は入れないわけなんだ。僕はその手紙を引張り出した。それは、名刺の入つた開き封の封筒だつた。その名刺は或る役所の助監督の名刺なんだ。そして宛名は某々閣下に「幸福な新年を迎へられる事を祈る。」となつてゐた。ところが昔《[某]》々閣下はこの助監督の上役に当つてゐるのだ。

「おいこいつは素的に面白いぜ。」

と僕が云つた。

或るカフエへそれを持つて行つて、ペンとインキを借りた。僕は偽筆に妙を得てゐたので一寸紙で練習してから、

「幸福な新年を迎へられることを祈る。」の後へ続けて

「併せて若しも閣下が今年も相変らず不正にして、残虐なる方法において部下を待遇するならば、閣下の身に不幸の当来《[ママ]》すべきことを忠告申上候。」と書き足した。

偽筆は我ながら申分ない出来であつた。僕は名刺を封筒へ入れて投函し、すつかり愉快になつて家へ帰つて眠つた。以上。

B

場面——カルルスバアド《[Karlsbad]》の夏場の真盛りの時の大旅館のテラス。時刻午後三時。テラスは一杯の人だかり。二階の窓はすぐ其の頭の上になつてゐる。すると二階のすみつこの窓

に婦人が顔を出して、テラスで静かに食後のコーヒーをすすつてゐる夫へ声を掛ける。

「レオ。私新聞が見たいんですけれど。みつからないの。」

テラスの紳士方はみんな、窓の美しい婦人を見上げる。

「ナイトテーブルの上だと思ふがな。」

とレオがいくらか当惑して答へる。

細君は窓から消える。夫は細君の引き起した他の人の注意に困つてゐる様子である。暫らくすると、又細君が現れる。今度は第二番目の窓である。

「そこには無かつたわ。」

「ぢや僕はどこへおいたかわからないな。」

細君はその第二番目の窓から消える。そしてすぐ第三番目の窓から首を出す。

「貴方持つて行きませんでしたの。」

「いや持つてこないよ。」

彼女は第三番目の窓から消えて四番目の窓から顔を出す。

「貴方のポケットに入つてなくつて。」

「ないよ。」

彼女は例によつて四番目の窓から消えて第五番目の窓から現れる。

「どこにもみつからないわ。」

レオは当惑仕切つてゐる。細君が窓へ現れる度にテラスの連中が全部細君の方を見上げるので。彼はそろそろ赤くなつてゐる。

「もう少し探してごらんよ。」

彼女は又引込むがすぐに六番目の窓に飛び出す。それから七番目の窓へ。最後に八番目の窓へ。其の度にみつからないと強情を張る。

レオは善良な夫である。立ち上つて売店で新聞を購《あがな》つて細君の処へ持つて行く。部屋へ入ると細君は肘掛椅子で新聞を読んでゐる。

「なんだみつかつたのか。」

「始めつからあつたのよ。」レオはものがいへない。

「何だつて私をそんなに睨んでゐるの。つまり、今朝着いたばかりの私達がこの宿の二階で窓の八つ付いた四部屋のアパアトメントを借りてるつて事をあの木偶坊《でくのぼう》達に知らしてやる方法がみつかつただけなのよ。」

闘争（シャーウッド・アンダーソン・小説）

男の客が訪ねて来た。丈が馬鹿に高い。押しつぶしたやうな低い声だが彼はこだわりなく話すのであつた。

主人――ジヨン・ワイルダアはわざと落付いて注意をおこたらなかつた。

「彼は何を話すのだらう。叮嚀《ていねい》にしようとしているのだな。」

つまらない話題であつた。彼は夕焼の話をした。家の入口が西向きで丁度夕暮れであつたのだ。庭は灰色の石塀で区切られ、その上に林檎の木の二三本見える丘がある。

客の名もワイルダア――アルフレッド・ワイルダアと云つた。彼はジヨン・ワイルダアと従兄弟同志。二人共みかけのがつしりした男である。ジヨンは弁護士、アルフレッドは科学者である。彼は他の町の大きな製造会社で相当な地位にゐた。長い間会はなかつたのだ。アルフレッドの妻と娘は欧羅巴《ヨーロッパ》にゐるさうだ。

彼等は幾年間も音信不通であつたが、おなじ中西部の小さな町で生れ少年時代もおなじ処に住んでゐた。彼等はいつも仲が悪かつた。幼い時は何かある度に喧嘩しさうになるのだつたが決して出来なかつた。二人の家にはまだ大勢子供がゐていつも一諸《［ママ］》に遊んでゐたから。クリスマスにはお互に贈物をしあつてゐたので誰だつて彼等はいつもいとこらしい親しみをもつてゐると思つてゐたのだ。ほんとうに仲よしのやうにさへ見へたのだ。誰れも解るものか！

両家では共同で賑やかにクリスマスを祝つた。ジヨンもアルフレッドも贈物の心配をしなければならなかつた。

今、五十才になつて、アルフレッドが夕焼のことを話した時ジヨンは幼かつた日のクリスマスを想つてゐた。

その時ジヨンは街で親しい友達から仔犬を一匹貰つて喜んで家へ帰つた。併し彼の母親は犬が嫌ひだつたのでいくら願つても飼はせなかつた。突差《［ママ］》に彼の思ひついたことは母親はいとこのアルフレッドが犬をほしがつてゐるのを知つてゐたから、クリスマスの贈物にするまで一寸の間だけ飼ふのだと云つた。それはうまい思ひつきだつたが彼は少しもそんな気はなかつた。どうしてもそばへ仔犬をおきたかつたのだ。彼はいとこにじき呉れてしまふのだからと云つた時は嵐の夜にただよう船長のやうな気がした。彼は一番近い港に避難してたしかなチヤンスをねらつてゐた。私達は船や仔犬を助けるには、うまいチヤンスをとらへなければならない。

仔犬は秋おそく貰つた。裏の納屋の中に置いた。彼は毎日犬のことで胸が一杯だつた。一日二十回も、夜は寝床をぬけ出しては納屋へ行つた。母親は気付かなかつた。仔犬はどうしても母親には好かれないのだ。ジョンは他にまた考へた。いとこに呉れてしまつても犬の友情は自分のものだ。幾回でも戻るだらう。するとしまひには母さんも降参してゆるして呉れるに違ひない。私達に一度犬がなつくと決して忘れるものではない。私達が死ぬと墓のまはりを吠えまはるだらう。

アルフレッドのものになつてしまふことを思ふとジョンは死んでしまひたいと思つた。母さんへの腹癒《〔はらいせ〕》にもなる。雪に埋まつた少年の死骸。仔犬も墓のそばで一諸にねむるのだ。ああ素的な死だ。其場面を想つただけでジョンは涙がにじんで来た。

前にも云つたやうに仔犬は秋に貰つた。クリスマスにとうとう彼は仔犬をいとこへやつてしまつた。アルフレッドは彼に鎖のついた安い時計を呉れた。それはほんとうは彼の贈物ではなかつた。彼の父親が金を払つたのだ。

アルフレッドは犬を連れて行つてしまつた。ジョンは待つてゐた。犬は戻らない。失望した。彼はアルフレッドが意地悪をして出さないのだときめてゐた。或る日見に行つた。アルフレッドはスケート場へ出かけて留守だつたが、犬は庭にゐた。ジョンが呼んでも来ようともしないで一寸尾を振つただけだ。そしてジョンを見馴れぬといふ風に吠へだした。

ジヨンは犬がすつかり厭やになつた。

いとこに対する憎しみはいつも理由なく起るのだつた。彼はそのことに就いては恥づかしいと思ふのであつたが。

仔犬は大きくなつた。シエパード種だつた。

或る日ジヨンは父親の鉄砲をもつて野原へ遊びに行つた。彼はその時十六であつた。たしかに其の犬だ。彼は突然牧場の柵づたいに大きい毛色のきたならしい犬が羊の群を目差してゐるのを見つけた。彼は羊を食ふ犬の話をきいてゐた。その頃近所でよく羊が殺された。ジヨンは後をつけた。犬は彼を覚えてゐたのだ。「シエツプ」と声をかけると尾を振り出した。犬は悪いところを見つかつたといふやうな様子をした。彼は緊張した。羊を食ふやうな犬を殺すことは市民の義務だ。ジヨンはその時まで市民の義務を痛感したことはなかつた。たまらなくなつて彼は犬を射つた。二連銃だつた。はじめはびつこを曳いて苦しがつて吠えたが二発目で完全に射ち殺した。犬の死骸を見て満足したやうなうれしさを感じた。こんな感情は恥かしいと思つたがあの犬は羊をねらつてゐたのだからと自分に弁解することによつて打ち消した。犬が彼に殺されたことは誰れも知らない［。］彼も誰れにも話さなかつた。後で犬の死骸は野原で見つかつた。アルフレツドは犬にかなり愛着心が起きてゐたので、それを知つてがつかりした。

アルフレッドはほんとうに犬を可愛がつてゐたのではないといふことをジョンはよく知つてゐた。彼はジョンがいやいやながら呉れたのを知つてゐるものだから、それで犬を大切にしてゐたのだ。彼はさういふ男だ。ジョンは彼のさういふところが嫌ひだつた。彼はアルフレッドからの贈物を想出した。あれはおぢさんが呉れたやうなものだ。もうとつくにポケツトからすべり落ちてなくなつてしまつた。安物だから鎖がしつかりついていなかつたのだ。彼はアルフレッドがそばにゐる時、度々ポケツトから時計を出して見せびらかすやうにするべきだと思つた。さうすることはアルフレッドを苦しめたに違ひないから。

ジョンは時計をなくしたことで何となくアルフレッドにいいことをしてやつたやうな気がした。

二人の少年は小さな町で成長した。

彼等は町を出て別々な大学へ入つた。実生活に入ると別々な町へ住むやうになつた。

二人の間の憎しみはまだ続いた。彼等が追々年をとつて親類としての交際をするやうになるといつでも上品な手紙を取交して義理をかくやうなことはなかつた。ジョンが出世して例えば洲会議員になつた時などアルフレッドは祝ひの手紙を出した。

アルフレツドに何かいいことがあるとジヨンも同じやうなことをした。二人が結婚した時にはお互に何かさしつかへがあつて式に出席出来なかつた。段々年をとつてゆくにしたがつて手紙の往復もしないやうなことがあつた。

その後突然アルフレツドがジヨンを訪ねて来たのだ。ジヨンの家はシカゴの郊外であつた。丁度アルフレツドがシカゴに商用があつたのだ。アルフレツドはジヨンの家に顔だけ出さうと思つてゐたがジヨンは泊つてゆけと云つた。アルフレツドが嫌ひなだけ彼は泊つてゆけとしつつこいと思はれる程云ひ度《〔た〕》くなつた。憎んでゐるのが悪いやうな気がしたので。そのまま憎しみをあらはすことも出来ないでそんなことを云つてゐる自分がジヨンは馬鹿らしく思はれた。ジヨンの妻はアルフレツドと話がよく合つて何時間も二人で話しこんでゐるやうなことがあつた。二人共音楽に趣味をもつてゐたのだ。ジヨンは音楽のことは解らなかつた。細君は長いことピアノを弾いては其の後でアルフレツドと話込むのだつた。

ジヨンは本を読んでゐても隣りの部屋のアルフレツドと妻の話声が気になつて仕方がないのだ。欧洲から帰つたら娘と一諸に暫らく滞在の予定で遊びに来るやうになど云つてゐる彼女の声を耳にした時はよけいなことをいふと思つた。あまり話がはずむとジヨンは思はず拳を握つた。時にはアルフレツドへの憎悪心を自分で楽しんでゐることもあつた。その憎悪心にはいくら考へても理由がないのである。「全く馬鹿らしい話だ。」彼は独言した。

二人が玄関にぼんやり立つてゐた時は夕食の一時間後であつた。アルフレッドのシカゴの用事は殆んど済んでゐた。アルフレッドはまた夕焼が綺麗だと云ひジヨンはうなづいただけで重くるしい沈黙が続いた。

「散歩に行かう。」とアルフレッドが云つた。ジヨンは気が進まなかつたがその夜は細君は遅くまで帰らなかつたので他にどうして居たらよいかわからなかつた。ジヨンの家は湖の岸へ下りてゆく崖の上にあつた。庭の向ふ端から下りる段があつた。夏の夜で若い男女が水浴をしてゐた。岸に出ても二人は黙つてゐた。その重苦しさは我慢出来ないことはない。砂の上に座つた時随分時間が経つたやうに思つた。二人共心の中で考へた。「全く俺は馬鹿だ。此の男は俺の従兄弟だ。何も悪いところもない。一たい俺はどうしてゐるのだ。」二人共一度殴り合つて見たいといふ慾求を感じてゐたがそれはあまりに子供ぢみてゐる。お互に五十才にもなる立派な紳士だ。やがて二人だけの静けさになつた。その時ジヨンが立ち上らうとするとアルフレッドも身を起した。砂がくずれたに違ひない、アルフレッドはジヨンの方へ倒れかかつた。ジヨンは少し乱暴に彼を押返したのでアルフレッドはあふむけに頭を打つた。ジヨンとしては思ひかけなくもはずみをくつての結果なのだ。

アルフレッドは故意にしたことだと思つた。彼には判断する余裕もない。科学者は法律家の様な頭の働かし方は出来なかつた。或る男の手が滑り落ちたところに君が居て突き当つたとすれば誤解は忽ち成立する。アルフレッドはあまり頭のいい男ではなかつた。そんなところがジョンは気に合はなかつたのだ。アルフレッドは砂から起き上つてジョンを殴つた。ジョンも負けずに殴り返した。暗い砂浜で闘争が始まつた。たれもゐないからいいやうなもののつかみ合ひをする年頃ではない。ジョンは眼のふちを紫色にはらし、アルフレッドは鼻血を出した上、服を破いてしまつた。二人共町内で体育協会に属してゐたので拳闘のやり振りはいつも見てゐたから出来るだけ科学的にしようと思つた。息切れがして我慢出来ない位疲れた頃二人共我に返つた。お互に取乱したみにくひ姿を見て思はずふき出してしまつた。彼等は喧嘩する前とは変りなかつた。殴り合つたから云つて何一つ清算されたわけではなかつた。二人は物も云はずに家へ帰つた。アルフレッドは部屋で服を着かへたり荷物を纏めて自働〔ママ〕車屋へ電話をかけたりして努めて平静を装つてゐるのである。ジョンにはそれがよく解つた。ジョンは浴室で眼を冷してゐるとアルフレッドが来てもう出発したいと声を掛けた。二人は顔を見合して仕方なく微笑をつくるより他はなかつた。

　憎しみはやはり消えなかつた。

「君の細君には電報が来たのでお別れもしないで急いで帰ると云つて呉れ。」とアルフレツドが云つた。ジヨンは「君の細君」などと失礼な云ひ分に腹が立つたし、その上彼の妻を好きらしい様子がしやくにさわつた。

自働車が来るとすぐアルフレツドは出発してしまつた。

ジヨンは従兄弟の立ち去つた後は何か家の中が清々して気安さを覚えるのであつた。彼は眼の傷の云ひ訳に一寸困つたが妻が帰つた時は水岸を散歩した時ころんだと云ふと妻は「まあ、しようありませんわね」と云つただけであつた。アルフレツドは電報が来て急いで帰つたことを話すと彼女は物足らないやうな顔をして「アルフレツドはいい人だわ、私もいとこが一人欲しい。こんどまた家族連れで来ていただきたいわね。」と云つた時は傷が痛むのをこらえて気嫌よく「さうだな。」と答へたが、彼は妻のそばに居たたまらず逃げるやうに椅子を離れた。家の中の空気も今までアルフレツドに占領されてゐたのを取戻したやうに彼には感じられて部屋の中を幾回も歩いた。

彼は先刻の殴合は自分の方が勝つたと信じてゐた。勿論自分と同じ傷ではないけれどかなりひどく殴つたのだから朝になつたらアルフレツドはどんなにか痛がるに違ひないと思ふと妙に彼を愉快にした。若し尋ねて来ても、いやそれまでにはしばらく間のあることだし、アルフレツドだつて馬鹿ではないから来はしないだらうがでも妻や娘を連れて仲直りになんかにやつて來るかもしれない。自分だつて若い娘や妻は好きになるかも知れない。

そんならあいつは自分の幸福を見せびらかしにやつて来るかも知れない。ジヨンはいとこのアルフレツドが自分より幸福だとは考へたくなかつた。彼はアルフレツドに与へた打撲傷が朝になつたらうんと痛み出して寝台車から下りられないやうになつてゐればいいと思つた。

芸術と精神分析（アーネスト・ジョーンズ・評論）

A

美学と精神分析学とは両立出来ぬといふ広く行渡つてゐた幻影のためにこの題目は心理分析者にとつて特に興味深いものである。芸術感を持つ人間が恐怖感を、屢々に強い恐怖感を持たぬことは無いが、この性能は精神分析によつて消滅し得るものである。

精神分析は、芸術それ自身よりは藝術家の心理研究により多く貢献したがこの二問題を分離することは不可能である。最初の困難は芸術といふ名目の下に多くの全く別種なものが存在することである。例へば過度なる美化といふことは人体装飾の下に隠れてゐるものと究極は同一な公示本能から出てゐるので純粋な粉飾的性質のものである。またある外部の事物を可能なる限り再現せんとすることの原因は真の芸術的感情にあるよりはむしろ模倣本能にあると言はねばならぬ。たとへこの本能を練磨することによつて獲得された操作的能力は芸術家としての技術に疑なく重要なものであるとしても。また芸術感は美感と全く同一視することも出来ない。何故ならば前者が後者を超越する例が屢《しばしば》存在するから。現在に於ては、芸術感の本質は、視覚的輪廓、色彩、音響、イデエ等に於ける種々なる形態的関係の普遍的な喜ばしき思考中に存するといふことへの一般的な同意が存在する。

B

この事項を心理的に考へて見るとき人の気付く最初のことは、真の芸術感は何か形態以上のも[の]に関係するといふことの可能性を特に強く否認するといふことである。極端な純粋論者は立派な作品の中に何等《なんら》か内容がありとすれば、それはより無智なる大衆への譲歩或は大衆にその作の芸術性へ興味を持たせるための誘ひであるに過ぎぬとすら主張する。宣伝性又は道徳性が芸術的小説又は劇を害《そこな》ふやうに絵画或は音楽に於て何かのイデエを現はす主題への暗示は芸術の純粋性への汚点であると考へられてゐる。芸術は人間の感情を表現すべきものとして斯様な外在的動機によつて穢されてはならないとされてゐる。芸術はそれ自身何等生物学的な本能と関係のないものだと言ふのである。精神分析者の立場から見れば芸術家がこのやうに考へることはその態度としては正しいが結果に於て間違つてゐる。個人精神の詳細な分析によれば、芸術的才能と芸術的衝動は潜在意識の特に深い種々なる層から発する――実にインスピレイションの意味はこれに外ならぬ――そしてそれはこれ等の層に発生的に存在する闘争をある種の方法で表示してゐるのである。芸術家の無意識な努力はこの闘争から発する感動を特殊の方向に転換しそれを純粋に美的な形式で表現することにある。このプロセスには大部分芸術家の精神力に基く非常に特殊な外貌がある。

C

芸術的本能は単に喜びの特殊な形態を満足させるに過ぎないものでなく苦痛をもまた和らげる。反撥的な又は苦痛的な主題を事実上喜ばしき形態に不思議にも変換することは芸術家の才能の一部である。これは、アリストオル《[Aristotelēs]》がそれに基いて有名な悲痛論を書いた悲劇の場合に特に顕著である。これは作者及観覧者に経験された安堵の感の大部分が不可避の確信と関係が深いためであらう。悲劇に於て特に著しいこの議論は芸術のあらゆる形式に拡げられ得るであらう。確実さ、出来れば完全さの属性、形態的関聯の正確さ、これ等美感に訴へるものの総てがある人々の精神にリフアインされた安全さの感を与へる。この安全さの究極の性質と何故それが必要であるかの理由、それ等は潜在意識の研究によつてのみ解釈される。我々が前に潜在的緊張の鎮和として挙げたことの他の一面が此処にある。

分析研究から最もこの全問題に接近し得るのは文学に就てである。詩の形態的エレメント、音律、適切な音を持つ語また特にリズム、それ等欠くべからざるもののみで詩全体が成立し得るとは何人も考へないであらう。イデエが無ければならない。そして芸術的喜びの大部分はこれ等イデエの表現の秩序や関聯から生ずる。然しこれ等のイデエは孤立してゐない。それ等は精神分析によつて理解される潜在意識の代表物である。多くの詩人に就ての研究の結果主要問題は明瞭にされた。即ち芸術的本能は生活の他の部分とは別なあるものであるか或は多種な方法でそれ自身を表現するあの潜在意識の闘争であるかといふことは。ただ此処に言はねばならないことは、オツトオ・ランク《［Otto Rank］》が彼の詳細なる論文に於て、偉大なる文学のテエマは、フエアリイテイルや遊戯や戯談や多くの他の想像の産物と同じく、比較的少数なる基礎的モテイフの多数なる変形であると言つてゐることである。そして之等のモテイフの中でエデイプス錯綜《［Oedipus complex］》のやうな肉親間のモテイフが予期以上に大きな位置を占めてゐることを忘れてはならない。

新レパアトリイ劇場の設計解説（ノーマン・ベル・ゲッデス・解説）

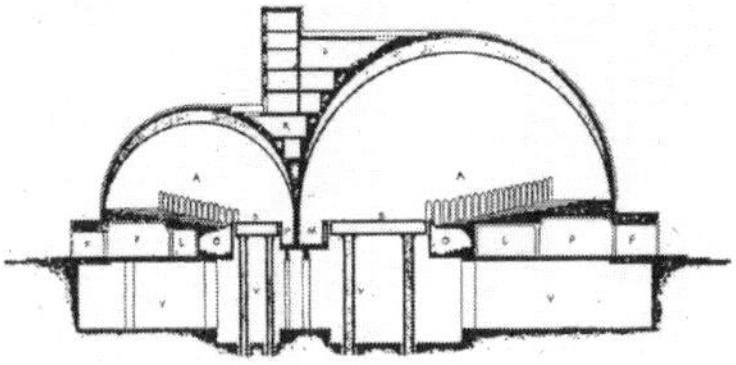

レパアトリイ劇場模型　べル・ゲッズ

大劇場と小劇場。　大きい劇場は一千七百人、小さい劇場は六百人の坐席をもつ外は全く同じ設計である。舞台の中軸線と見物席は平面図で描くと九十度の対角線上にある。その結果深い舞台を構成し坐席の面積を増加してゐる。坐席の間の広い廊下は縦の廊下を作る必要をはぶく［。］このやうな配列で総ての坐席はそれ自身入口までまつすぐに通路を持ち、最もよく全舞台が見え足を置く場所がゆつたりして居て、舞台からあまり遠くもならず、高すぎることも低すぎることもない。バルコニイが無いことと出口まで続く廊下の増加は火事の場合の危険をずつと減ずる。

　そこにはフツトライト、オーケストラのピツトも見えなく、舞台門もない。舞台の正面全部についた階段と、天井の湾曲の中にかくれる両側の柱だけが見物席と舞台を分割する。ただ一つの幕は見物席と別になつてゐる地下室の天井の上にある重い鋼鉄製のもので、それは非常用にのみ使用される。水圧機の力で地下室まで昇降する二枚の移動式舞台がある。その最も高い位置で舞台上に続く。二つの舞台があることは他のものが本舞台で演出してゐる間地下室で一場面を構成されるやうになる。交換は二十秒程舞台を暗くするか光線幕を使用する間に行はれる。

児童劇場。　児童劇場は小さいプロセニウム式の劇場で一番良い坐席は二百人の小供等が坐り桟敷には六十人の大人の坐席がある。長さは八十四呎《フィート》ある。舞台は人形劇を見せるために上方に第二の舞台がある。劇場は両側に廊下があつて形は矩形《くけい》である。見物席の上には練習室がある。屋上は戸外ダンスと体操の練習場。

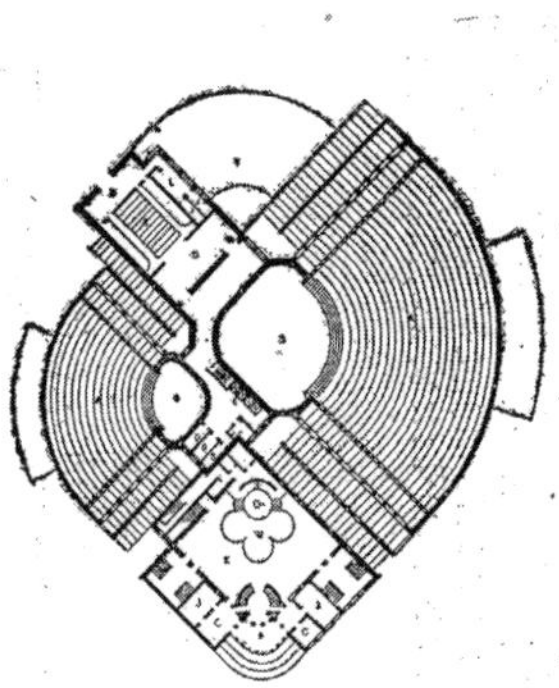

AUDITORIUM FLOOR PLAN

キャバレ。 キャバレには二百五十人を入れる事が出来る食堂がある。踊場と奏楽場と入口の中軸線は建物の平面図では直角の対角線上にある。食堂は二階の周囲にバルコニイのある二階造りである。料理場と食器室は地下室にあるのでバルコニイまではエリヴエタア《elevator》ではこぶ。入口からの正面は踊場より低く造られた環状の奏楽場になつてゐる。此処から踊場が円く拡がつてゐる。奏楽場の後には両側から踊場へ降りてゆくやうになつてゐる階段のつい［た］舞台が高く造られている。移動幕が舞台の深さを自由に定める。入口の両側は休憩［室］と小食堂である。

屋上庭園。　屋上庭園は矩形に設計してある。四つの露台と円形の奏楽場がある。階段とエリヴエータアが入口から露台と屋上庭園に昇る。

建築に就ての一般的ノオト。　大劇場における奏楽場は観客遊歩場と舞台の間にある。此室は全く聴衆には見えない。舞台の前方にある階段をすかして明けられた穴を抜けて音響は見物席までとどく。この室は六十人の音楽家達が音楽を奏するには充分の大きさである。指揮者は潜望鏡によつて全部の舞台へ調和させる。舞台と見物席は一枚の円天井の中にある。壁と天井とが一面で出来、ステイヂから綱や幕やその他のぶら下つてゐるものを除く。

見物席の下の広い空地の大部分は休憩室と広い散歩場である。広い階段は両側から見物席に通じる。その下方の地下室は倉庫と場面を移動するための場所である。屋上は戸外練習場で内部練習室と接近してゐる。照明室が円天井をとりまく。それは一つの配電板で点滅される。この装置は天井と見物人の背後にしてあるが見物人からは見えないやうになつてゐる。照明掛りは見えないやうになつて居て実際に仕事をしてゐる時以外は胸壁の中にかくれる。
大劇場の舞台の深さは五十二呎。見物席は百呎。廊下を入れると見物席の幅は二百三十六呎。見物席の上の円天井の高さは九十六呎。小劇場の舞台の深さは二十四呎［。］見物席は六十四呎。廊下を入れた見物席の幅は百四十四呎。見物席の上の円天井の高さは六十四呎。

中央の塔。　中央の塔には、シヤワア室や練習室や仕事室や事務室や皆出窓のついた大きな化粧室等が百以上も包含されてゐる。塔は十九階の高さである。頂上の二層は水槽に用ひられてゐる。それ等の位置は平等に接近してどの劇場にも便利である。塔の各階の広さは平均二千八百四十八平方呎ある。

憑かれた家（ヴァージニア・ウルフ・小説）

眼が醒めてゐる時はいつも戸のしまる音がした。部屋から部屋へと彼等は行つた。手を取り合つて、ここのカアテンを揚げ、そこの扉を開けて。たしかに確信させながら——幽霊の夫婦を。

《私達はここにおいたのです》彼女が言つた。

《おお、やつぱりここにもある》彼が言ひ足した。

《二階ですわ》彼女がつぶやく。

《それぢや庭の方だ》彼がささやく。

《静かに、でないと家の人が目を覚ます》と彼等が言つた。

併しあなた達が私達を目醒めさせたのはそれではない。おお、決して。『彼等はそれを探してゐる』。《彼等は窓かけを引いてゐる》と人は言ふだらう、そしてまた一頁か二頁を読みつづける。

《今、彼等はみつけた》一人が確信して言ふ、余白に書く鉛筆を止めて。それから読書に疲れて、人は起きあがつて、ひとりで見に行くかも知れない。家は総て空だ、戸は開いたままだ。ただ斑鳩《いかる》が満足さうに鳴いて、農場の方から打穀機のすれ合ふうなりごゑがするばかりだ。《私はここに何をするために来たのか》。《私は何をみつけようとしてゐるのか》。私は何も見出さなかつた。《ではきつと二階だらう》。林檎が高いところにあつた。そして再び下りると、庭はいつものやうに静かだ、本が草の中に滑り込んだばかりだ。

　しかし彼等はそれを応接間でみつけた。彼等が人の眼に触れたといふのではない。窓硝子が林檎を映してゐる、薔薇を映してゐる。総ての葉が硝子の中で緑色であつた。彼等が応接間で動くと、林檎だけがその黄色い側面を見せた。然しほんの少し経つて、若しも戸が開かれると、天井から垂れ下り、壁の上にひつかかつて、床の上にひろがつてゐるもの、――何だらう？　私の手には何も摑《つかま》らない。鶫《つぐみ》の影が絨緞を横切つた。沈黙の深い泉から森の鳩の鳴き声がきこえた。《安全だ、安全だ、安全だ》家の鼓動が静かに打つた。《埋められた財宝、部屋は…………》鼓動はすぐ止つた。おお、あれは埋められた財宝だつたのだらうか？

　瞬間の後、光は色あせた。では庭の方だらうか？　太陽の光線がさまよつてゐるなかで樹等は闇を織つてゐた。非常に稀なほど華やかに。つめたく表面の下に沈んで、私の求めてゐた光は、いつも硝子のかげで燃えてゐた。死は硝子であつた。死は私達の間にあつた。

婦人へ最初にそれが来て、百年も昔に、家を去り、総ての窓はとざされて、部屋は暗闇になつた。彼はそれをはなれ、彼女をのこし、北へ行つた、東へ行つた、南方の空に星が旋廻するのを見た。家を探した。丘の下に見つけた［。］《安全だ、安全だ、安全だ》家の鼓動は喜ばしさうに打つた。《財宝はあなた達のもの》。

風が街路の上を吹きまはる。樹が身を屈め、此方彼方にゆれる。雨の中に月光がほとばしり、そして荒々しくこぼれる。併しランプの光は窓から真直に落ちる。蠟燭は動かないで静かに燃えてゐる。家を通つてさまよひ、窓を開けて、私達を目覚ませないようにささやいて、幽霊の夫婦は喜びを探す。

《私達はここで眠つたのですわ》彼女が言ふ。

《数へられない程接吻して》《朝、眼を醒まし――》《樹の間の銀の光》《二階に――》《庭に――》《夏が来た時――》《冬の雪時に――》と彼がつけたした。

戸ははるか遠くの方で閉ぢてしまつた。静かに、心臓の鼓動のやうなひびきを立てながら。

段々と近く彼等が来た。ドアの所で止つた。風が落ちる。雨が硝子を銀色に滑る。私達の眼は真暗だ。足音が聞えない。目に見えない婦人が彼女の幻のやうな外套を拡げてゐるのを私たちは見る。彼の手は提燈を覆ふ。

《ごらん、全く眠つてゐる。彼等の唇に愛あれ》と彼はささやく。

　かがんで、彼等はその銀色のランプを私達の上に支えてゐる。長く彼等は見る、そして深く。長い間彼等は躊躇する。風は真直にかけてゐる。焔がかすかにゆれる。月の凄い光が床と壁を横切る。そして、会つて、顔を照す。考へてゐる顔を。眠つてゐる人を捜し、彼等のかくされた喜びを捜してゐる顔を。

《安全だ安全だ安全だ》家の心臓は誇らしげに打つ。《永い年――》彼は溜息する。《あなた達は再び私を見つけた》《ここで》彼女はつぶやいた。《眠つて、庭で読書をして、笑つて、屋根裏で林檎をころがして、ここに私達は財宝をおいた――》身をかがめて、彼等の光は私の眼瞼をあける。《安全だ、安全だ、安全だ》家の鼓動は荒々しく打つ。目覚めて、私は叫ぶ。《おお、これがあなたの埋もれた財宝ですか？　この精神内の光が》。

いかにそれは現代人を撃つか（ヴァージニア・ウルフ・評論）

（1）

第一に現代人は、同じ時に同じテイブルに於てなされる二つ［の］批評が、同一の本に対して全々異つた意見を発表するといふ事実にうたれずにゐることは少い。此処に、一方ではそれが英語散文の傑作と言はれ、同時に一方ではそれが屑紙の一山であつて、若し火から逃れることがあれば、焔の中へ投ぜられるべきものであるとされる。然し両方の批評とも、ミルトン《[Milton]》に関して、またキイツ《[Keats]》に関しては合致する。それは共に精緻な感受性を表はし、また疑もなく真の熱狂を持つ。彼等が避け難い論争に到達するのは、彼等が現代作家を論ずるときのみである。かういふ意味で問題になつた書、同時に一方では文学への永久の寄与であり、同時に他方では誇張した平凡さのごたまぜ物と呼ばれた書物の一例が現に二ヶ月以前に発表されたことがある。それが説明である。そのやうにして彼等は意見を異にするのだ［。］

その説明は不思議なものである。それは、現代文学のケイオス《chaos》の中にあつて自己の態度を決定せんとする読者にとつても、また自分の書いた本が、無限の苦痛と完全な暗闇の中にあつて書いた本が、英文学の確定せる発光体等の間にあつて永久に輝くやうなものであるか、あるひは火に投ぜられるべきものであるかを当然知らんと欲する作者にとつても、これは当惑すべきことである。然し若し我々が自分を読者と同一化して、先づ彼のデイレンマ《dilemma》を探索したならば、我々の狼狽は長く続くものであり得ない。これと同じことが前にも屢々起きた。我々はロバアト・エルスミア《Robert Elsmere》か、ステイヴン・フイリツプス《Stephen Phillips》だつたかが、そのアトモスフイア《atmosphere》を一般化して以来、博士等が、新に関して意見を異にし、旧に関して同じくすることを、平均すれば毎年春秋各一回位宛《ずつ》耳にした。だが、若し、この両者が合致して某々氏の書物を疑ふ余地もなき傑作なりとするやうな驚くべきことが発生し、その結果我々が彼等の判断を一《十》シリング六ペンスの代価を払ふことによつて裏書きすべきか否かを決定せねばならぬといふ必要に面することとなれば、それは更に驚異的なことがらであり、更に大きなことになるであらう。両者が著名な批評家であるとする。此処にかくまで自然に転がり出た意見は、英国及び米国に於ける文学の権威を支持する厳正な文章の幾欄かに糊づけにされ、固着せられる。

もしも話が合意的に、しかも何等の特別なる意志なしに進んで、半ギニイの金が現代の問題になつてゐる書物のために使ふにはあまりに多額であり、図書館にカアドを一枚差出せば足るといふことに我々を決意させたとすれば、それは現代の天才に対するある生来の懐疑主義であり、また狭量な不信であるにちがひない。問題はなほ残つてゐる。我々はそれを批評家自らの方へ投げかけよう。今日にあつては過去の作家を尊敬することでは何人にも譲らず、しかも過去の作家を尊敬することが生命的に現代の作家を理解することと関係があることは信ずることが出来ずに居る読者を指導するに足る人物はないのであるか。性急に観測した後、不幸にしてかかる人物が居ないといふことに両方の批評家は一致する。その新しい書物に関して彼等の評価は如何なる価値を与へるか。それが十シリング六ペンスでないことは確実である。彼等は彼等の経験の蓄積から過去の大失錯の数々の例を提出し始める。即ち批評の犯罪であつて、もしそれ等が現代の作家に対しての失錯でなく、過去の作家に対しての失錯であつたとすれば、それは彼等の仕事を奪ひ、彼等の名声を危くしたにちがひないやうな種類のものである。そこで、彼等が提出し得る唯一の忠告は、個人の直覚を重視すること、その直覚に危惧することなく従ふこと、また直覚を現代の評論家または批評家の統制に従はせるよりも、むしろ過去の傑作を読みそしてまた読むことのみによつて抑制すると言ふことである。

　我々は、かかる批評家に対して謙譲に感謝はしながらも、過去の文学に於ても常にこの方法が行はれたのでないといふことを反省せずに居られない。我々は信ずる、かつて一つの統整［ママ］、一つの規律があつて、それが今考へるべくもない厳密さで読者大衆を支配してゐたといふことを。かく言ふことは過去の偉大なる批評家等が、常に同時代者に対して欠点なき判断を下し、彼等の意見が打消し難い烙印を書物に押したため、読者の判断の労を救つたといふ意味ではない。過去の大批評家等の同時代者に対する誤つた評価はあまりにも有名であつて、今更その例を挙げるまでもない。しかし彼等の存在する唯一の根拠は一つの中心を作るやうな影響を与へたことである。この影響のみが、晩餐の卓の争論を統制し最近出版されたある書物について出鱈目なおしやべりに、現代では求める術もないやうな権威を示したであらう、と想像することは理由なきことでない。種々なる流派が熱烈な論争はしたであらうが、読者の精神の内部には文学の主要な原則を細密に理解してゐる、一人の人間が考へられてゐたのだ。その批評家のみは、君がその時代の如何なる珍奇な書物等を提出しても、それを永続する価値によつて評価し、賞讃と糾弾の相反する暴風の中にあつても、彼自身の権威によつてそれを縛りつけたことであらう。然しながら一人の批評家を完成するといふことになれば、豊かな才能と熟成せる社会とが必要である。現代社会の無数に撒きちらされた正餐の卓、また我々の時代の文壇を構成してゐる種々なる潮流の混乱を支配するには、途方もない拡がりの巨人を必要とする。そして我々が何かを予期し得る高さのみでも所有してゐる人間が何処にあるか。論説は至る所にあるが、批評家は居ないのだ。百万の能力ある潔癖なる警官はあるが、一人の裁判官も居ない。趣味を持つ人、博学の人、能力ある人々は永遠に青年を教へて過去の作家を賞讃しつつある。けれども彼等の才能ある、勤勉なるペンがあまりに屢々生む結果は、文学の生命ある組織を乾燥せる小骨の網細工に変ずることである。もはや我々の時代には、ドライデン《［Dryden］》の明白な勇敢さ、キイツ等の洗練された自然な態度、その強い透察力と健康性、又はフロオベル《［Flaubert］》の恐るべき幻想主義、特にコウルリッヂ《［Coleridge］》、彼の頭脳の中にあらゆる詩を醸造し、読者の熱中するときの精神によつて見れば、書物の精それ自身であるかとすら思はれる彼のあの深遠な一般論文の中に表現される、あの様な種類のものは在り得なくなつてゐる。

　また、この事実に対して批評家は容易に見解を一にする。彼等は言ふ、偉大なる批評家は最も稀なものであると。然し偉大な批評家が出たとしても、如何に我々は彼等を支持し、何を供給するか。偉大な批評家と雖《いえど》も、彼等自ら大作家でなければ時代の作品の豊かさによつて養はれるものだ。現代には擁護さるべき偉大な作家もある。基礎付けらるべき、または破滅さるべき派がある。しかし我々の時代は一般は貧窮に隣するまで痩せてゐる。しかし残余のものを支配する名前はない。現代では青年がその内弟子たることを誇りとする作家はない。ハアディ《［Hardy］》が文壇を去つてから久しいものである。またコンラッド《［Conrad］》のかなりエキゾテイツクな才能は彼を名声ある感歎される偶像とするよりも、高く離れたものとした。その他に就いては、たとへ多くの果敢な、全力的な創造的活動にあるものはあつても、同時代者に重大な影響を投げかける能力あるもの、または現代ともあまり遠からぬ未来まで残存し得て、我々を不滅なるものと喜んで呼ばせる種類のものは無い。若し我々が試みに一世紀後のことを考へ、その時に現在の英国に生まれた作品のうちのいくつが残存するかを考へれば、我々はこれが残るといふ一冊の本を推すに一致することが出来ないばかりか、そんな本が存在するか否かも疑はしいと言はねばならぬ。現代は断片の時代である。詩の数聯、数頁、ここ、そこの一章、この小説の始まりの部分、あの小説の終りの部分等が、如何なる時代の如何なる作家の最善の作品とも同格である。しかし、果して我々はその時の読者の持つ全文学作品の前に於て、ばらばらな作集の一束をもつて、その大きな屑の堆積から小さな真珠を拾ひ出すことを求め、なほ隆々としてゐることが出来るであらうか。批評家が間違ひを犯すことなしに、テイブルに坐つてゐるその仲間、小説家、詩人等に尋ねることの出来るのは、かかる質問なのである。

（2）

先づ第一に、悲観主義の重量は総ての抵抗を抑圧するに十分と思はれる。さうだ、これは一凶作時代である、その貧弱さを証明する多くのもので我々は繰返す。併し純粋に、若しも我々は一世紀を他の一世紀と戦はせるならば、其比較は我々の考に対して圧倒的に反対する如く思はれる。Waverley,The Excursion,Kubla Khan,Don Juan,Hazlitt's Essays,Pride and Prejudice,Hyperion と Prometheus Unbound は一八〇〇年と一八二一年の間に総て出版された。現代は精励には欠けていない。併し若し我々は傑作を探すならばそれは悲観主義者が正しいといふことを憚《はばかり》なく現す。

[B] それと異つた長い時間をもつ。ビアボオム《Beerbohm》は、それ自身に於ては完全であるが併しそれは大きなものでない。Far Away and Long Ago の中のある文章は確に後世長く伝はるだらう。ユリシイズは記憶すべきキヤタストロフイ《catastrophe》であつた。——無限なる敢為《かんい》、恐怖すべき惨害、それ故つついたり選んだりして、我々は今はこれを次にはあれを選択し、見せびらかすためにそれを上に挙げ、防禦と嘲笑をうけるのを聞き、最後に駁論《ばくろん》に会はねばならない。正にそんなことをしてすら我々は批評家等と合致するばかりである。断片ばかり生み出されて不断の努力が役に立たない時代であること、そして過ぎ去つた時代と一

緒には真面目に比較されない時代であるといふことに。

併しまたこんな意見が一般に行きわたり、また我々がその正しさを云ひ足してゐたのは真実である、即ち我々が云つてゐる言葉の一つも信じられないといふことを時々我々は鋭く感じるやうになるといふのは。それは不毛の涸渇せる時代であると我々は繰返す。我々は過去を羨望して回顧しなければならない。それなのに、実は今は春の最初の晴天な一日なのだ。生活は色彩に全く欠乏してはゐない。最も真面《まとも》な会話を遮り最も重要な言葉を短く切る電話も、それ自身の物語をもつ。不滅なるものとなる機会をもたないが、故に心のままに語る人々の出鱈目な話は屢々一組の装置、光と街路と家と人間性の美しい或は怪奇な装置を持つ、それは永久に一つの瞬間を自《みず》から織り出すだらう。併しこれは生活である。問題は文学に就てである。我々は二つを解きほぐさなければならない、そして悲観主義のより細かな特徴、より秀れた尤もらしさに対しての楽観主義の性急な謀叛を起すのを正当としなければならない。

[A]天才の時代には努力の時代が続かねばならないやうに思はれる。激動と浪費の後の潔癖と労役。彼等の家を整然として組立てるために自己の名を不滅ならしめることを犠牲にした人々へは勿論あらゆる名誉が与へられるべきだ。併し若しも我々が傑作を探すならば、我々はどこで見つけるべきだらうか？　僅な詩は生き残るであらうと我々は確実に感じる。

イエツ《[Yeats]》、デイヴィス《[Davies]》、ドラメア《[De la Mare]》等によつて作られた二三の詩が。ロオレンス《[Lawrence]》、勿論偉大な瞬間をもつ。

[C]併しさうすると、我々の楽観主義は大体に於て本能的なものである。それは晴天の日と酒と談話から生れる。生活がそのやうに毎日喜びを生むとき、さうして最も饒舌なものの表現出来るより以上の暗示を毎日してゐるとき、どんなに我々は死を賞讃しやうとも、我々はあるがままに生活を好む。現代には我々が決して交換しようとは思はない何かがある、たとへ我々は好きな処に住めと言つて総ての時代についての選択を与へられやうとも。そして現代文学はその総ての不完全性にも拘らず我々に対してそれと同じ威力を持ち同じ魅力を持つ。それは我々が毎日けんつくを喰はし酷評を下しながらもその人なしには暮せない人のやうなものである。それは、如何に荘厳でも我々に遠いものそして外側から眺められた何ものかとは全然別個な、我々自ら、あるひは我々の造つたもの、我々がその中に住むものと同じやうな愛すべき性質を持つてゐる。また我々の時代のやうにその同時代者をいつくしまねばならぬ時代もない。我々は鋭く我々の前時代者から切離されてゐる。尺度の転移——幾代もその位置を保つてゐた集団の突然の変動——は組織の全体を震ひ動かし、我々を過去から絶縁し、多分我々にあまり強く現代を意識させた。毎日、我々は父祖等にとつては不可能であつたと思はれることを言ひ、為し、考へてゐることを知る。そし

て非常に完全に表現されてゐた類似点よりも注意されてゐなかつた相違点を遥かに強く感ずる。新しい書物はそれ等が我々の態度のこの再整理を反映してゐるかといふ希望のために一部分は我々を誘惑する――そんなにも鋭い嶄新《ざんしん》さで我々に衝き当るシインや思考や不釣合なもの等の一見偶然なる集合などを――そして文学がするやうに、それを全体として理解し終へて我々に適応する様に反映してゐるかといふ希望のために。此処には全く楽観のあらゆる理由がある。我々の時代と過去とをつなぐ類似点でなく、それを区別する相違点に表現を与へんと決心した者には、現代ほど豊富なる時代はない。名を挙げることは不快であらう、けれども、詩に小説に伝記に多少留意してゐる読者は、我々の時代の勇気、真実、換言すれば広汎なる本質の印象を受けずには居れないだらう。だが我々の興奮は奇妙に中断されてゐる。次から次と出る書物は常に同じやうに為しとげられざる約束、智的貧困、生活から得られながら文学になり切らない輝き、などの感じを我々に与へる。現代の作品の最良なるものの多くは、急ぎのうちになされた記述、荒涼たる速記によつて、スクリインを過ぎるもののやうに、人物の行動や表情を驚くべき輝かしさで描写する。けれどもその投影はすぐ終り、我々には深い不満足感が残る。その喜びが強いものであつたと同様その興奮は急性のものである。

（3）

結局、その時、我々は出発点まで後退する、極端から極端へはしり、一瞬間熱狂し次の瞬間は悲観的になり、我々の同時代の人々に就て如何なる結論もつかみ得ずに。我々は批評家に助力を頼んだ、然し彼等は其の仕事を避けてゐた。正に今は、彼等の忠告を受入れて過去の傑作を参考することによりこれ等の極端を訂正すべき時である。我々は実に彼等の方へ追ひやられるのを感ずる、冷静な判断に強ひられるばかりでなく、彼等の安定さの上に我々の不安定な錨を下す逼迫した必要にかられて。併し、正直に言へば、過去と現在との比較から受ける衝動は最初は当惑的なものだ。確《たしか》に偉大な作品の中には物憂さがある。ワアズワアス《wordworth》やスコット《Scott》やオオステン《Austen》嬢の毎頁にはいづれも睡眠の境地に人を誘ふ泰然とした静けさがある。機会は生じるが彼等はそれ等を無視する。陰影と微妙さが堆積しても彼等はそれ等を顧みない。彼等は現代人により非常に活発に刺戟されるこれらの感覚を満足することを慎重に斥けてゐると思はれる。概略して言へば視覚、聴覚、触角、——就中《なかんずく》、人間の感覚、彼の認識の深さと多様性、彼の錯綜、彼の混乱、彼の自我等。ワアズワアス、スコット、ジエイン・オオステンの仕事の中にこれら総てのものは少ししかない。そこでは、次第に愉快に、そして完全に我々を圧倒するやうなあの確実さの感が何から起るのだらうか？　それは彼等の信ずる力である――彼等の確信である、我々のうへにそれ自身を銘記するものは。哲学的な詩人ワアズワアスに於て、これは充分に明白だ。併しそれは朝食前に城を築くやうな傑作を書いた無頓着なスコットについても、単純に喜びを与へるためにそつとそして静かに書いた上品なあの独身婦人についても同様に真実である。両方の場合とも、生活がある性質のものであるといふ自然な確信がある。彼等は彼等の挙動について判断をもつ。彼等は人間お互の間の、宇宙に対する人間の関係を知つてゐる。彼等のどちらも事件について直に云ふべき一つの言葉ももたない、併しすべてのものはそれに信用してゐる。唯《ただ》、信ぜよ、と話してゐる我々自身を我々は見出す、然らばすべてはひとりでにやつて来る、と。ただ信ぜよ、非常に単純な実例を引くと、ワトスン《The Watsons》の近頃の出版物が思出させるやうに、一人の善良な少女はダンスで冷遇された一人の少年の感情を本能的に慰撫しようとするのを、それから、若もあなたが単純に疑なく信じるならば、あなたは百年後に人々に同じことを感じさせるばかりではなく、また文学としてそれを感じさせるだらう。なぜならその種類の確実性こそは書くことが可能なるための条件であるからだ。あなたの印象が他の者にもよく通ずるといふことを信ずるのは個性の痙攣と拘束から解放されることだ。それは自由になることだ、スコットが自由だつたやうに、冒険と物語の全世界を我々をなほその魅力でとらへる一つの勇気によつて探ることだ。それはまたジエイン・オオステンがあの様に大なる老練家になり得た神秘的なプロセスの最初の一歩だ。少量の経験は一度選択され、確信されると、彼女自身の外側に置かれても、間違のない場所におかれることが出来る、そして彼女はその時は経験をつくることが自由である、分析者に決して秘密をさとられない一つの方法によつて、そして文学である処の完全な記事となる。

それゆへ、我々の同時代の人々が我々を苦しめるのは彼等が信じなくなつてゐるからだ。彼等の最大の真実なるものですら彼自身に偶発したものを我々に話すことだけだ。彼等は一つの世界をつくることは出来ない、なぜなら彼等は他の人間から自由になれないからだ。彼等は物語を話すことは出来ない、なぜなら彼等は物語が真実だといふことを信じないから。彼等は綜合することが出来ない。彼等は彼等の感覚と感情に信頼する、不明瞭な伝達を持つ彼等の理性よりもむしろそれらの陳述は信用出来るから。彼等は最も力のある、また武器の最も精巧な彼等の技術のあるものの使用を彼自身で抑制する。彼等の背後に英語の全財産を持ちながら、彼等は手から手に書物から書物に最もつまらぬ銅貨を臆病に動かしてゐる。永遠の視野を持つ新鮮な一角に居を据えて彼等ははげしく飛んでゐる閃光を苦しい緊張ですることが出来るだけだ、どの光がどれに？　そしてどれも多分、何物も組立てない瞬時的光彩を。併しここで批評家が仲裁する、そしていくらかの正義の表示をして。

若もこの描写が役立つならば、と彼等は云ふ、そして、またありうることだが、全くテエブルの芥子《からし》壺と花瓶とへの我々の地位と、ある純粋に個人的な関係とによつてゐるのでなければ、その時は同時代の人々の作品を判断することの危険は一そう大である、と。若も彼等が不適切であるならば彼等の為に充分な弁解がある。また後退することは更に良いことは疑ひない、マシュウ・アアノルド《Marthew Arnold》が忠告してゐるやうに、過去の安全な平静へ現在の燃えてゐる地上から。『我々は燃えてゐる地上に入る』とマシュウ・アアノルドは書いた、『我々は我々に非常に近い時の詩、バイロン《Byron》、シエリイ《Shelley》、ワアズワアスのやうな詩、そのいづれも讃美はただ個性的でないばかりか非常にしばしば情熱を伴つた個性的のものであるそれ等の詩に近づくときには』と、そしてこれが一八八〇年に書かれたことを我々は想ひおこす。注意せよ、彼等は数哩《マイル》走るリボンの一吋《インチ》を顕微鏡の下においてこれを言つてゐることを。若もあなたが待つならば事物には自ら選択が行はれる、中庸と古典の勉強は推薦されるべきだ。なほ又、生命は短い。バイロンの百年祭は手近にある。そして現在の燃え立つてゐる疑問は、彼が彼の姉妹と結婚したかいなかといふことだ。そこで概括すれば——若もすべての人が一時に話してゐる時何らかの結論が可能であるならば、そしてもう終るべき時である、――傑作を創作する希望を拋棄《ほうき》することが現在の作家等のために賢明であるやうに思はれる。彼等の詩、演劇、伝記、小説等は著書でなくて、手帳である、そして、時が良い教師のやうにそれ等を手にとり、汚点となぐり書と抹消とを指示してそれを引裂くだらう。併し彼は屑籠の中にそれ等を投込みはしないだらう。彼は彼等を保つだらう。他の学生がそれが非常に有益なことを見出すだらうから。未来の傑作がつくられるのは現在の手帳からである。批評家が今、丁度、云つてゐるやうに、文学は永く続けられ、多くの変化を受けた、そして海上を揺れてゐる小さなボートを今彼等はどんなに激動させてゐるとしても、これらの狂風をおほげさに誇張するのは近視である、偏狭的な心である。嵐と水沫は表面にある。永続と静穏は深い底にひそむ。

　批評家としての人々の仕事は現在の書物を判断することだ、その仕事、我々は認めよう、それは困難で危険でありそしてしばしば面白くないことだが、激励を与へるに寛大であるやうに我々は彼等に頼まう。併しあれ等の花環と冠のかがやきでなく。それは非常に歪められやすく、色があせそして佩用者《はいようしゃ》を六箇月後には少しおかしな風に見えるものだ。彼等により広い、より個人的でない現代の文学の見解を持つてもらはう。その建築は共同の努力によつて建られるのだが、別々の働手は匿名であるかも知れない、大建築に従ふ働手のやうに作家を見なしてもらはう。其処の砂糖は安くそしてバタ《butter》は沢山ある所の呑気な仲間の上にドアを彼等が閉ぢるやう、そして少くとも一時は、あの恍惚とするやうな題の議論——バイロンは彼の妹と結婚したかどうか——をやめて、そして、我々が坐つておしやべりしてゐるテエブルから少しだけ退いて、文学それ自体についていくらか興味があることを云つてもらはうではないか。彼等が去る時彼等をしつかりさせ、そして彼等の記憶の中に呼び起させよう、痩せこけた貴族のレイディ・ヘスタア・スタンホオプ《Lady Hester Stanhope》を、彼女がメシアのためにいつでも役立つように彼女の厩《うまや》にミルク色の白い馬を飼つてゐたこと、そして彼の近づいたしるしを待ちかねて常に自信をもつて、山巓《さんてん》をうち眺め、そして彼等に彼女の手本に従ふやうに命じてゐたことを。批評家をして未来に関して過去を見させ、そしてやつて来る傑作のために道を準備させせよう。

遅い集り（ジョン・チーヴァー・小説）

八月はやくはげしく雨が降つて、葉らはすべての木を離れた。日光の輝く丘は焦げた捏《こね》粉《こ》菓子のやうで、陽のかげつてゐる時は牧場は灰色であつた。そして樹らは黒く、澄んだ空は滑らかな地平線の上までフイルムのやうな線で見えてゐた。多くの避暑客は帰つてしまひ、いくらかの者だけが残つてゐた。

夕暮にはリチアドとフレッドは砂の凹処の中にある形ばかりの池のある方へ歩いた。そして白鳥たちが風の中に漂ふのを眺めた。リチアドは毎朝早く起きた。そして丘を眺めた。それから彼はピジャマを脱ぎ、小窓の硝子にぐるりとまはつて写る彼の体を見た。彼が見てゐなかつた時、彼の体は窓の小さな硝子をとほる輪廓のある角ばつた純白なものであつた。

フレッドは昼迄起きなかつた。そして太陽は屋根の上で熱したり或は雨がやんで葉らが水のためにきらきらしてゐた。小さな炉の中で石炭は黒くなつてゐるので、彼はコーヒーを温めなければならなかつた。アミイは彼にもつと早く降りて来るならば古いコーヒーを飲まなくてすむのだといつた。アミイは彼女の目を赤い絨氈《じゅうたん》の向端まで動かしてそして蓄音機のやうに笑つた。いくらかの客は若しも雨が降るのではないかと思ひ乍らヴェランダをぶらついてゐた。家鴨は灰色の小屋からやつて来て、砂の凹所の底の小さな池へ行つた。

　額の髪の毛の黒い束を後頭部の方へひきつめた婦人が毎日の午後と夜とをサンドイッチをたべながらスイッツル《Swizerland》はどんなに美しいかを話すことに費してゐた。

《ほんたうに私の見た野原と言つたら。あなたは花の咲いた牧場がどんなか知らないのです。あなたは青と白と黄の野原の花があなたの胸の乳房のやうに完全な野原を歩いたことがないのです。丁度こんな風に曲つて、こんなにあかるく彩られてゐます。あなたは水の走つてゐる音を聞いたことがないのです。おお、けつして、あなたは水の走つてゐる音を聞いたことがないのです。》

《あなたは終日終夜音を立ててゐる小さな川のそばに住んだことがないのです。あなたはそこから遠ざかつて、そしてもうこれから流れのひびきを聞かないことがどんなことか解らないのです。あなたにはそれは沈黙のやうなものです。さうです、あなたには沈黙のやうなものです。》

《それで星ですか？　いいえ、あなたは星がどんなものか知らないのです。お互ひに、一本の線の長い流れのやうな連続になつて見えるほどあなたは星に近いところへ行つたことがないのです。あなたがゐるヴェランダから鳥は牧場の水平な車輪のやうに見え、牧場は榁《むろ》を植ゑた小地面のやうに見えるほど高い処を御存じないのです。おお違ひます、あなたにはわかりません。木の無い丘の斜面の上を榁がほんのわづか植ゑてあるやうな大牧場。》《ではきつとあなたは岡の上の非常に高いところで痘痕《あばた》のある果物のやうな牧場から霧が上つて来て、そして円く集つて、渦巻くのを御存じでせうか、戸口を通りぬけ、天井に打ちあたる深い霧のながれをあなたは見たことがないでせう。》彼女は花が咲いたリノリユムの上に彼女の足をかろく打ちつけるのであつた。それからサンドイッチのはしを持ちあげる。《あなたは大きな物とはどんなものか知らないのです。私はあなたがお知りになることはないと思ひます。》

フレッドとリチアドは丘へ一緒に散歩に出かけそして時々一日中とどまつた。彼らは書籍やサンドイッチ、時々パンとかチイズ、悪い酒などをもつて行つた。彼らは丘の丸いところへ仰むけになつて雲を見た。雲のないときは、木が風につれてゆれる。そこでは会話する必要はない。蓄音機は偉大な責任があつた。崩れた丘の側面に背を向けて休息しながら彼等は沈黙は蓄音機の針をとめる部分へ経過しつつあることを自然に感じた。誰れか機械をまはさなければならないだらう。レコオドのこちらの側をかけるか他の側をかけるかを選むことには偉大な責任があつた。
丘の頂上に坐つて彼らは窓へ凭りかかつて牝牛を呼んでゐるアミイを見ることが出来た。葉らは死んでしまひそして旗竿は強い風のためにとりさられてしまつた。長い空虚な応接室の中で婚礼のヴェルをかぶる硬い小枝が透明なガラスのおもてを急いで行つたり来たりしてゐた。

もう一つの側で彼らは丘が丘に続いて太洋の中に墜ちかかつてゐるのを見ることが出来た。彼らはチエスナット・ヒルとブレイク・ヒルとが互に重なり合つて小さないぢけた松を浜辺へ押し出してゐるのを見ることができた。太陽の見えぬ荒れた天候の日には彼らは海が岩にあたつて大きな音をたてるのをきくことが出来、波の色彩や形を考へることができた。時々彼らはわからなくなる、彼らが丘のとがつた草の上に横たはつて、互ひにあやしみながら、どうして一日をすごすかと。

アミイは髪を分けたロシアの婦人はたくさんのミルクチョコレエトの広告を見ただけでスイッツルの国には行つたことなどなかつたのだと言つた。アミイは空虚な目をしたそのロシアの婦人は西方の大学から来る彼女の息子がただ彼女をケンブリッヂへつれて帰るのを待つてゐるのだと云つた。人々はケンブリッヂへ彼女をつれ戻すために西方から来る息子が彼女にあるのかどうかを怪しみはじめた。彼女はヴェランダの上で彼女の黒い錦襴《きんらん》のピイジャマを着て坐つてゐた、そしてミルクチョコレエイトの広告のことを話した。すべての人は彼女のいふことに耳を傾けた。なぜなら彼女は非常に非常に美しかつたから。

早い夕暮のやわらかな光の中でフレッドとリチアドは丘の方から下りて来た。そしてすべての人に今晩はと云つた。フレッドは花の咲いたリノリユムの上へ彼の長靴の爪先で白い虹を描いた。リチアドは胡粉《ごふん》の手摺の上に屈んですべてのものがどんなに美しかつたかを話した。アミイは片隅のジャックに話してゐる、もうジン酒をもつてこないやうにと彼に頼みながら。なぜなら此処で酒をのみはじめることを彼女は好まなかつたから。なぜなら此処では都会と事情が違つてゐたから、そして都会では調子をうまく合はせることが出来ないから飲んでもいいが、併し、ここでは人々は歩調を合せることが出来るのだから、飲む必要はない。そして此処は感じ易い人々が来ることが出来る場所になり、禁酒を実行出来る場所になりつつある、と。

ルウスがピアノを弾いた時、それはまた非常に巧《う》まかつた。そしてフレッドとリチアドはズボンから胡粉をはらひ落した。そしてお互ひに、入口から響いて来て荒れた芝生の切株の上に高まる音楽に耳をかたむけながらそつと立つてゐた。なぜならば日覆ひがヴェランダから取りのけられてゐたが実際よりも葉のない木はたいへん季節が遅いやうに思はせた。そして黒い金属の骨組が屋根から、床と手摺の間に空の肘のやうにぶらさがつてゐた。

日覆を形づくつてゐるもののそうした筋肉と、ルウスは云ふのだつた、それから小さな白い熊手のやうな彼女の手で乾いた象牙を打つのだつた。

　フレッドとリチアドはどこかで時計がとまつてしまつた、それで誰かわづかの間に時計を巻かなければならないだらう、と思つた。

　アミイはジャックと一緒に青い木の露台の上に坐つて、人々が都会へ向つて出かけたり酒に酔つたりする以前は如何にすべてのものが立派で美しかつたかを話した。

《八年前に此処にやつて来て、此処は気持がいいと言つてゐた人たちも彼らの最初の食事の後には酒に酔ふために出かけるのです。彼らはニュウヨオクのテンポよりもより以上に自然のテンポを耐へられないと思ふのです。田舎で休息を見出す代りに彼らは神経質な壊れものとなるのです。私にはさういふことは理解出来ません。私にはそんなことは理解出来ません。》

　リチアドが着物を脱いだとき、彼の体は温室のやうにあたたかであつた、彼は卵形の鏡の前で跳びあがつたりしやがんだりすることに長い時間を費した。彼はフレッドが革の上靴をはいて廊下を歩いてゐるのを聞くことが出来た、そして彼は足を組んでそして、煙草に火をつけた。フレッドが入つて来ておやすみと云つた、それからまた出て行つた。リチアドは鮮明な色彩、輝ける影、板が床におかれてあつた様子に注意した。彼は非常に多くの形と物を名前と共に覚えてゐたので、ハンテングトン《[Huntington]》並木道の電車がマサチウセッツ《[Massachusetts]》並木道を河の方に向つて一つの大きな轟きとなつて下りて行つたときは十一時であつたと言ふことができた。このやうにして彼はねむつた、時々、彼が朝に着物を着かへるとき雨が降つた、窓はみにくい平な水の形が流れてゐた。

　ルウスは農園にゐる彼女の兄から手紙をもらつた、彼は農園を閉塞しなければならないだらうと云つてゐる、なぜなら鹿が全部彼の果樹園の垣根を破壊してしまひさうだから。フレッドは尖つたアアチ形の動物が細い枝を食べてゐるのを非常に美しいと思つた。そしてアミイは夜会服を着て、すべての人が一日の働きを終へたとき夕食に下りて来る。

　今、そこには客が非常に少《[すくな]》くなつたので、彼らはみんな食堂で席につくことが出来た。食アミイは食卓で焼肉を切つた。すべての人は話した、肉はナイフの下で消えて行つた。食堂のカアテンはまだかかつてゐなかつた、誰かが黄色な石膏の上の絵を取りはずさうとした。アミイはリチアドにもつと肉がほしいかどうかを尋ねた、そして窓の外を見た。もう一月たつとさらさらした雪が凍つた港の方からやつて来るだらう。その時彼女は彼女が考へた程おそくなつてゐないことを想出した、併し雨は木から葉を追ひ払つてゐた。ほんとうは秋が始まつたばかりであつた。

　食事最中に自働《[ママ]》車が道を走つて来た。舞踏服のアミイが立上つて入口の方へかけ出した。多くの人々が入つて来た。そして彼女は彼らに接吻をし、彼らの外套を脱がせた。彼らは食卓についた、彼女は急いで肉を切つたり、コーヒー濾器を充たす［の］に気を配つた。

其夜、アミイはリチアドに寝台が充分にないと云つた、彼はフレッドと一緒に眠らなければならないだらう、さうでなければバンガロウへ行かなければならない。ロシアの婦人は彼がバンガロウの家で眠つた方がいいと話した。そして彼はバンガロウで眠るつもりだつたと云つた。

彼女は窓へ彼女の名前を書いた、そしてたとへ木は裸であつてもまだほんの秋の始まりであつたといふことを彼女は想出しつづけてゐた。

媚態（フランシス・フレッチャー・小説）

村で人々は彼女をバンパイアと呼んでゐた。彼女は四十八才で九人の子供の母であつた。そしてしばしば街へ素足で現はれた。彼女の髪の毛は黒く光沢があつた。時々彼女は耳にピカピカした真鍮の輪をはめて、丁度ジプシイのやうに。

「男らは彼女をなんと思ふだらう」街の教養ある主婦たちは云ひ合つた。

「あれは他の男たちをどんな風に思つてゐるのだらう」アイビイ《Ivy》の夫の農夫はこぼした。

「あれには俺があるではないか、そして餓鬼があるではないか」

アイビイは愚鈍ではないと人々は云つた。併し彼らは彼女の不道徳な行為を実に不名誉なことだと感じた。

浪漫的な人の領土へアイビイが上つて行つたり降《くだ》つて行つたりすることは何と云つてもやはり放逸だつたのだ。悔恨や喪神《そうしん》の気持の中へ自分の目下の恋人を片づけて、彼女は農園の堅実な仕事の生活に戻る。ずつと幾月もの間彼女は奴隷のやうに働くのが常であつた。彼女の夫と共に野原へ出て、平凡なフランス系カナダ人の妻として働いた。庭で、家で、長い間彼女の九人の子供等を垢抜けさせ、肥らせ、幸福にしておくことは彼女にとつて一種の儀式であつた。

それから彼女は反抗するのである。

二十年の間それは同じであつた。労働と分娩、労働と分娩、仕事と子供の養育。彼女の夫のジヨウゼフは単調な生活に甘んじてゐた。併しアイビイはジヨウゼフのやうではなかつた。

そこである朝アイビイは再び彼女の耳輪をつけて、農園からミルクの入つた十五の鑵《かん》をもつて乳酪製造所へ馬車を駆つた。彼女がキヤラコ《Calico》の着物のポケツトから金の環を出して耳へしつかりとつけたのは女の目がとどかなくなつたらすぐだつた。その耳輪は喜ばしさうに彼女の頬へチヤラチヤラと鳴つた。そして彼女はシイモンス農園で働いて、丁度この同じ頃に乳酪製造所へ来るところの若いとびついてくるカナダ人のことを思つて微笑した。

「いいお天気ね、そうぢやなくつて、私のジヨウや」彼女は云つた。

「どうしてお母さん」子供は答へた、彼には母が気嫌のいいのがわからなかつた。

馬が早足で歩くとき、アイビイは朝の空気の中で大声で笑つた［。］彼女は座席から跳びあがり、そしてクロバアとタウワタ《唐綿》の咲いてゐる野原を踊つてゐるやうに思つた。

「なぜあなたは彼女を離婚しないのか」郡警務官はジヨウゼフ・ヒイバアト《Joseph Hebert》に尋ねた、

アイビイのもつとも最近の情事が進行してゐる時。

「彼女は万人の恥だ――あなたとあなたの子供等とそして街の恥だ」

「離婚を余り好まないのです」ジヨウゼフは単純に説明した。

「アイビイは私の子供らの母ですから」

「私は州の当局に訴へてやらう、お前が訴へてくれと言ひさへすれば」

この最近の事件は休息のやうであつた。いつもより長くつづいたといふこと以外には。アイビイは家に帰つた、いつものやうに併し彼女は働かなかつた。彼女は恋愛してゐる時、彼女は常に夫を独り野原にほつたらかし、また彼女の大きい娘が家族の世話をしなければならなかつた。彼女は洗濯も皿洗ひも寝床をつくることも決してしなかつた。彼女は鏡の前で長く黒い髪の毛を梳くことや彼女の荒れた手を色々な薬品で軟く白くしてみたりすることに幾時間も費やした。

かういふ時期には妻は夫の抗議や威嚇や懇願の前に平然としてゐた。

「おお、出て行きなさい」彼女は時々冷淡に応へて、いつものやうに恋人に会ふために出かけた。

「我々は決心した」或る日郡警務官はジヨウゼフに言つた。「あなたが彼女を罰することを承知しなければ我々があなたの妻を街から追放するつもりだ、我々は単純にあのやうな行動を見るにしのびぬといふだけだ」

「よろしい」夫は承諾した。「法廷ならアイビイを改心させるかも知れぬといふことは私も考へてゐました。まつ先に立つて訴へませう」

そこでアイビイ・ヒイバアト・四十八歳のそして九人の子供の母は改心する見込がないものとして街の法廷へつれだされた。裁判官は芝居にでも出てきさうな清教徒肌の人であつた。十戒中の第七条と他の旧約全書の文句を引つ張つてきた。

最後にアイビイは州の懲治院《ちょうじいん》で六ケ月間の労役に奉仕することを宣告された。

彼女は易々として罪滅しの苦をやつた。

六ケ月間ジヨゼフ・ヒイバアトは妻無しの生活を続けねばならなくなつた。

しばしば彼は泣いた。

「アイビイには悪気がなかつた、彼女は少し気まぐれだつたのだ」と彼は云つた。

半年の感化院の滞在は彼女は夫や社会に対してなした彼女の罪悪について、どんなに根底があるものであつたかといふことを理解するためのおぼろげな意識をも、もたらしたのかもたらさなかつたのかは知らないが、それは彼女の夫の農業の、のろくさい時間より以上に堪へがたいものであることがわかつた所の規則的な生活を憎む心を彼女の心に植ゑつけた。

彼女は幾年来表現しなかつた熱情で彼女の夫に接吻した、彼が彼女の刑期が満ちて、夢の中でも思ひつづけてゐた彼の愛情の中へ彼女をつれもどすために来た時、それから勿論、彼女は不在になることがなかつた。新しい興味をもつてアイビイは庭でミルク鑵を磨いたり、牧場で刈り取られた枯草を新しく積みあげたりするために帰つて来た。

彼女は野原でジプシイのやうな耳輪をつけてゐた。彼女の夫を喜ばせるために、彼女は云つた。そして耳輪をつけることを決して喜ばなかつたジヨウゼフは微笑した、なぜならば再び妻を所有することを喜こんでゐたので。

年譜・解題・解説

島田龍

年譜

一九一一年（明治四四）

二月一四日、北海道余市郡余市町大字黒川村字登番外地に誕生。本名川崎愛（ちか）。〝あい〟と呼ぶこともあった。母は川崎チヨ。父不詳。僧侶だったという父の顔を愛は知らなかった。異父兄妹に昇とキク。のち同町黒川村二二番地に転居。越前出身の川崎家は余市に広大な田畑を所有したが、祖父長左衛門死後は没落傾向にあった。従兄喜代治は戦後小樽市議。昇と従兄の尚は青年時代、伊藤整と同人活動をともにした詩歌人。ちかは肺炎の後遺症で四歳頃まで自由な歩行も困難だった。

一九一七年（大正六）　六歳

相場の暴落で川崎家は土地を手放し経済事情が悪化。母たちと別れ、北海道中川郡本別村（現本別町）の叔母のもとに一人預けられる。本別尋常小学校に入学。

一九二三年（大正一二）　一二歳

余市町立大川尋常小学校に転校。卒業生にアイヌ歌人違星北斗がいる。家族との生活が始まる。小学校を成績優秀で卒業。家族は熱心な金光教信者だった。とくに叔母ウメは余市・小樽地域で中心的な役割を担う有力信者。春、北海道庁立小樽高等女学校（現小樽桜陽高校）に入学。この頃、兄の親友伊藤整を知る。

一九二四年（大正一三）　一三歳

一〇月、兄が上京。ちかは英語・淡彩画・和裁が得意だった。同校教員の歌人本間重（のちの小田観螢夫人）に目をかけられる。同級生に歌手小林千代子、後輩に女優園井恵子がいた。二七年、同校を卒業し補習科師範部に進学。小学校教員免許取得と英語をさらに学ぶためだった。

一九二八年（昭和三）　一七歳

三月、小樽高女補習科修了。夏に上京。中野の兄宅（豊多摩郡中野町二七五三番地）に同居し、新橋の貯金局に非常勤で勤務。詩人との交流が広がる。百田宗治・貞子夫妻に娘のように可愛がられた。

一九二九年（昭和四）　一八歳

一月、兄が伊藤整にちかとの交際を持ちかけるが、伊藤は応じなかった。四月、兄と伊藤らの『文芸レビュー』に左川千賀名義でモルナール・フェレンツの翻訳小説「髪の黒い男の話」を発表。オルダス・ハクスリーの最初の邦訳を手掛ける。文芸レビュー社には編集アシスタント左川麟駛朗として参加。この頃、百田夫妻から萩原朔太郎との縁談を打診されるも兄が断わった。翻訳指導を受けていた伊藤のもとに通う。一二月、兄夫妻とともに世田谷（豊多摩郡世田谷町二九九四番地）に転居。

この年、散文一篇、翻訳文七篇発表。

一九三〇年（昭和五）　一九歳

初夏、北園克衛と出会う。詩才を認めた北園は詩誌『白紙』のメンバーに加える。八月、初めての詩（「青い馬」「昆虫」）を左川ちか名義で『白紙』『ヴァリエテ』に発表。秋、伊藤整は小川貞子と結婚。この頃、庁立小樽高女の在京同窓会で事務手伝いをし、同校元教員で文化学院創立者河崎なつとの交流が始まったと思われる。

この年、詩五篇、翻訳詩篇一篇、翻訳文一篇発表。

一九三一年（昭和六）　二〇歳

一月、ジェイムズ・ジョイス『室楽』の翻訳を『詩と詩論』などに発表開始。詩と訳詩を各誌に発表し始める。春山行夫らとも親しかった。春頃より腸間粘膜炎に罹患し、約一年間薬を服用する。

この年、『室楽』に加え、詩一一篇、翻訳詩文六篇発表。

一九三二年（昭和七）　二一歳

三月、従兄の川崎喜代治が組織した北海道青年教会の機関誌『北海青年』に在京の編集スタッフとして参加。五月、北園克衛たちとアルクイユのクラブ結成。詩誌『マダム・ブランシュ』創刊。巻頭を「白と黒」で飾る。クラブで江間章子と出会い生涯の友人となる。この頃から自分がデザインした黒い服を好んで身に着けるようになる。緋色の裏のついた黒い天鵞絨《ビロード》の短衣、細い黒い線のある絹のシャツ、黒天鵞絨のスカート、広いリボンのついた踵の黒い高い靴、黄金虫の指輪、水晶の眼鏡、黒いベレー帽姿だった。八月、訳詩集『室楽』を左川ちか訳・伊藤整監修のもと椎の木社より刊行。夏頃から新訳を一年近く中断、詩作に集中する。秋に四年ぶりに帰郷。札幌や余市で数週間を過ごした。

この年、詩二二篇、翻訳文一篇発表。

一九三三年（昭和八）　二二歳

春頃、富山県高岡市の方等みゆきが主宰する女性詩誌『女人詩』同人となる。詩篇の他、くらたゆかりの詩集『きりのはな』の書評を寄せた。三月、百田宗治編『詩抄Ⅰ』（椎の木社）刊行。「記憶の海」など詩六篇収録。六月、翻訳「媚態」（フランシス・フレッチャー小説）を『文芸汎論』に発表。一年ぶりに翻訳を再開した。夏、浜松の詩人浦和淳との交流が始まり、浦和主宰『呼鈴』に詩篇を寄稿する。九月、翻訳詩「寡婦のジヤズ」を『文学リーフレット』に掲載。ミナ・ロイの最初の邦訳。一二月、北園克衛と流行文化誌『エスプリ』を創刊。編集者として翌年四月の四号まで発行。

この年、詩一八篇、散文二篇、翻訳詩文四篇発表。

一九三四年（昭和九）　二三歳

二月、「椎の木同人論　左川ちかの作品」と題して『椎の木』で特集が組まれる。饒正太郎らが寄稿。四月、『椎の木』に『左川ちか詩集』（百田宗治編、椎の木社）近刊広告。未刊行。八月末、江間章子・『セルパン』編集長の三浦逸雄・朱門父子・小松清らと伊豆の新島に取材旅行。

この年、詩一九篇、散文七篇、翻訳詩二篇発表。

一九三五年（昭和一〇）　二四歳

二月、アメリカンスクール在学生保坂百合子の家庭教師となる。河崎なつに相談し、百合子を文化学院に入学させた。四月、「私はきっと小説を書く」と江間章子に話す。八月、「海の捨子」（『詩法』）・「海の天使」（『短歌研究』）を発表。百合子の家族と信州の岡谷・諏訪に旅行。夏頃から腹部の疼痛に悩む。九月末、順天堂病院に通院。一〇月九日、西巣鴨の癌研究所附属康楽病院に入院、胃癌の末期症状と診断。一二月二七日、本人の希望で世田谷の自宅に戻る。

この年、詩一一篇、散文五篇、翻訳詩二篇発表。

一九三六年（昭和一一）

一月、「季節」が『海盤車』に掲載。七日、自宅で死去。「みんな仲良くしてね」「ありがとう」と言い残す。二四歳一一ヶ月。葬儀には衣巻省三・岩佐東一郎・城左門・阪本越郎・春山行夫・江間章子・伊藤整らが参列。遺骨は余市に埋葬、三月に金光教余市教会に合祀された。霊称は「川崎愛子姫之霊神」。現在は小樽教会に祀られている。

この年、『椎の木』『海盤車』で追悼特集が組まれ、萩原朔太郎・堀口大學・竹中郁・北園克衛・山村酉之助・阪本越郎・春山行夫・衣巻省三・山中富美子・江間章子・高祖保・乾直恵・西脇順三郎・中山省三郎・内田忠・村野四郎・田中克己・加藤一らが寄稿。一一月、『左川ちか詩集』刊行（伊藤整編集・三岸節子装画、昭森社）。

この年、詩二篇、散文（日記）一篇の遺作発表。

＊島田龍「左川ちか年譜稿」（『立命館大学人文科学研究所紀要』一二二号、二〇二〇年二月）に拠った。

解題

書誌、特記事項、語釈、主な異同、本書の底本、英文の原テキストについて記した。凡例参照。

詩篇

一九三〇年

「青い馬」 ①『白紙』一〇号（銅像詩社、三〇年八月一日発行）に発表。②『越佐詩歌集』（越佐詩人協会編、三〇年一二月三〇日）、③『詩と詩論』一二冊（厚生閣書店、三一年六月一六日）に再掲。④『左川ちか詩集』（伊藤整編、昭森社、三六年一一月、以後、「昭森社版」または『左川ちか詩集』と略す）収録。デビュー作の一つ。

②はアンソロジー。越佐詩人協会の発行所は新潟県北魚沼郡藪神村。編輯者は池浦光太。発行者は星野厚子。編輯委員に『白紙』の北園克衛がいることから収録されたと思われる。「手巾」は手を拭くための布切れ。手ぬぐい。しゅきん。またはハンカチ。

①②「テラスのお客達はあんなにレガレットを」③④「テラスの客等はあんなにシガレットを」、①②「女の頭の落書きがいくつも残る。」③④「貴婦人の頭髪の輪を落書きしてゐる。」、①②「飛び下りないで」③④「飛び降りずに」。他に行処理や句点などに異同が多い。本書では『詩と詩論』を底本とした。

「昆虫」 ①『ヴァリエテ』一号（文芸レビュー社、三〇年八月一日）に発表。②『左川ちか詩集』収録。「青い馬」と同時発表のデビュー作。

①原文は横組み。①「私はいま疱を乾す。」②「私はいま殻を乾す」。①は三行空き。『左川ちか詩集』を底本とした。

「秋の写真」 ①『白紙』一一号（三〇年一〇月一日）に発表。②『左川ちか詩集』の詩題は「私の写真」。「私」は誤植の可能性がある。「シヤツポ」はつばのある帽子。
①「小使簿」②「小遣簿」。①は各一行空き・最終行は二行空きだが、②は行空きなし・最終行のみ一行空き。『白紙』を底本とした。

「朝のパン」　①『文芸レビュー』二巻九号（文芸レビュー社、三〇年一〇月一日）に「朝の麺麭」の詩題で発表。②『詩と詩論』一二冊（三一年六月一六日）、③『詩抄』一巻（百田宗治編、椎の木社、三三年三月一八日）収録。④『左川ちか詩集』収録。②以後の詩題は「朝のパン」。③は椎の木社同人アンソロジー。「モノクル」は片眼鏡。
①「幾人もの友達」②③④「幾人もの友等」、①④最終行「最後の麺麭」②③「最後のパン」。他に漢字の開閉や改行処理など細部に異同がある。『左川ちか詩集』を底本とした。

「墜ちる海」　①『レスプリ・ヌウボオ』一年四号・通号四号（紀伊國屋書店、三〇年一二月一日）に発表。『左川ちか詩集』未収録。

各二行ずつ空いている。「船がある」に句点がないのは原文のまま。

一九三一年

「出発」　①『今日の詩』三冊（金星堂、三一年二月一日）に発表。②『詩と詩論』一二冊（三一年六月一六日）に再掲。③『左川ちか詩集』収録。
①原文は横組み。①「夜の口が開く。森と時計台が」②③「夜の口が開く森や時計台が」。①「白いスカアツに切られて」②③「スカアツに切り鋏まれて」、①「匂はせる」②③「匂はす。」、①「そこでも太陽は青いろに数を増す」②③「太陽はそこでも青色に数をます。」、①「太陽を」②③「太陽等を」など。『詩と詩論』を底本とし一部改めた。

「黒い空気」　①『今日の詩』五冊（三一年四月一日）に発表。②『詩と詩論』一二冊（三一年六月一六日）

に再掲。③『左川ちか詩集』収録。①「水の中で」②③「水の中では」、①「樹の上から下りて来て」②「木の上から降りて来て」③「樹の上から降りて来て」、①「とりまく。／森林や窓硝子が」②③「とりまく。林や窓硝子は」、①「夜が完全にひろがる。／乗合自動車が」②③「夜は完全にひろがつた。乗合自動車は」、①「感情が街ぢうを踊りまはる。」②③「感情は街中を踊りまはる」。『詩と詩論』を底本とした。

「錆びたナイフ」 ①『白紙』一三号（三一年四月一〇日）に発表。②『詩と詩論』一二冊（三一年六月一六日）に再掲。③『左川ちか詩集』収録。②「釣り下がる。」③「吊り下がる。」。『白紙』未見。『詩と詩論』を底本とした。

「雪が降つてゐる」 ①『新形式』二号（文芸レビュー社、三一年五月五日）に「雪が降る」と題して発表。②『詩と詩論』一二冊（三一年六月一六日）に再掲。③『左川ちか詩集』収録。②③の詩題は「雪が降つてゐる」。「柊の葉」は非常に棘が鋭く、節分には魔除けとして鬼の眼を刺すために柊鰯を用いる。古くハンセン病療養所は脱走防止のため鉄条網のような柊の垣根で囲まれ、柊の葉は隔離の象徴でもあった。

①「私の指にしのびよる」②「屋根裏を静に這つてゐる。私の指をかじつてゐる。気づかはしさうに。」。③は②とほぼ同じで「静か」と送り仮名。他に①「夜の十二時」②③「夜十二時」、①「脊中を向けて」②③「脊部をむけて」、①「時間が埋められ、地上は貪つてゐるように見える。」②③「時間は埋められ、地上は貪つてゐる。」など。①と②③では句点の処理も異なる。『詩と詩論』を底本とした。

「緑の焔」 ①『新形式』三号（三一年六月五日）に発表。②『詩と詩論』一四冊（三一年一二月一七日）に再掲。③『左川ちか詩集』収録。

一連①「髪毛」②③「髪の毛」、①「塗りかへる」②③「塗る」、①③「霧のやうに」②「霜のやうに」。三連①③「忘却の穴の中へ」②「忘却の穴へ」、①「眼は緑色に染つてゐる　信じることが」②「眼は緑に染められ信じることが」③「眼は緑色に染まつてゐる　信じることが」。他に送り仮名・改行・句読点の異同が少なくない。『左川ちか詩集』を底本とした。

「青い球体」　①『白紙』一四号（三一年七月五日）に「朝」と題して発表。②『詩と詩論』一四冊（三一年一二月一七日）に再掲。③『左川ちか詩集』収録。②③の詩題は「青い球体」。

①「かなづちをもつて黒い着物をきた男」②③「鐵槌をもつて黒い男」、①「戸に穴をあける。」②③「戸を破る。」、①「太陽は」②③「ペンキ屋は」、①「部屋の中まで入つて来て次第に大きくなり輝いてゐる球になる。」②③「部屋の中までころげこみ大きな球になつて輝く。」、①「温いパンが太陽からかゝへきれぬ程とゞいたので私等はそれ等の家と共に、」②「太陽はかゝえ切れぬ程の温いパンで、私らはそれ等の家と共に」（③は畳字を用いず）。①は各一行空き。他に送り仮名・句読点・畳字・漢字の開閉など細かい異同が見られる。『詩と詩論』を底本としたが、「鎧戸と壁に、」を③と同じく句点に改めた。

「緑色の透視」　①『レスプリ・ヌウボオ』二年二号・通号六号（紀伊國屋書店、三一年七月五日）に発表。②『左川ちか詩集』収録。

①「五月　　其処で」②「五月　其処で」。『レスプリ・ヌウボオ』を底本とした。

「死の髯」　①『今日の詩』一〇冊（三一年九月一日）に発表。②『文学』一冊（厚生閣書店、三二年三月一八日）に「幻の家」と題して改作発表。③『左川ちか詩集』収録。③「左川ちか詩集覚え書―刊行者―」には「題名の改められたものはその改題名によつた。但し「幻の家」は「死の髯」の改作ではあるが、思ふところあつて二者とも収載した。」とある。本書でも「死の髯」と「幻の家」を独立した詩篇として採録した。「巻鬚」は葉・枝・茎の一部が細長いつる状に変態し、他物に巻きつくようになったもの。植物体を保持し支える働きをする。けんしゅ。つる。鬚は元々あごひげを指す。頬ひげを髯、口ひげを髭と書く。

①と③の異同は送り仮名の一部。『今日の詩』を底本とした。

「断片」 ①『今日の文学』一巻九号（三一年九月一日）に「断頭機」と題して発表。②『詩と詩論』一四冊（三一年一二月一七日）に再掲。③『左川ちか詩集』収録。②③の詩題は「断片」。①「青い士官が並んでゐる。」②③「青い士官の一隊がならんでいる。」、①「戦つてゐるやうに見える。」②③「争つてゐるやうに見える。」、①「その上をきつて走る。」②③「その上を横ぎつて走る。」、①「浮いてゐる。」②③「浮いてゐるのだらうか?」、①「のぼつてゆく。」②③「かけのぼる。」、①「赤くさびた夏の感情はまもなく」②③「まもなく赤くさびた夏の感情は」。他に送り仮名の処理や句点に異同。『詩と詩論』を底本としたが、一部改めた。

「ガラスの翼」 ①『今日の文学』一巻一〇号（新興派連盟、三一年一〇月一日）に発表。②『詩と詩論』一四冊（三一年一二月一七日）に再掲。③『左川ちか詩集』収録。「ヴエンチレエタア」はベンチレーター（換気装置、換気扇・送風機）のこと。①「匐つてゐる電車と水兵の翻つてゐる襟、空気の皺の間を旋廻してゐる。」②③「電車は匐ひ、空中の青い皺の間を旋廻する水兵の襟。」、①「盛装した夏の行列が通りすぎては硝子のかけらの中で崩れる。」②③「盛装して夏の行列は通りすぎフラスコの中へ崩れる。」。②のみ最終行は冒頭一字下げ。他に句読点・改行処理などに異同。『詩と詩論』を底本とした。

「季節のモノクル」　①『白紙』一五号（三一年一一月一日）に発表。②『詩と詩論』一四冊（三一年一二月一七日）に再掲。③『左川ちか詩集』収録。「雁来紅」は植物、葉鶏頭・ハゲイトウの別名。①「いろ褪せて」②③「またいろ褪せて」。①は各一行空き。他に漢字の開閉・改行・畳字などに異同。『詩と詩論』を底本とした。

一九三二年

「循環路」　①第三次『椎の木』一年一冊（椎の木社、三二年一月一日）に発表。②『文学』一冊（三二年三月一八日）に再掲。③『左川ちか詩集』収録。「リンネル」はリネン（亜麻布）のこと。①②「空は少年の」③「空の少年の」。他に改行処理に異同。『文学』を底本とした。

「冬の詩」　①『若草』八巻二号（宝文館、三二年二月一日）に発表。『左川ちか詩集』未収録。竹中郁・北園克衛・春山行夫・沢木隆子・杉田千代乃・左川ちかによる合作詩。ちかの作と思われる最終第六連を抄出した。沢木隆子は秋田県出身のモダニズム詩人。妹は折口信夫門下の歌人穂積生萩。杉田千代乃は文化学院出身の作家。日本最初の女性ハム（私設無線局長）として知られる。「おのがじし」はそれぞれに、思い思いに。「ミルテ」はヨーロッパ原産のフトモモ科の常緑低木。銀梅花ともいう。古代地中海では愛の象徴、神木とされた。「冬の詩」全文は次の通り。

1

夜のむかふ側に／花火が消える／ホテルの白い廊下は／夢の投影であらうか／彼女らは／玻璃杯《ヴエール》で物語《ロマン》を飲みながら／花の呼吸に頬笑《ほゝえ》み／レエスをつけた／月影に消える／時の花粉を撒く／星のバルコン

2

きれいな月の菫《すみれ》いろ／あなたが若しか／忘れても／あたしはすぐに／思《おも》ひだす／だけど／家には椅

子ばかり／あたしは月の窓の下／菫《すみれ》のいろの服をきて／きれいなパイをたべてます。

3

ミルク色シタテラスデ／マドリガルノ白イ煙ガ／空ヲクモリ硝子ニスル／季節ハマタ手袋ヲハメ／花々ノシルクノ葩《ハナビラ》ヲ顫ハセル／コバルト色ノ尖塔ガ閃キソノ／窓ハ少女ノ瞳ノヤウニトヂラレ／サカシマニ薄暮ガ降リテクル／青イ湖ノナカノ夕日ハ／石塊《イシクレ》ノヤウナ雲ノナカニカクレル

4

青空に匂ひを吸ひとられた／机の上の貝のなきがら／一つ／クルミ林は霧のレエスにかくれ／冬の日影は紫色の砂の上／まひる／太陽の輝きに　淡い／少女の瞳がひらき／透明な思ひ出の花束を見る／芝生《しばふ》は枯草香水の匂ひがする。

5

装飾された大理石《マーブル》の窓に／ランプは夜の蝶のやうです／降りそそぐ絲雨のなかに／少女は思ひ出をすてます／いゝえ　いゝえ　砂丘に来て／枯草のなかの塩の香に咽び／木枯に消える海をきゝます／かなしみは重きにすぎた夢のやうに／少女よかつての日夏の花々に埋れた／あなたの頬はいつしかに蒼白めて……。

6

樹々はおのがじし影を投げて／鞦韆《ブランコ》の重い沈黙の振子を揺する／犬は沼にむかつて吠え／誰ひとり横切らぬ風景に消える／月光は憂愁の庭を埋め／頬に指をつけると氷《こほり》のやう／見よ　見よ／死のやうに高貴な彌撒《ミサ》の時／いづくともなく夜の雪降り来り／ミルテの葉蔭に銀《しろがね》の沓をかくす。

「青い道」　①『反響』四号（反響社、三二年二月五日）に発表。②『文学』一冊（三二年三月一八日）に再掲。③『左川ちか詩集』収録。
漢字の開閉・感嘆符・句読点などに異同。『文学』を底本とした。

「記憶の海」　①『文学』一冊（三二年三月一八日）

に発表。②『詩抄』一巻（三三年三月一八日）収録。③『左川ちか詩集』収録。「手風琴」はアコーディオンのこと。
②は各一行空き。『文学』を底本とした。

「幻の家」 ①『文学』一冊（三二年三月一八日）に発表。②『左川ちか詩集』収録。
「死の髯」（『今日の詩』一〇冊、三一年九月一日）の改作詩。『文学』を底本とした。

「冬の肖像」 ①『椎の木』一年四冊（三二年四月一日）に発表。②『左川ちか詩集』収録。「日脚」は太陽が空を移動する速さ。または日の光。じっきゃく・にっきゃく・ひあし。「私の父」とあるのが注目される。ちかは父の顔を知らなかった。細かい送り仮名・漢字の異同が目立つ。『椎の木』を底本とした。

「硝子の道」 ①『関西文芸』八巻五号（関西文芸協会、三三年五月一日）に発表。『左川ちか詩集』未収録。単行本初収録。『関西文芸』は関西のモダニズム詩人藤村青一と関り深い文芸誌。藤村は詩「淡水と気温―左川ちか女に―」（『仮設』二輯、三三年七月一五日）を発表。詩集『保羅』（近代の苑社、三三年九月）収録。
原文「釣り上けらは」を「釣り上げられ」に改めた。島田龍「左川ちかを探して（一）―「硝子の道」と藤村青一「淡水と気温」―」（『螺旋の器』二、二〇一八年一一月）参照。

「白と黒」 ①『マダム・ブランシュ』一号（アルクイユのクラブ、三二年五月一五日）に発表。創刊号の巻頭を飾った。②『文学』四冊（三二年一二月一六日）に「睡眠期3」と題して発表。③『左川ちか詩集』に「白と黒」の題で収録。
①②「桃心花木」③「桃花心木」、①「心の花壇を」②③「心の花苑を」。①は各一行空き。他に送り仮名・漢字の異同。

『マダム・ブランシュ』を底本としたが、「桃花心木」に改めた。

「風」 ①『海盤車』一巻三号（海盤車刊行所、三二年六月一日）に発表。『文学』四冊（三二年一二月一六日）再掲。③『左川ちか詩集』収録。「裳」は腰から下につける男女の衣服の総称。「枸橡色」を森開社版は「枸杞色」と改めているが、クコでは髪の色として想定し難く用例がない。くぬぎいろと読ませ、黒系の橡色《つるばみいろ》を意味すると思われる。
①「古びた蓄音機」②「こわれた蓄音機」③「こはれた蓄音機」、①「髪の毛が流れる方へ」」の次行「燕尾服をきて、森が後からついてゆく。／ステツキが動く。閃くナイフ。」の二行が②③では削除された。『文学』を底本とした。

「蛋白石」 ①『椎の木』一年六冊（三二年六月一日）に発表。①の詩題「疋白石」は誤記・誤植だろう。②『文学』四冊（三二年一二月一六日）再掲。③『詩抄』一巻（三三年三月一八日）収録。④『左川ちか詩集』収録。「蛋白石」はオパールのこと。
①「頬をつたつて、」②③④「頬をながれ」。最終行は①④行空きなし、②一行空き、③二行空き。『文学』を底本とした。「緩漫」は「緩慢」と改めた。

「神秘」 ①『椎の木』一年六冊（三二年六月一日）に発表。②『文学』四冊（三二年一二月一六日）に「睡眠期2」と題して発表。③『詩抄』一巻（三三年三月一八日）収録。④『左川ちか詩集』収録。③④の詩題は「神秘」。
①「ころげ落る。」②③④「ころがる。」、①「避けてゐる如く彼らは旋廻しながら、旋廻しながら、飛び込む。」②③④「避けてゐる如く、彼らは旋廻（回）しつつ飛び込む。」、①「驅け出し、風は群になつて騒ぐ。」②③④「駈け出し、或は風は群になつて騒ぐ。」、①③「樹木が」②④「樹木は」、①「ああ、また、男らは」②③④「あ、また男らは」。①のみ一行目と最終行の冒頭一字下げ。他に濁点

の処理、漢字の開閉に異同。『詩抄』を底本とした。

「夢」 ①『マダム・ブランシュ』二号（三二年七月一日）に発表。②『文学』四冊（三二年一二月一六日に「睡眠期4」と題して発表。③『左川ちか詩集』に「夢」の題で収録。

①「光のなかでのみ現実は崩壊する。」②③「光の中でのみ崩壊する現実。」、①「すべてのものは鋭く白い。」②③「すべての枠は白い骨である。」。他に句読点・送り仮名・漢字の開閉などに異同。『マダム・ブランシュ』を底本とした。

「樹魂」 ①『反響』一七号（三二年七月一五日）に発表。『左川ちか詩集』未収録。

「白く」 ①『海盤車』一巻四号（三二年八月一〇日）に発表。②『文学』四冊（三二年一二月一六日）再掲。③『左川ちか詩集』収録。「アミシスト」はアメジスト（紫水晶）。

①「アミチエストの釦をきらめかせ」②③「アミシストの釦がきらめき」。①②は各一行空き。他に漢字の開閉・句点などに異同。『文学』を底本とした。

「The street fair」 ①『椎の木』一年一〇冊（三二年一〇月一日）に発表。『行動』一巻三号（紀伊國屋出版部、三三年一二月一日）再掲。③『左川ちか詩集』収録。「street fair」は街頭の露店市・縁日。

①「白く馬が這ひあえぎまはつてゐる如く。」②「白い馬が喘ぎまはつてゐる如く」③「白く馬があへぎまはつてゐる如く」、①「［一字空白］を殺害するために」②③「時を殺害するために」、①「絶望のやうに／／高く空を支へてゐる」②「絶望のやうに高い空を支へてゐる。」③「絶望のやうに／／高い空を支へてゐる」、①③「道もなく星もない空虚な街」②「道もなく星もない／花も咲かない空虚な街。」、①「ピストンのかゞやきと」②「ピストンの輝きや」③「ピストンのかがやきや」。他に送り仮名・漢字の開閉・句点などに異

同。なお、『目［AUGEN］』二号（昭森社、三六年一二月一日）にも再掲されている。『左川ちか詩集』を底本とした。

「緑」 ①『文芸汎論』二巻一〇号（文芸汎論社、三二年一〇月一日）に発表。②『左川ちか詩集』収録。①は「The Madhouse」とともに城左門の企画「女性の詩特集」に掲載。「バルコン」はバルコニーのこと。『文芸汎論』を底本とした。

「The Madhouse」 ①『文芸汎論』二巻一〇号（三二年一〇月一日）に発表。②『文学』四冊（三二年一二月一六日）に「睡眠期5」と題して発表。③『左川ちか詩集』に「The Mad house」の題で収録。「Madhouse」は精神病院の古い表現。または混乱と喧騒の場の例え。「護謨輪」はタイヤのこと。ゴムわとも。「赤衛軍」は赤軍の前身。「リヤザン」はロシア西部の州及び古都リャザン（Ryazan）か。美しい民族衣装で知られ、ソ連の映画に『リャザンの女』（一九二七年）がある。①「自轉車が走つてゐる」②③「自轉車がまはる。」、①「護謨輪の内側は地球を廻轉させる」②③「護謨輪の内側のみが地球を疲らせる。」、①「立つてゐる人々は尖つた水晶體だ／踏みはずすと死ぬだらう」②③「たつてゐる人々は尖つた水晶體であらう。踏みはづすと死ぬ。」、①「街路を雲がかけてゐる」②③「街路をかけてゐる雲。」、最後の①「私は生きてゐる」②③「私は生きてゐると思つた。」となる。①には句読点なし。他に漢字の開閉・改行処理などに異同。『文芸汎論』を底本とした。

「雲のかたち」 ①『マダム・ブランシュ』三号（三二年一二月一日）に発表。②『文学』四冊（三二年一二月一六日）再掲。③『詩抄』一巻（三三年三月一八日）収録。④『左川ちか詩集』収録。①「高い波の銀色の門をおしあけて」②③④「銀色の波のアアチをおしあけ」。他に改行処理・句読点・送り仮名に異同。『文学』を底本とした。

「眠つてゐる」 ①『文芸汎論』二巻一二号（三二年一二月一日）に発表。②『文学』四冊（三二年一二月一六日）に「睡眠期1」と題して発表。③『詩抄』一巻（三三年三月一八日）に「眠つてゐる」の題で収録。④『左川ちか詩集』収録。

①「茂みの中を驅け降りる時焔となる。」②「茂みの中でさわぐ時火のやうに燃える。」③「茂みの中でさわぐ時火のやうにもえる。」④「茂みの中を駈け降りる時焔となる。」、①「彼女は私に不似合な金の環をもつてくる。」②③「彼女は不似合な金の環をもつてゐる。」④「彼女は不似合な金の環をもつてくる。」、①④「植物らがさうであるやうにそれを全身で」②③「それらを全身で」、①「花園の枯れる」②③④「庭園の枯れる」、①④「生命たちが真紅に凹地を埋める。」②「生命たけが真紅に凹地を充してゐる。」③「生命だけが真紅に凹地を充してゐる。」とある。他に句読点・送り仮名などに異同。『左川ちか詩集』を底本とした。

「雪の日」 ①『文芸汎論』二巻一二号（三二年一二月一日）に発表。②『左川ちか詩集』収録。

異同なし。『文芸汎論』を底本とした。

「鐘のなる日」 ①『海盤車』一巻六号（三二年一二月五日）に発表。②『マダム・ブランシュ』四号（三三年一月一〇日）に「冬の詩」の題で再掲。③『左川ちか詩集』は「鐘のなる日」で収録。

漢字の開閉・句点などに異同。『マダム・ブランシュ』を底本としたが、詩題は「鐘のなる日」を採った。

「睡眠期」 ①『文学』四冊（三二年一二月一六日）に発表。「眠つてゐる」「神秘」「白と黒」「夢」「The Madhouse」の五篇を改稿し再構成。『左川ちか詩集』未収録。本書では独立した改作詩として採録した。「梣」はモクセイ科の落葉高木。

異同は各詩篇の項参照。三連「桃心花木」は「桃花心木」に改めた。他に明らかな誤植・誤記を幾つか修正した。単行本初収録。

一九三三年

「憑かれた街」　①『椎の木』二年一冊（三三年一月一日）に発表。②『詩法』一号（紀伊國屋書店、三四年八月一日）に「憑れた街」の題で再掲。③『左川ちか詩集』収録。「待ちもうけ」は心構えをして待つこと。そうなることを期待すること。「リノリユム」は亜麻仁油を原料とした建材で主に敷物・壁紙に用いる。
①③「思ひ出の壮大な建物を」②「過去の壮大な建物を」、①③「すべての彼らの悲しみは／けつして語られる」②「彼らの悲しみはけつして／語られる」、①③「地上は花の咲いたリノリユムである。」②「地上の花の咲いたリノリユムは」。他に送り仮名・漢字の開閉・仮名表記・句読点などに異同。『詩法』を底本としたが、詩題は「憑かれた街」を採った。

「波」　①『椎の木』二年一冊（三三年一月一日）に発表。②『左川ちか詩集』収録。「バルバリイの風琴」は手回しオルガン（オルグ・ド・バルバリー）。物乞いや辻音楽師が街頭で演奏したことからヴェルレーヌ、マラルメらの作品でしばしば歌われている。「拍子木」は方柱形をした木の音具。拍子をとるのに加え、合図や楽器、夜回りの警戒など幅広く用いられる。

『椎の木』を底本としたが、②と同じく「つたはつてゆく」に句点をつけた。


「雲のやうに」　①『椎の木』二年一冊（三三年一月一日）に発表。②『行動』一巻三号（三三年一二月一日）に再掲。③『左川ちか詩集』収録。
①③「それは青い霧がふつてゐるやうに思はれる。」②「それは青い霧である」、①③「婦人らはいつも

ただれた目付で」②「婦人達はただれた目付きで」、①③「拾つてゆく。」②「拾つてゐる」、①「そして私は見る。」②「それから私は見る」。③「そして私は見る、」他に改行・仮名表記・漢字の開閉・句読点などに異同。『行動』を底本とした。

「毎年土をかぶらせてね」 ①『今日の文学』三巻一号（三三年一月一日）に「冬の詩」と題して発表。②『左川ちか詩集』に「毎年土をかぶらせてね」の題で収録。

①は各一行空き。『左川ちか詩集』を底本とした。

「目覚めるために」 ①『マダム・ブランシュ』五号（三三年二月二五日）に発表。②『左川ちか詩集』収録。

異同なし。『マダム・ブランシュ』を底本とした。

「花咲ける大空に」 ①『マダム・ブランシュ』六号（三三年四月一五日）に発表。②『詩法』一号（三四年八月一日）再掲。③『左川ちか詩集』収録。

①③は「花弁」にはなびらとルビ。他に漢字の開閉・仮名表記・句点などに異同。①は各一行空き。『詩法』を底本とした。

「雪の門」 ①『海盤車』二巻八号（三三年四月一五日）発表。②『行動』一巻三号（三三年一二月一日）再掲。②の詩題「雲の門」は誤植か。森開社版には「《行動》掲載草稿では表題「雪の門」。」と注記。③『左川ちか詩集』に「雪の門」の題で収録。

①本文未見。②「としとつた雪のひとかたまりであつた」③「年とつた雪の一群であつた。」。他に漢字の開閉・句読点に異同。『行動』を底本とした。

「単純なる風景」 ①『椎の木』二年五冊（三三年五月一日）に発表。②『詩法』一号（三四年八月一日）に「POEM」の題で発表。③『左川ちか詩集』に「単純なる風景」の題で収録。

①③「酔ひどれびとのやうに／揺れ動く雲の建

物。」②削除、①③「或ものは風のやうに」②「或は風のやうに」、①③「人人は」②「人々は」、①③「恰も詩人が」②「詩人が」。他に句読点などに異同。『椎の木』を底本とした。

「春」 ①『椎の木』二年五冊（三三年五月一日）に発表。②『マダム・ブランシュ』七号（三三年六月二五日）再掲。③『詩法』一号（三四年八月一日）に再々掲。④『左川ちか詩集』収録。
①②④「紫の煙」③「春の煙」、①④「まもなくここへ来るだらう。」②「まもなくここへ来るだらう」③「まもなく来るだらう」。②は各一行空き。他に送り仮名・句点に異同。『詩法』を底本とした。

「舞踏場」 ①『貝殻』二年二号（貝殻社、三三年五月一日）に発表。②『左川ちか詩集』収録。
異同なし。『貝殻』を底本とした。

「五月のリボン」 ①『今日の文学』三巻六号（三三年六月一日）に発表。②『左川ちか詩集』収録。
畳字に異同。『今日の文学』を底本とした。

「むかしの花」 ①『新人早稲田』一巻四号（新人早稲田社、三三年六月二〇日）②『椎の木』二年九冊（三三年九月一日）再掲。③『左川ちか詩集』収録。
①本文未見。②各一行空き。『椎の木』を底本とした。

「暗い夏」 ①『作家』一号（アキラ書房、三三年七月一日）に発表。②『左川ちか詩集』収録。「鈴懸」はスズカケノキ。プラタナス。「スレエト」は青・黒灰色をした粘板岩の薄板。屋根葺きや床敷に用いた。「汽車通学」には女学生時代の原体験が窺える。毎年夏の緑に目を痛め通院していた。
送り仮名・仮名表記・句点などに異同。『作家』を底本としたが、「本の葉」「網膜」など誤字を改め一部は②に従った。「海のあほさ」は「海のあをさ」に改めた。

「星宿」 ①『椎の木』二年八冊（三三年八月一日）に発表。②『女人詩』一一号（女人詩社、三三年八月一〇日）再掲。③『詩法』一号（三四年八月一日）再々掲。④『左川ちか詩集』収録。「星宿」は古代中国で定めた星座。二八宿。「合弁花冠」は花弁が合着している花冠（花びらの全体）。桔梗や朝顔、菊、タンポポなど。「蟲惑」は妖しい魅力で人心を惑わすこと。

①②④「壁のうへを歩いてゐる」③「壁に沿つて歩いてゐる」、①②④「夜の暗い空気」③「暗い空気」、①②④「睡眠と死の境で踊つてゐた時のやうに」③「睡眠と死の境の一本の地平線のやうに」、①②④「生命の影なのだ」③「生命の影である」、①②④「その草の下で」③「その草の下の」、①③「開く」②④「開いた」、①「それは石境に」②④「それらは石塊に」③「それは石塊に」など。『詩法』を底本とした。

「他の一つのもの」 ①『椎の木』二年八冊（三三年八月一日）に発表。②『呼鈴』一二号（呼鈴詩社、三三年一〇月一日）再掲。森開社版新版に『呼鈴』原稿写真掲載（市立小樽文学館蔵）③『行動』一巻三号（三三年一二月一日）再々掲。④『左川ちか詩集』収録。日本のアスパラガス栽培は、一九二二年に余市の近隣岩内町及び現共和町で始まり、ホワイトアスパラガスの農場や缶詰工場が展開した。

①③「窓を流れた」②④「窓を流れる」、①「その向ふ側から／私は夏が進行して来るのを見てゐる」②④「その向ふ側で／ゼンマイのほぐれる音がする」③「その向ふ側で／ゼンマイをまく音がする」。①②③は各一行空き。他に漢字の開閉などの異同。『行動』を底本とした。

「背部」 ①『海盤車』二巻一一号（三三年一〇月五日）に発表。②『測量船』二輯（測量船社、三三年一二月一日）再掲。③『左川ちか詩集』収録。

①②「跽《ひさまず》き」③「踠《もが》き」、五行目と六行目は②の

み二行空き。①③は行空きなし。送り仮名・畳字などに異同。『測量船』を底本とした。

「葡萄の汚点」①『椎の木』二年一一冊（三三年一一月一日）に発表。②『左川ちか詩集』収録。送り仮名などに異同。『椎の木』を底本としたが、「施回」は「旋回」に改めた。

「雪線」①『文芸汎論』三巻一二号（三三年一二月一日）に発表。②『左川ちか詩集』収録。「雪線」は高地・極地において降った雪が一年中溶けない地域の下限を連ねた線。「タイム」はシソ科の香料植物。地中海沿岸地方原産。Thyme はギリシャ語の「勇気」に由来し、ハーブ（香草）として料理などに用いる。西洋では勇気や行動力のシンボルとされ、「あなたはタイムの香りがする」は男女ともに最高の讃辞だった。和名は立麝香草・タチジャコウソウ、木立百里香・キダチヒャクリコウ。仮名表記などに異同。『文芸汎論』を底本としたが、「推積」は②と同様に「堆積」と改めた。

一九三四年

「プロムナアド」①『闘鶏』三号（闘鶏社、三四年二月二〇日）に発表。②『左川ちか詩集』収録。「プロムナアド」は散歩。または遊歩道のこと。①は各一行空き。『闘鶏』を底本とした。

「遅いあつまり」①『貝殻』三年一号（三四年三月一日）に発表。②『苑』二冊（椎の木社、三四年四月一日）再掲。③『左川ちか詩集』収録。②は冒頭一字下げ。他に句読点・漢字の開閉などに異同。『苑』を底本とした。

「天に昇る」①『カイエ』六号（カイエ社、三四年三月五日）に発表。②『ごろつちよ』一号（ごろつちよ詩社、三四年六月一日）再掲。③『左川ちか詩集』収録。「ユリカの枝」はツツジ科のエリカのことか。またはレモンの代表的品種にユーレカがある。もしくはフトモモ科のユーカリ。「跪拝」はひざまずいて拝むこと。「落魄」は落ちぶれること。衰え惨めになること。
①は各一行空き。他に仮名表記・改行処理に異同。『ごろつちよ』を底本とした。

「会話」 ①『マダム・ブランシュ』一四号（三四年三月一〇日）に発表。②『苑』二冊（三四年四月一日）再掲。③『左川ちか詩集』収録。「マドリガル」はイタリアを起源とする牧歌的叙情短詩・世俗的多声歌曲。本詩ではマドリガルの牧歌詩人・歌手（madrigalist）のことか。
①③「下積になつてゐた」②「下積になつてゐる」、①③「あげられるだらう。」②「あげられるのだらう。」」、①③「ほこりだらけな指で」②「ほこりだらけの指で」、①③「夢は夢見る者」②「夢は夢を見る者」、①③「大きな歡喜の」②「大いなる歡喜の」、①③「限りない色彩が」②「華麗な不在者が」。②③は各連の冒頭一字下げ。他に漢字の開閉・読点・改行処理に異同。『苑』を底本とした。

「メーフラワー」 ①『カイエ』七号（三四年五月一〇日）に発表。②『小劇場』三年七冊（小劇場社、三四年六月二五日）再掲。③『左川ちか詩集』収録。「莫連芝草」はイネ科の多年草・馬《ば》簾《れん》芝《しば》（戸田芝）か。「Lilas」はフランス語で落葉樹のリラのこと。ライラックの別名。
漢字の開閉に異同。①②は各一行空き。『小劇場』を底本とした。

「果実の午後」 ①『椎の木』三年六冊（三四年六月一日）に発表。②『日本詩壇』二巻五号（日本書房、三四年七月一日）に「おなじく」の題で発表。③『左川ちか詩集』に「果実の午後」として収録。
①「象牙の Key を」②「象牙のキイを」③「象牙の鍵《キイ》を」、①③「ころがつてゐる。」②「ころがつてゆく。」」。他に句読点に異同。①は各一行空き。『左川ちか詩集』を底本とした。

「暗い歌」 ①『日本詩壇』二巻五号（三四年七月一日）に「暗い唄」として発表。②『左川ちか詩集』に「暗い歌」として収録。『近代詩人・歌人自筆原稿集』（東京堂出版、二〇〇二年）に『日本詩壇』原稿写真掲載。

①「カアペットの上を、」②「新しいカアペットの上を」。他に漢字の開閉・読点・送り仮名・促音表記などに異同。『左川ちか詩集』を底本とした。

「花」 ①『カイエ』八号（三四年七月一日）に発表。②『左川ちか詩集』に一章のみ収録。「とび色」はとびの羽のようなこげ茶色。「レグホン」は鶏の一品種。イタリアのリボルノ（英語名レグホーン）原産。

①は各一行空き。『カイエ』を底本とした。

「午後」 ①初出誌不明。②『左川ちか詩集』収録。初出誌は②「左川ちか詩集覚え書」の掲載誌一覧及び当該詩篇の配列から『書帷』（内田忠・書帷社、福井県丸岡町）三四年七〜九月号のいずれかの可能性がある。編者未見。「檣壁」は墻壁・牆壁のこと。まわりを囲う壁。隔ての壁。妨げの比喩。「骨骼」は骨格。『左川ちか詩集』を底本とした。

「夏のをはり」 ①『女人詩』四年一四冊（三四年八月三〇日）に発表。②『レスプリ・ヌウボオ』一冊（ボン書店、三四年一一月一日）再掲。③『モダン日本』五巻一一号（モダン日本社、三四年一一月一日）に「季節」として再々掲。④『左川ちか詩集』収録。

①②④「八月」③「九月」、①②④「焦げた」③「焦げただれた」。③は漢字に全てルビ。他に仮名表記・行処理などに異同。『レスプリ・ヌウボオ』を底本としたが、③「樹木《たちき》」のルビを付した。『左川ちか詩集』は②「夏のをはり」及び③「季節」を収録するが、本書では同系統のヴァリアントと判断し、前者のみ収載した。

「海泡石」 ①『椎の木』三年九冊（三四年九月一日）に発表。②『左川ちか詩集』収録。「海泡石」はマグネシウムを含む灰白石の繊維状の鉱物。多孔質で乾燥すると水に浮かぶほど軽量。煙草のパイプ材に用いられる。ミアシャム。セピオライト。ドイツ語のミアシャムの名称は「海の泡」が語源。「ventilator」は換気装置。「lantern」はランタン・角灯。
①は各連の冒頭一字下げ。他に句点に異同あり。
『椎の木』を底本とした。

「指間の花」 ①『呼鈴』二〇号（三四年九月一〇日）に発表。森開社版に『呼鈴』原稿写真部分掲載。
『左川ちか詩集』未収録。
「起重機」はクレーン。「ベコニヤ」はシュウカイドウ科の熱帯・亜熱帯原産の植物、ベゴニア。「ケンシス」は多肉植物のメキシケンシス（mexensis・ザラゴーサ）か。①は未見のため森開社版新版に拠った。

「1.2.3.4.5」 ①初出誌不明。②『左川ちか詩集』収録。③『目［AUGEN］』二号（三六年一二月一日）再掲。『左川ちか詩集』を底本とした。「指間の花」の第二連を改作した独立詩篇として本書に採録した。

「Finale」 ①『椎の木』三年一〇冊（三四年一〇月一日）に発表。②『左川ちか詩集』収録。「エボナイト」は天然の生ゴムに硫黄を加えた硬質ゴム。絶縁性に優れ黒檀（ebony）に似た光沢を示し、現在も楽器のマウスピースなどに用いられる。「茴香」はセリ科の多年草。薬用・香辛料に利用される。
改行処理に異同。『椎の木』を底本としたが、「蜜峰」は「蜜蜂」に改めた。

「前奏曲」 ①『カイエ』九号（三四年一一月一日）に発表。②『左川ちか詩集』収録。「スパダ湾」はエーゲ海南端のクレタ島北西にあるスパダ岬（SpadaCape・SpathaCape）の海湾のことか。「オオガンヂイの蝶」は綿・絹の高級平織物であるオーガンジー（organdy）で作られた蝶のことか。半透明の薄くて張りがあるオーガンジーのアクセサリーは、ドレス・ブラウスなど夏の婦人服や婦人帽に用いられる。「灯心草」はイグサの別名。九段落①「組み立てることばかりを」②「組み立てることばかり」。②は五段落と六段落の間一行空き。他に仮名表記・畳字・句読点・送り仮名などに異同。①は誤字が多い。『カイエ』を底本としたが、明らかな誤字は修正し、五段落と六段落の行処理は②に従った。句読点は①のまま変更を加えていない。散文の翻訳経験で得た打ち方だろう。

「素朴な月夜」　①『椎の木』三年一一冊（三四年一一月一日）に発表。②『左川ちか詩集』収録。「ルーフガアデン」は屋上庭園。①は各一行空き。『椎の木』を底本とした。

「言葉」　①『椎の木』三年一二冊（三四年一二月一日）に発表。②『左川ちか詩集』収録。異同はなし。『椎の木』を底本とした。

「菫の墓」　①『文芸汎論』四巻一二号（三四年一二月一日）に発表。『左川ちか詩集』未収録。

「落魄」　①『海盤車』三巻一六号（三四年一二月一日）に発表。②『左川ちか詩集』収録。「颶風」は強く激しい風。熱帯の暴風雨。「烈日」は激しく照りつける夏の太陽、またはその光。読点に異同。『海盤車』を底本とした。

一九三五年

「烽火」　①『輝ク』三年一号（輝ク会、三五年一月一七日）に発表。『左川ちか詩集』未収録。「烽火」はのろしの火。「蒼窮」は「蒼穹」に改めた。青空のこと。「燔祭」は古代ユダヤ教の重要な供犠。Holocaust。神への捧げ物として雄牛・山羊・羊・鳩を祭壇で焼尽した。ホロコーストはのちにナチスによるユダヤ人大虐殺をも指すようになった。「ハアプシコード」はピアノの前身となる鍵盤楽器ハープシコード。一六〜一八世紀のバロック音楽の主要楽器として盛行。チェンバロ、クラブサンとも。

「三原色の作文」 ①『海盤車』四巻一七号（三五年二月一〇日）に発表。②『左川ちか詩集』収録。「三原色」は全ての色を再現するための三色。「レグホン」は鶏の一品種。「庖刀」は庖丁に同じ。「通風筒」は送風機で送る風の通路となる筒。ダクト。「瘋癲病院」は精神病院の旧称。「スリパア」はスリッパ（slipper）。日本では室内履きを指すが、本来は婦人用のパンプス・バレエシューズ・室内履きなど広範の靴を指す。「盲縞」は縦横とも紺染の綿糸で織った綿織物。紺無地・青縞。法被などに用いられた。「袷」は裏地の付いた着物。「羅紗」は厚手の紡毛織物。火事羽織・合羽などに用いた。「大正六年ノ〜」、川崎家は一九一七（大正六）年の相場で没落。ちかは家族と離れ本別村に預けられた。「ナポレオンガコーカサスニ来タ」、ナポレオンのロシア遠征は一八一二年。コーカサス地方には至っていない。

①「侵す寒さが汽車の時間に」②「侵す寒さが。汽車の時間に」。他に仮名表記・句読点に異同。『海盤車』を底本とした。

「太陽の娘」 ①『るねつさんす』二号（るねつさんす社、三五年三月一日）に「太陽の唄」として発表。②『詩法』一二号（三五年八月一日）に「太陽の娘」として再掲。③『左川ちか詩集』に「太陽の唄」収録。「ダンテの地獄」は一四世紀イタリアのダンテの長編叙事詩『神曲』に由来。「ギヤマン」はダイヤモンドの古称でのちにガラス製品一般の総称となった。「翅」は昆虫や鳥のはね・つばさ・は。

①③「併し古い楽器は」②「古い楽器は」、①③「そしてヴエルは」②「ヴエルは」、①③「聲のない季節がいづこの岸で」②「聲のない季節は／どちらの岸で」、①③「青春と光栄に輝くのだらう」②

「青春と光栄に輝くのか」。①は各一行空き。他に送り仮名・漢字の開閉・仮名表記に異同。『詩法』を底本とした。

「夜の散歩」 ①『椎の木』四年二冊（三五年三月一日）に発表。『左川ちか詩集』未収録。「電気王冠」は不明。ネオンサインか。またはミナ・ロイ「寡婦のジヤズ」解題参照。「雲母板」は鉱物の雲母で出来た板。マイカプレート。電気絶縁性・耐熱性・耐腐食性に優れ電熱機器などに用いられる。「靴のかがと」など誤字を改めた。

「花苑の戯れ」 ①『海盤車』四巻一八号（三五年四月一〇日）に発表。『左川ちか詩集』未収録。「フイギユア」は形・姿・図像。「燕麦」はイネ科の一・二年草。烏麦の改良種で食用・飼料作物。オート麦。

「海の花嫁」 ①『セルパン』五二号（第一書房、三五年六月一日）に発表。②『左川ちか詩集』収録。「すぐり」はスグリ科の落葉低木。セイヨウスグリ・グーズベリーとも。実はジャムに加工する。「いたどり」はタデ科の多年草である虎杖。繁殖力が強い。ドングイ・スカンポなどともいう。「すかんぽ」はこの場合、虎杖ではなくタデ科の多年草であるスイバを指すと思われる。
①「けふかへろ、　けふかえろ、」は二字分下げ。②「けふかへろ、けふかへろ、」。①「昼のうしろへ」②「昼のうしろに」。他に句点に異同。『セルパン』を底本とした。

「夏のこゑ」 ①『芸術科』三巻七号（日本大学芸術科、三五年七月一日）に「山に話してゐる」として発表。②『椎の木』五年三号（三六年三月一日）に「夏のこゑ」として再掲。③『左川ちか詩集』に「夏のこゑ」収録。「だまりつこく」は黙りこくる（黙りっこく）の意と思われる。
①「見てゐる。」②③「向いてゐる」、①「花粉の

やうな水が流れるだらう。」②③「花粉のやうに水が流れるのだ」。他に漢字の開閉・句読点・行処理に異同。『椎の木』を底本とした。

「海の捨子」　①『詩法』一二号（三五年八月一日）に発表。『左川ちか詩集』未収録。「揺籃」はゆりかご。原文は「帰りをまつ遠くの音楽」だが、本書では一字分空けた。

「風が吹いてゐる」　①『詩法』一二号（三五年八月一日）に発表。『左川ちか詩集』未収録。

「山脈」　①『短歌研究』四巻八号（改造社、三五年八月一日）に発表。②『左川ちか詩集』収録。異同はなし。『短歌研究』を底本とした。

「海の天使」　①『短歌研究』四巻八号（三五年八月一日）に発表。②『左川ちか詩集』収録。送り仮名・字間に異同。『短歌研究』を底本とした。「海の捨子」とは独立した改作詩と判断し本書に収載した。

一九三六年

「季節の夜」　①『椎の木』五年三号（三六年三月一日）に発表。②『左川ちか詩集』収録。「軽便鉄道」は線路の幅が狭く車両も小型の鉄道。左川ちか死後の発表作。①の編集後記（百田宗治）によれば三五年夏の詩作。
異同なし。『椎の木』を底本とした。

「季節」　①『海盤車』五巻二〇号（三六年一月一日）に発表。『左川ちか詩集』未収録。三五年夏〜秋の詩作か。今のところ最後の詩と思われる。

翻訳詩

「SLEEPING TOGETHER」　ハリイ・クロスビイ（雑誌表記）／ハリー・クロスビー・詩　①『レス

プリ・ヌウボオ』（紀伊國屋書店）一年三号・通号三号（三〇年一〇月五日）に発表。

Harry Crosby（一八九八～一九二九）はアメリカ・ボストン出身の詩人。パリでブラック・サン・プレスを妻カレスと創設し、D・H・ロレンス、J・ジョイス、M・プルースト、E・ヘミングウェイなど多くのモダニズム文学を出版する。奔放な生活を送り拳銃自殺を遂げた。詩集に『Transit of Venus』『Mad Queen』など。一六篇の散文詩からなる“SLEEPNG TOGETHER”は『transition』一九／二〇号（一九三〇年六月）に掲載。ちかもこれを底本としたと思われる。瀧口俊吉・別府善次郎・竹中郁訳「詩集『SLEEPING TOGETHER』抄」（『詩と詩論』一二冊、一九三一年六月）、阿比留信訳「クロスビイ詩抄」（『文学』四冊、一九三二年一二月）、阿比留信訳『ハリイ・クロスビイ詩抄』ボン書店、一九三五年七月）にクロスビーの詩集『SLEEPING TOGETHER』（一九二九年）の抄訳が掲載されている。

「WHITE CLOVER」はシロツメクサのこと。「希臘壺」は英語原文amphora。アンフォラは古代ギリシャの酒壺。「Iseult」はアーサー王伝説に登場するアイルランド王女イゾルデのこと。

「HUMAN FLESH AND GOLDEN APPLE」の「Diomedes」はギリシャ神話に登場するトラキア王ディオメデス。四頭の雌馬を人肉で飼育していたがヘラクレスによってその馬に喰われた。「Hesperides」はギリシャ神話に登場するニンフたち。または彼女たちが守護する園をヘスペリデスという。女神ヘラの金の林檎が植えられている園を竜とともに守っていた。

「I BREAK WITH THE PAST」の「炭庫」は原文bunker。「球拾ひの子供」は原文caddy。「赤狐」は原文red wolf。アメリカアカオオカミのこと。「AUNT AGATHA」の「ドウオフ青年」は原文Yellow Dwarf。小人のドワーフ。

「IT IS SNOWING」は訳文ではITIS SNOWINGとあるが原文に従った。「死解剖を見る」は原文viewing an autopsy。「Touggourt」は訳文では

Tou GGourtとあるが原文に従った。アルジェリア北東部のオアシスにある町トゥーグラか。一五世紀にスルターン朝が勃興した。

「WHITE AEROPLANES IN FLIGHT」は訳文ではWHITE AEROPLANES INFLIGHTとあるが原文に従った。「あなたと私はVendômeの」は訳文では「あなたと私Vendômeはの」とあるが改めた。

「Vendômeの広場」はパリのヴァンドーム広場のこと。「Ritz」＝高級ホテルのオテル・リッツ・パリがある。「Narcisse」は訳文ではNorcissとあるが原文に従った。ギリシャ神話の美少年ナルキッソス（ナルシス）に由来か。

「MIRACULOUS MESSAGE」の「舌の屋根の下」は原文under the roof of my tongue。

「EMBRACE ME YOU SAID」の「密臘」は「蜜蠟」に改めた。「白襦子」は白繻子のこと。白無地の繻子織の織物。原文はwhite satin。「仙人掌」はサボテンのこと。

「A PROGRESS UPWARD」は訳文ではAPROGRESS UPWARDとあるが原文に従った。明らかな誤字は明記せず正した。

「室楽」 ジエイムズ・ジヨイス／ジェイムズ・ジョイス・詩 ①一～七『詩と詩論』一〇冊（三一年一月一日）、八～一五『詩と詩論』一一冊（三一年三月一八日）、一八～二〇『今日の詩』六冊（三一年五月一日）、二一～二三『今日の詩』九冊（三一年八月一日）、二五～三〇『今日の詩』一一冊（三一年一〇月一日）、三二～三四『椎の木』一年一冊（三二年一月一日）、三五～三六『椎の木』一年二冊（三二年二月一日）。他は初出未詳。②『室楽』ジエイムズ・ジヨイス著・伊藤整監修・左川ちか訳（椎の木社、三二年八月一〇日、三〇〇部限定）。

①と②の異同は極めて多く、単行本化にあたって新たに訳し直したものと思われる。本解題では異同の詳細は省くが、翻訳の具体的変遷が窺がわれるため、関心ある読者は雑誌初出版を参照されたい。本書では単行本『室楽』を底本としたが、明

らかな誤りはこれを明記せず一部修正を加えた箇所がある。

James Joyce（一八八二〜一九四一）はアイルランド・ダブリン出身の作家。二〇世紀文学に多大なる影響を与えた。ヨーロッパ各地を放浪したのちパリで活躍した。主著『ダブリン市民』『若き芸術家の肖像』『ユリシーズ』など。『室楽』は詩集“chamber music”（一九〇七）の日本初の完訳。他に佐藤春夫が「金髪のひとよ」（『佐藤春夫詩集』第一書房、一九二六年）として一部訳、西脇順三郎が「室内楽」（『ヂオイス詩集』第一書房、一九三三年）に完訳している。

川崎昇が買い与えた厚い英和辞典を引き、伊藤整の監修を受けながら翻訳した。阿部保の証言によると、散文詩調に訳す方法は百田宗治の提案だという（小松瑛子「黒い天鵞絨の天使―左川ちか小伝」（『北方文芸』五巻一一号、一九七二年一一月）。ちかにとって生前唯一の著書。訳者附記にあるエゴイスト版とは、『室楽』第三版にあたるロンドンのエゴイストプレス出版（一九二三年）のものをテキストにしたということだろう。

三「答唱歌」は英語原文 antiphon。合唱による応答歌・交唱。「堅琴」は「竪琴」に改めた。

一一「天使」は原文 cherubim。ケルビムは有翼の天使で知識をつかさどる。ラッパや竪琴を持つ姿が描かれる。

一二「托鉢僧」は原文 capuchin。カプチン会修道士はカトリック・フランチェスコ会の一派。清貧主義に徹し、とんがり帽子《カプッチョ》をかぶっている。

一六「鶫」は原文 thrushes。初出『詩と詩論』の訳は「鶫」とあるが、単行本では「鴉」となっている。「鴉」は誤記・誤植の可能性が高く、「鶫」に改めた。

二〇「廊下のやうになつてゐる其処で。」は原文 Enaisled is! で難訳。ジョイス独自の用法で、enisle（島にする、孤島に置く、孤立させる）の意味合いで松林の中に孤立したとの意味か。または aisles（通路）の意味合いで秩序だって並ぶ松林の様子を、廊下のようにと訳したものか。西脇順三郎は「寺院の通廊のやうになるところで。」と訳した。

二三「鶺鴒」は原文 The wrens。ミソサザイのこと。

二六「パアチアス」は Samuel Purchas／サミュエル・パーチャス（一五七七?～一六二六）。英国の航海記・旅行記編者・牧師。「ポリンシエツド」は Raphael Holinshed／ラファエル・ホリンシェッド（?～一五八〇）。英国の年代記作家。初出『今日の詩』ではホリンシエツドだが、単行本ではポリンシエツド。

二七「ミドリダテス」は Mithridates。小アジア黒海沿岸地方ポントスのミトリダテス王（前一三二～前六三）は共和政ローマと戦い続けた。毒殺を防ぐため少量の毒を常用し耐性を獲得していたという。

三一「ドニイカアニイ」は Donnycarney。ダブリン郊外、北東部にある町。

三二「推積」は「堆積」に改めた。

三三「律詩」は原文 vilanelle。ヴィラネルはルネサンス期に流行した一九行二韻体の世俗歌曲。「円舞曲」は原文 roundelay。ラウンドレイは短いフレーズをリフレインする歌。輪舞。初出『椎の木』では、二連と三連の間は原文に従い改行が施されているが、単行本では句点が省かれ繋っている。本書では初出通りとした。

三六「鉄床」は原文 anvil。金属を叩いて鍛える際に、加熱した材料を載せる鉄製の台。

「男・手風琴・雪の破片」 ハアバアト・リイド／ハーバート・リード・詩 ①『新形式』一号（三一年四月一〇日）に発表。
Herbert Edward Read（一八九三～一九六八）はイギリス・ノースヨークシャー州出身の詩人・批評家。T・S・エリオットの友人でイマジズム詩から出発する。雑誌『バーリントン・マガジン』『芸術と文学』（Arts and Letters）の編集や創刊に関わった。戦争体験に基づく詩集『裸の戦士たち』『戦争の終わり』などがある。小説『グリーン・チャイルド』、評論『芸術の意味』『シュルレアリスムの発展』『詩とアナーキズム』など多数。戦後に瀧口修造は『芸術の意味』を、左川ちかと同郷の詩人和田徹三は『現代詩論』『フィーニクスの変容』などを訳している。

「男・手風琴・雪の破片」は小説風の散文詩。原文テキスト"Man, melodion, snowflakes"は詩集『伏兵』("Ambush"、London、一九三〇年)に収録。第一次世界大戦でフランス戦線に従軍した経験が反映している。

「手風琴」はアコーディオン。「リンネル」はリネン(亜麻布)。「ぼたんづる」はキンポウゲ科の落葉性の蔓植物。牡丹蔓。多数の白い小さな花が円錐状に咲く。「私の体重が上り私をはなれる」は原文 the weights of my body lift and leave me。「すざぬ」は「すぎぬ」に、「遺はす」は「遣はす」に改めた。「暑家」は原文 warm interiors。「さるびや」はシソ科サルビア属の低木性の多年草。緋衣草。「気遺はしげ」は「気遣はしげ」に、「道に路」は「道路に」に、「よろめさながら」は「よろめきながら」に改めた。句読点の誤りは明記せず正した。


「詩の一群」 チヤアルズ・レズニコフ/チャールズ・レズニコフ・詩 ①『白紙』一四号(三一年七月五日)に発表。

Charles Reznikoff(一八九四〜一九七六)はニューヨーク出身のユダヤ系詩人・作家。オブジェクティヴィズム(客観主義)で知られる。詩集に『証言』『ホロコースト』、小説『マンハッタンの水辺にて』など。「詩の一群」のテキスト"A GROUP OF VERSE"は、『pagany』二―二(一九三一年)に掲載された。

「おばけのやうに見える」は原文 Seem fabulous。

「花が咲いてゐる」 ブラヴイグ・イムブズ/ブラヴィック・インブズ・詩 ①『椎の木』二年六冊(三三年六月一日)に発表。②『海盤車』二巻九号(三三年六月五日)に再掲。
Bravig Imbs(一九〇四〜四六)はアメリカ出身の詩人・作家。ガートルード・スタインやアンドレ・ブルトンとサロンで交流し、パリで活動した。著者に『Confessions of Another Young Man』、A・ブルトンとの共著『Yves Tanguy』など。「花が咲いてゐる」のテキスト“BLOOMED”は、『pagany』三—一（一九三二年）に掲載された。
①「木の下で」②「樹の下で」。他に句点に異同。行処理は②が原文に忠実。「鳶色の落ち梨」は原文tawny pears。本書では『海盤車』を底本とした。

「POEM」 ハウワアド・ウイイクス／ハワード・ウィークス・詩 ①『海盤車』二巻一〇号（三三年八月一〇日）に「詩」と題し発表。②『文章法』三冊（文章法発行所、三四年六月五日）に「POEM」と題し再掲。
Howard Weeks（一八八八〜一九二八）はエズラ・パウンドの『Exile』や『POETRY』などに作品が収録されたモダニスト。“POEM”は『pagany』二—二（一九三一年）に掲載された。
①「燕を見てゐる。／彼は云ふ」②「燕を見てゐる。彼は云ふ」。本書では原文通りの①の表記に拠った。他に句読点、漢字の開閉に異同。『文章法』を底本としたが、一部改めている。

「寡婦のジャズ」 マイナ・ロイ／ミナ・ロイ・詩 『文学リーフレット』一〇号（文学リーフレット社、三三年九月一日）に発表。
Mina Loy（一八八二〜一九六六）はロンドン出身の女性詩人・画家・デザイナー・モデル。ハンガリー系ユダヤ移民の子として生まれ、パリやフィレンツェで活躍したモダニスト。T・S・エリオット、エズラ・パウンドにその実験的な詩が評価され、マルセル・デュシャン、ガートルード・スタイン、シルヴィア・ビーチ、アンドレ・ブルトンと交流を深めた。詩集『月世界案内』など。ロイはセックスを含め女性による自己決定権の確立を提唱する、当時としては先鋭的なフェミニストでもあった。「寡婦のジャズ」は“THE WIDOW'S JAZZ”として『pagany』二—二（一九三一）に発表された。ロイ作品初の邦訳である。

「風琴」はオルガン。「マッサアジをしたギゴロス」は原文 shampooed gigolos。ジゴロのこと。女に養われる男。男性ダンサー・ホスト。「電気王冠」は原文 electric crown。死刑執行の際に電気椅子で囚人の頭にかぶせる冠・ヘルメットのことか。『モダニスト　ミナ・ロイの月世界案内―詩と芸術』（フウの会編、水声社、二〇一四年）では「うかれた王さま」と訳されている。「遊逸」は気ままに好きなことをして遊ぶこと。
「卑怯な」は原文 Craven。一九一八年にメキシコで行方不明となった二番目の夫、ダダイストのアルチュール・クラヴァン（Arthur Cravan）のこと。原詩はクラヴァンへの追悼詩である。「この豊かな妻殉死について」は原文 on this rich suttee。サティーは夫の亡骸とともに妻が焼身自殺するヒンドゥー社会の慣習。寡婦殉死ともいう。「肉の反響の間に／人種的愛撫の／総合法」は原文 among the echoes of the flesh ／ a synthesis ／ of racial caress。「エスペラントオ」はエスペラント語。

「眠れる者からの帰り」　デイヴイド・コオネル・ドジヨン／デイヴィッド・コーネル・デヨング・詩　①『椎の木』三年一冊（三四年一月一日）に発表。David Cornel De Jong（一九〇一～六七）はオランダ出身でアメリカに移住した詩人・作家・児童文学者。詩集『Outside the Four Walls of Everything』など多数の著作がある。「眠れる者からの帰り」のテキスト"RETURN FROM THE SLEEPER"は、『pagany』三―一（一九三二年）に掲載。
「枝折戸」は折った木の枝や竹を並べて作った開き戸。主に庭園に設けられる。原文は turnstile。回転木戸のこと。杭の上に十字状の回転横木を取り付けている。牛馬の進入を防ぐ用途から始まり、現在は回転式改札口として駅の改札や劇場で用いられる。「風信機」は wind vane。風向きを測定する器械。

「瞑想」　ラルフ・チイヴア・ダニング／ラルフ・チーヴァー・ダニング・詩　①『文章法』五号

（三四年一一月五日）に発表。

Ralph Cheever Dunning（一八七八〜一九三〇）はアメリカ・デトロイト出身の詩人。エズラ・パウンドなどと交友を深めパリで活躍した。詩集に『Windfalls』など。「瞑想」のテキスト"MEDITATION"は、『The Dial』八三号（一九二七年一一月）に掲載された。

「いま風のある庭に／鋭い声の声がする」は原文 Now in the wintry garden ／ A harsh birds calls。

「韻得（律）のある波」は原文 The rhyming waves。

「夜の想念」　アル・エス・フイザーラード／R・S・フィッツジェラルド・詩　①『文芸汎論』五巻五号（三五年五月一日）に発表。

Robert Stuart Fitzgerald（一九一〇〜八五）はアメリカ・イリノイ州出身の詩人・翻訳家・古典学者。The New Republic 誌の編集者を務めたのち、ハーバード大学に勤める。オデッセイなどギリシャ古典の翻訳で知られる。詩集に『In the Rose of Time』『Spring Shade』など。「夜の想念」のテキスト"NIGHT IMAGES"は、『pagany』三―一（一九三二年）に掲載された。

「谷間の方へ」　ノオマン・マクロード／ノーマン・マクロード・詩　①『日本詩壇』三巻六号（三五年六月一日）に発表。

Norman Maclead（一九〇六〜八五）はアメリカ・オレゴン州出身の詩人・作家。ウィリアム・カーロス・ウィリアムズやW・S・グラハムと親交があつく、詩集に『Horizons of Death』などがある。「谷間の方へ」のテキストである"EARLY WALK TO THE VALLEY"は、『pagany』三―一（一九三二年）に掲載。

「春が夜明の時刻のやうに冷たい。」の「春」は原文 springs。本来は泉の意か。「シリンガ」はモクセイ科の落葉高木。ライラック。和名ハシドイ。「朝の光栄」は原文 morning glory。本来は朝顔の意か。

散文・日記・書簡

「モスコオ芸術座小話」　①『文芸レビュー』一巻三号（二九年五月一日）に発表。左川千賀名義。

モスクワ芸術座は一八九八年にモスクワに創設された劇場・劇団。モスクワ芸術アカデミー劇場。創設者は演劇指導者のコンスタンチン・スタニスラフスキーとネミロヴィチ＝ダンチェンコ。リアリズム演劇を目指し、世界の演劇界に影響を与えた。アレクセイ・トルストイの『皇帝フョードル・イヴァノヴィチ』は同年一〇月の旗揚げ公演。アントン・チェーホフとマクシム・ゴーリキーの公演で知られる劇場。大正末年から昭和初期は、モスクワ芸術座に関連する紹介が盛んだった。

「我が生涯と、芸術」は一九二四年に英語で出版されたスタニスラフスキーの自伝『My Life in Art』。島田謹二が『スタニスラーフスキイ自伝』と題し、岩波文庫から一九四二年に上巻のみ訳している。「モスコオ芸術座小話」では、スタニスラフスキーたちが商業主義・スター主義を排した劇団創立を話し合った逸話を紹介している。


「『椎の木』第二年の注意を惹かれた作品　続」　①『椎の木』二年一二冊（三三年一二月一日）に発表。第三次『椎の木』二年一冊（三三年一月）以降の作品から選ぶ同人アンケート。荘原照子・饒正太郎・龍木煌（和田徹三）他一六人が回答。江間章子「朝のパイプ」は一一冊、山中富美子「独りのもの」は「独りのうた」と題し九冊に掲載。ちかの作品は一一冊掲載の「葡萄の汚点」を荘原照子・高松章が推している。

「フレッツユ」は「フレッシユ」に改めた。


「ノエルを待ちつつ」　①『エスプリ』一号（三三年一二月一五日）に発表。

『エスプリ』は北園克衛と共同編集した流行文化・社交雑誌。エスプリ社発行（東京市京橋区銀座西八丁目七番・日本鉱業会館）で四号まで確認。北園の編集後記によると、アメリカの『VANITY FAIR』を意識したらしい。一号の編輯人・発行人は川崎愛。堀口大學・太田黒元雄・衣巻省三・阿部知二・戸田秋骨らが寄稿している。

『エスプリ』の頃の左川ちかについては、北園克衛「左川ちか」（初出一九五一年／『黄いろい楕円』宝文館、一九五三年）、江間章子『埋もれ日の焰ら』（講談社、一九八五年）に詳しい。「ノエルを待ちつつ」は一号の編集後記。「S.S.C.C.」の署名。「K.K.E.E.」と署名した北園の文章が続く。「ノエル」はクリスマス・降誕祭のこと。


「冬の日記」 ①『今日の文学』四巻二号（三四年二月一日）に発表。

『エスプリ』編集の合間に懐郷の思いを記した文章。三二年秋が生前唯一にして最後の帰郷となった。


「Chamber music」 ①『エスプリ』二号（三四年二月五日）に発表。

二号の編輯兼発行人は佐藤重雄。堀口大學・衣巻省三・近藤東・春山行夫らが寄稿している。「Chamber music」は二号の編集後記。「S.S.C.C」の署名。「K.K.E.E」と署名した北園の文章が続く。なお三号（三四年三月五日）・四号（三四年四月五日）には「SS・CC KK・EE」の連名による「後記」が付されている。北園の手になるものと考え本書では収録を見送ったが、森開社版新版に参考作品として全文掲載されている。

「険約」は「倹約」に改めた。


「水晶の夜」 ①『椎の木』三年四冊（三四年四月一日）に発表。

「阿部保のエスキース」欄に掲載。他に荘原照子・山村酉之助が寄稿。椎の木同人論の企画は編集に携わった高祖保の企画になるもので、三年二冊「左川ちかの作品」が第一回だった。この時は饒正太郎・柏木俊三・高松章・濱名與志春・内田忠が左川ちか論を寄稿。阿部保（一九一〇〜二〇〇七）

は山形県出身の詩人で美学研究者。戦後、北海道大学教授。詩集に『冬薔薇』『流氷』など。「防部さんの」は「阿部さんの」に改めた。

「魚の眼であつたならば」 ①『カイエ』七号（三四年五月一〇日）に発表。絵画との類似性から詩論を展開する。高女時代から美術に関心が深く、東京でもよく絵を描いた。友人根上律から贈られたモディリアーニの画集は遺品の一つ。「成巧」は「成功」に、「行き詰つてゐゐ」は「行き詰つてゐる」に、「シルウエト」は「シルウエツト」に改めた。

「衣巻さんと詩集『足風琴』」 ①『椎の木』三年一一冊（三四年一一月一日）に発表。衣巻省三の詩集『足風琴』（ボン書店、一九三四年八月）の書評。「足風琴」とはリードオルガン（足踏みオルガン）のこと。「フオツクス・トロツト」は社交ダンスの一つ。「林檎園紀」は「林檎園は花盛り。香りの雲がたなびき奥の方は暗かつた。人影とてない白く散りしいた上を今しも翔けてくる少年ひとり、」と始まる。衣巻省三（一九〇〇～七八）は兵庫県出身の詩人・作家。佐藤春夫に師事し、第一回芥川賞候補作家となった。小説に『黄昏学校』など。萩原朔太郎がこの書評を引用している。「「椎の木」で或る女の詩人がこれを批評し、簡単に「お行儀の悪い詩ですこと」と言つたのは、百の批評にまさつて適切であり、著者の心境する悲しみを言ひ当ててゐる。これを聞いた衣巻君は、おそらくまた何時ものやうに、下唇を突き出してヒヒヒと笑つたことであらう。」（「丸山薫と衣巻省三」『四季』三号、一九三五年一月／『廊下と室房』第一書房、一九三六年）

「私の夜」 ①『詩法』四号（三四年一一月一日）に発表。「童話風な」でも夜の時間に言及している。「温り」は森開社版では「湿り」とし判別が難しい。「伊豆の島から拾つて来た」とあるのは、三四年夏に江間章子や『セルパン』編集長三浦逸雄・朱門父子、小松清らと同行した伊豆の新島旅行のことだろう。

「シットウエルの〈田園喜劇〉について」 ①『レスプリ・ヌウボオ』二号（ボン書店、三四年一二月一日）に発表。

イーディス・シットウェル著・北村常夫訳『田園喜劇』（ボン書店、一九三四年二月）の書評。Edith Sitwell（一八八七〜一九六四）はイギリス・ヨークシャー出身の女性詩人・評論家。音楽のリズムを活かした高踏的な詩風で知られた。詩集『Bucolic Comedies』（一九二三年）。北村常夫（一九〇四〜九五）は岡山県出身の英文学者。当時は『詩と詩論』でH・リードを訳すなど英詩英文学の紹介に努めていた。

「〈ベール・アメーロ〉」は『田園喜劇』に収録。「コケコウと鳴く地獄の草を笑ひ声が／ゆすぶつた時、オーガスタン貨幣のやうに／落ちたお月さんを拾ひ上げる。」とある。「オーガスタンの貨幣」とはローマ帝国初代皇帝アウグストゥス時代の銀貨のことだろう。「〈木製の天馬〉」はシットウェルの詩集『The Wooden Pegasus』（一九二〇年）のこと。「〈夜景画〉」は「長い真黒な夜の並木道を／愉快な行列の人々が行く、／／夜が葡萄酒で染め汚した硝子の仮面をつけて、／髪は葡萄のやうにもつれ上り——」と始まる詩。

「きりのはなたば」 ①『女人詩』五年一五冊（三五年一月二五日）に発表。原文無題。原文では促音が「っ」と表記されており、全てそのままとした。

くらたゆかり詩集『きりのはな』（女人詩社、一九三四年一一月）の誌上合評「きりのはなたば」欄に掲載。くらたゆかり（一九一三〜二〇〇六）は富山県高岡市出身の詩人。『女人詩』を主宰していた方等みゆきに師事していた。合評には英美子・岡本弥太・舘美保子・竹内てるよ・荘原照子・坂本茂子・方等みゆきらが寄稿している。ちかは三三年に同誌の同人となり、詩「星宿」「夏のをはり」を寄稿している。『きりのはな』出版記念会は三四年一一月二五日に高岡で開催された。

「私はあなたにお目にかかりたくなりました」とあるが、方等・くらた師弟は三五年一〇～一一月に東京・名古屋・神戸を訪れ、各地の詩人と交流している。一〇月末日に新宿で開催された歓迎会には、東京の女性詩誌『ごろつちよ』の多くの女性詩人たちが出席したが、入院中のちかは欠席した。

「春・色・散歩」　①『フアツシヨン』二巻三号（三五年二月二五日）に発表。初出原文は多くの漢字にルビが振られているが、本書では一部を除きこれを略した。

『フアツシヨン』は日本最初の月刊ファッション誌。発行は兵庫県芦屋市。編輯・発行・印刷人は押川春浪の近親にあたる柴山勝（筆名は柴山燁子）。当時の阪神間モダニズムの雰囲気をよく伝え、翻訳・短歌など文芸記事も収録されていた。

「ガンメタル」は合金の砲金《ほうきん》に由来する砲金色（gunmetal gray）のこと。青みがかった暗灰色。「船に乗つてどこかへ行くことを一日中考へたり」する夢は、「童話風な」「明るい夢と江間章子さん」など参照。「ランドオ」は折りたたみ式のほろがついたランドー（landau）馬車・ランドー型自動車のことか。

「童話風な」　①『呼鈴派』一巻二号（呼鈴詩社、三五年三月一日）に発表。

「私の話といへば夢で見たことばかりなので」と、通学汽車でいつも夢の話を友人たちに聞かせていた（小松瑛子「黒い天鵞絨の天使」）。「すべてが現在の進行をしてゐるといふことは喜ばしいこと」とあるように、運動が停止した完成形ではなく、絶えず動いている未完成のものに魅力を感じていると、「魚の眼であつたならば」「春・色・散歩」でも繰り返し語っている。

「見まません」は「見ません」に改めた。

「樹間をゆくとき」　①『椎の木』四年五号（三五年

六月一日）に発表。

「見る」ことから詩論を展開した、『椎の木』四年二〜四号の同人作品評。柏木俊三「早春」（四号）・「稲妻」（三）、江間章子「田舎ぐらし」（四）、平野仁啓「乖離」（四）、内田忠「旧友との一時」（四）、内山義朗「思索」（二）・「生活」（四）、阿部保「屋根裏の職人」（四）、高松章「三月の歌」（四）、小高根二郎「石の歌」（四）。この頃から腹部や背中の痛みに悩み、激しいときは夜の散歩に出かけていた。

「移度」は「程度」に、「説謬」は「誤謬」に、「私達たちの胸」は「私たちの胸」に改めた。「□の足音」は森開社版では「その」と当て字するが、本書では判断を保留した。植字ミスと思われる。


「明るい夢と江間章子さん」 ①『文芸汎論』五巻八号（三五年八月一日）に発表。

「人とその芸術」欄の一文。江間章子「左川ちか氏」も掲載されている。「人とその芸術」は五巻七号の福田清人・永松定に始まり、九号は春山行夫・伊藤整、一〇号に岩本修蔵・北園克衛が続いた。三二年初夏のアルクイユのクラブの会合で出会って以来、江間章子（一九一三〜二〇〇五）は最も仲の良い詩人だった。

「文芸汎論社の城さん」は、ちかに目をかけていた城左門（城昌幸）。詩友饒正太郎・評論家小松清の名も見える。「コロンバン」はフランス菓子店コロンバン商店が一九三一年に銀座六丁目に開店した「テラスコロンバン」のことか。オープンテラスカフェの先駆けとされる。銀座に店を出したいとの夢については「内田忠宛書簡」参照。「アンナカレニナ」はトルストイの小説『アンナ・カレーニナ』のヒロイン。

「どかこで」は「どこかで」に、「大低」は「大抵」に、「考るへ」は「考へる」に改めた。


「日記」 ①『椎の木』五年三号（三六年三月一日）に発表。同号は左川ちか追悼号。

「日記」は原稿用紙に鉛筆でしたためてあったものを高松章が手写した（百田宗治・編輯後記）。一〇月九日に西巣鴨の癌研究所附属康楽病院に入院。一六日から翌月二日まで日記をつけていた。担当医は院長・稲田龍吉博士。兄の川崎昇が通い、札幌から上京した母チヨが付き添いにあたった。家庭教師の教え子保坂百合子（ユリ）、高女同級生の野沢郁、昇の妻で義姉川崎クラと甥の奎、俳歌人小林恒子、百田貞子（宗治の妻）ら親族友人が見舞う。余市の叔母（川崎ウメか）からは林檎が届いた。高女の同級生根上律から見舞いの手紙をもらっている。二二日に胃癌の末期症状と診断された。律も病床にあって四一年一一月に肺結核で死去。

「ヌガー」はソフトキャンディーの一種。「ナルコポン」はモルヒネを主成分とする麻酔・睡眠薬。「百閒先生の随筆」は内田百閒「漱石先生臨終記」収録の『鶴』（三笠書房、一九三五年二月）。「キイラレンドの短編集」はノルウェーの作家アレキサンダー・キーランド著・前田晁訳『キイランド短編集』（岩波文庫、一九三四年）のことか。「パピアト」はナルコポンの一種か。

原文では全て「ベット」となっているが、そのままにした。「百間先生」は「百閒先生」に、「叙母」は「叔母」に改めた。

書簡

「春山行夫宛書簡」 個人蔵。発信人：左川ちか／発信年月日：一九三二年二月一四日／消印局名：淀橋二月一五日消印／形態：封書（丸善印行原稿用紙二〇×一〇・二枚）／発信人住所：府下世田谷町二九九四川崎内／受信人住所：市外中野町城山四十

初めて原稿料を貰った合作詩「冬の詩」の礼状。春山行夫（一九〇二～九四）は当時のモダニズム詩壇のオピニオンリーダー。掲載誌『若草』には何度か春山が寄稿しており、何らかの手引きがあったと推測される。二人の出会いは春山編集の『詩と詩論』にさかのぼる。友だちに貰ったスケッチ

ブックには自身や北園克衛の手形をとっている。中村洋子「春山行夫覚書　左川ちかの手紙」（『ノワール』一号、二〇〇一年一二月）、島田龍「左川ちかを探して（二）春山行夫宛書簡から」（『螺旋の器』三号、二〇一九年四月）参照。

「内田忠宛書簡抄」　内田忠「左川ちかのこと」（『日本詩壇』五巻三号、三七年四月／『詩のために』椎の木社、一九四〇年）に掲載。年不明・二月。内田忠（一九〇五～四四）は『今日の詩』『椎の木』の同人。内田が福井県丸岡町に帰郷したのは三一年一二月であることから三二年二月と推定。内田と同郷にあたる祖父長左衛門に言及している。初出と単行本で句読点の処理が一部異なるが、初出に拠りつつ一部改めた。

「内田忠宛書簡抄」　内田前掲書掲載。年不明・盛夏。「明るい夢と江間章子さん」と内容が一部重なることから三四年盛夏と推定した。シルヴィア・ビーチがパリ・セーヌ川左岸に開いた書店シェイクスピア・アンド・カンパニーのような本屋を銀座に開きたいと夢を打ち明けている。同じく前掲初出に拠った。

「川村欽吾宛書簡」　川村欽吾「詩人左川ちか回想」（『地球』六八号、七九年七月）に掲載。発信人：左川ちか／発信年月日：八月一五日／形態：封書（黄色和紙・鳩居堂用箋）／発信人住所：東京市世田谷区世田谷五ノ二九九四／山形縣東田川郡余目町茶屋町二〇。

川村欽吾（一九〇八～二〇〇一）は山形県出身のモダニズム詩人。当時は『マダム・ブランシュ』『詩法』同人。川村は「昭和五年」と注記しているが、二人の面識はアルクイユのクラブ時代（一九三二年～）、世田谷区発足は三二年五月、「マラルメ紀念詩集」が三四年七月であることなどから、三四年八月と推定した。「マラルメ紀念詩集」とは、手紙のクラブ発行「ステファン・マラルメ記念詩集」シリーズの一冊、川村欽吾『LA MER』（三四年七月二〇日、挿絵酒井正平）のこと。

「春山行夫宛書簡」 個人蔵。発信人：左川ちか／発信年月日：一九三四年一〇月一一日／消印局名：渋谷　一〇月一二日消印／形態：封書（鳩居堂製書簡箋、四枚）／発信人住所：世田谷区世田谷五ノ二九九四　川崎方／受信人住所：市内中野区高根町二八

「季節」（『モダン日本』）掲載の礼状。「行動」とは、『行動』掲載の「The street fair」「雲のやうに」「雪の門」「他の一つのもの」のこと。両誌ともに春山との関わりがあり、『詩と詩論』以降もちかの才能を気にかけていたことがわかる。翌年『セルパン』掲載の「海の花嫁」も春山編集長時代のことだった。

翻訳文

「髪の黒い男の話」 フエレンク・モルナアル（雑誌表記）／モルナール・フェレンツ・小説　①『文芸レビュー』一巻二号（二九年四月一日）に発表。左川千賀名義。

Molnár Ferenc（一八七八〜一九五二）はハンガリー・ブダペスト出身のユダヤ系劇作家。戯曲『悪魔』『リリオム』、少年小説『パール街の少年たち』など。ナチスの迫害から逃れアメリカへ亡命。日本でも戯曲が舞台化、森鷗外や川端康成などによって邦訳が残されている。短篇は機智に富み、軽妙で都会的な作風が特色。

「髪の黒い男の話」のテキスト“Love and Deception”第一話は『VANITY FAIR』三二巻六号（一九二九年二月）に掲載。左川ちかの訳文のあと、鈴木善太郎が『短編集　町のをんな』（第一書房、一九三〇年）に「ベッドの上と下」と題し訳している。

「リド」はイタリア・ヴェネチアの南にある島Lido。リゾート地。「Lido 婦人」は避暑地で過ごすパリジェンヌのことか。「ドンジユアン」はスペインの伝説上のプレイボーイ、ドン・ファン（Don

Juans）のこと。「ブールヴァル・デジタリアン」はセーヌ川北部・パリ2区と9区の境に位置するデ・ジタリアン大通り（Boulevard des Italiens）のこと。オペラ座に近い繁華街。「ヴアンテイミル」はパリ9区のヴァンティミル通り（Rue de Vintimille）。「サン・マリコ」はヴェネチアの中心部サン・マルコ（San Marco）。

本文では全て「ベット」となっており、また「ジヤケツ」と「ジヤケツト」が混交するが、そのまとした。「うつてゐる」は「うつつてゐる」に改めた。句読点やカギ括弧の誤りは明記せず正した。

「イソップなほし書き（1）〜（3）」 アルダス・ハクスレイ／オルダス・ハクスリー・小説 ①

『文芸レビュー』一巻四〜六号（一九二九年六〜八月各一日）に発表。左川千賀名義。

Aldous Leonard Huxley（一八九四〜一九六三）はイギリスの詩人・作家・批評家。祖父は生物学者トマス・ハクスリー。のちイタリア、アメリカに移住。詩集『火の車』、小説『恋愛対位法』『すばらしい新世界』など。風刺を効かせた主知的な作風。

「イソップなほし書き」のテキスト“Aesop Revised”は、『VANITY FAIR』三一巻五号（一九二九年一月）に掲載。

〈蟻と蟋蟀〉「亨楽」は「享楽」に、「密蜂」は「蜜蜂」に改めた。

〈蛙と王様〉「ベンタム」「ジヨンスタートミル」はイギリスの哲学者ベンサム（Jeremy Benthum）とミル（John Stuart Mill）。「鶴」は原文stork。コウノトリ。

〈鴉と狐〉「ダナ・ギブスン」はアメリカのイラストレーター、Dana Gibson／チャールズ・ダナ・ギブスン（一八六七〜一九四四）。ギブソン・ガールと呼ばれる女性画が有名。「ハリトツクス」は原文halitoxic。詳細不明。「カルメンも、イゾルデ・メリザンドも」は、オペラ『カルメン』『トリスタンとイゾルデ』『ペレアスとメリザンド』の楽曲。「黒人劇場」は黒人俳優が出演する専用劇場。一九世紀以降、ニューヨークを始めとするアメリカ北部の主要都市で生まれた。「秘決」は「秘訣」に、「棒げて」は「捧げて」に改めた。句読点の誤りはほぼ明記せず正した。段落冒頭の一字下げが一定していないが、訳文表記のままとした。

「蠅のスープ」　フエレンツ・モルナアル／モルナール・フェレンツ・小説　①『文芸レビュー』一巻八号（二九年一一月一日）に発表。左川千賀名義。「蠅のスープ」のテキスト“Three Legends”第三話は『VANITY FAIR』三二巻三号（一九二九年五月）に掲載。前掲『短編集　町のをんな』には「蠅」と題し訳された。

「ワンペテイツクス」は原文Wampetics。本文二箇所目の「ワンペテイレツクス」は改めた。後半三箇所「縄」と訳文に表記されているが、「蠅」と改めた。句読点の誤りは明記せず正した。段落冒頭の一字下げが一定していないが、訳文表記のままとした。

「二つの話」　フエレンツ・モルナアル／モルナール・フェレンツ・小説　①『文芸レビュー』一巻九号（二九年一二月一日）に発表。左川千賀名義。「二つの話」Aのテキスト“Three Legends”第一話は『VANITY FAIR』三二巻三号（一九二九年五月）に掲載。原文の前半訳である。Bのテキストは“Three Legends”二話で同号掲載。『短編集　町のをんな』では各話「悪戯」「八つの窓」と題し訳された。

〈A〉「役所の助監督」は原文Second Assistant Maneger in one of the government offices。「迎へられるこり」は「迎へられること」に改めた。

〈B〉「カルルスバアド」はチェコ・ボヘミア地方のカルロヴィ・ヴァリ（Karlovy Vary）の英語名Karlsbad。温泉保養地として有名。

「闘争」　シヤウツド・アンダアスン／シャーウッド・アンダーソン・小説　①『文芸レビュー』二巻一号（三〇年一月一日）に発表。左川千賀名義。

Sherwood Anderson は（一八七六～一九四一）はアメリカ・オハイオ州出身、シカゴで活動した詩人・作家。「シカゴ・ルネサンス」と呼ばれる新文学運動の担い手として、モダニズムの実験的方法でアメリカ社会を描いた。ウィリアム・フォークナー、アーネスト・ヘミングウェイ、ジョン・スタインベックなど現代作家に影響を与えた。詩集に『中西部アメリカの聖歌』『新しい聖訳』、小説に『ワインズバーグ・オハイオ』『卵の勝利』など。

「闘争」のテキスト"The Fight"は、『Vanity Fair』二九巻二号（一九二七年一〇月）に掲載、短編集『森の中の死』（一九三三年）に収録。「闘争」はヘミングウェイの短編小説「殺し屋」（一九二七年）への応答作で、訣別した二人の緊張関係を両作ともに反映しているとされる。

「毀り合つて」は「殴り合つて」に改めた。数行訳し飛ばした箇所が複数認められる。句読点や濁点の処理などの誤りは明記せず正した。

「芸術と精神分析」　アアネスト・ジョンズ／アーネスト・ジョーンズ・評論　①『新文学研究』一輯（金星堂、三一年一月二五日）に発表。

Alfred Ernest Jones（一八七九～一九五八）はイギリス・ウェールズ出身の精神分析学者。フロイトに学び、その精神分析学を英米に広めた。ナチス下のウィーンに潜入し、フロイトをロンドンに脱出させる。『ハムレット』など文学作品を精神分析学から論じた。著書に『ハムレットとオイディプス』『フロイトの生涯』など。

「芸術と精神分析」のテキスト"ART And LITERATURE"は『Psycho-analysis』(London、Ernest Benn Limited、一九二八年）に収録されている。

C「芸術的本能は単に～」と「反発的な～」の間、原文ではキーツの詩"Sleep and Poetry"（一八一六年）から"And they shall be accounted poet kings Who simply tell the most heart-easing things."（そして、最も人の心に響くことをただ語る者こそ、詩界の王と称されるだろう）の言葉を引用し、それは決してきれいごとだけではないとの一文があるが、訳文では略されている。「鎮和」は緩和のこと。原文 allaying。「オットオ・ランク」はオーストリア出身の精神分析家 Otto Rank／オットー・ランク（一八八四～一九三九）。フロイトに学んだ。アナイス・ニンと親しかったことでも知られる。

「新レパアトリイ劇場の設計解説」　ノオマン・ベル・ゲッズ／ノーマン・ベル・ゲッデス・解説　①『新文学研究』一輯（三一年一月二五日）に発表。Norman Bel Geddes（一八九三～一九五八）はアメリカの舞台美術家・工業デザイナー・建築家。メトロポリタン・オペラやブロードウェイ作品の舞台美術を担当する。のち工業デザインでも活躍する。著書に『Horizons』『Magic Motorways』など。新レパートリー劇場は、シカゴ万国博覧会（一九三三年）のために音楽堂、水族館やレストランなどとともにゲッデスが設計構想した。レパートリー劇場とは、専属劇団が一定数の演目を日替わりで上演できる劇場をいう。構想によれば、全一九階の中央塔にはリハーサル室・化粧室・保管室・オフィス・楽屋などが入っている。塔からは大劇場・小劇場・児童劇場・キャバレー・屋上庭園へと繋がる。

ウォール街大暴落（一九二九年）もあって世界最大級の未来的劇場は実現しなかった。万国博のために手掛けたデザインは、一九三〇年一一月一八日～一二月六日に開催されたゲッデスの展覧会に展示された。テキサス大学オースティン校ハリーランサムセンターにゲッデスコレクションが収蔵されている。「新レパアトリイ劇場の設計解説」のテキストは“SIX THEATER PROJECTS”の“The Repertory Theater”。『Theater Arts Monthly』一四―九（一九三〇年九月）掲載。同劇場に関する詳細な解説は主著『Horizons』（一九三二年）に収録されている。

「プロセニウム式」とはプロセニアム・アーチとよばれる額縁状の枠で囲まれている舞台のこと。額縁舞台。「露台」はテラス・バルコニー。「奏楽場」はオーケストラピット。

「廓下」は「廊下」に、「ずと」は「ずつと」に、「拡がつつてゐる」は「拡がつてゐる」に、「置装」は「装置」に、「中央の塔はは」は「中央の塔には」に、「水漕」は「水槽」に改めた。「二千の百四十八百四十八平方呎」は原文2,848 square feetに従い「二千八百四十八平方呎」に改めた。句読点の誤りなどは明記せず正した。『新文学研究』掲載の図面と口絵写真を本書に掲載した。

「憑かれた家」 ヴアジニア・ウルフ／ヴァージニア・ウルフ・小説 ①『今日の詩』五冊（三一年四月一日）に発表。

Adeline Virginia Woolf（一八八二～一九四一）はイギリス・ロンドン出身の作家・批評家。ジェイムズ・ジョイス、T・S・エリオットらと並ぶモダニズム文学を代表する作家。小説『ダロウェイ夫人』『灯台へ』『オーランドー』『波』、評論集『自分だけの部屋』など。

「憑かれた家」のテキスト“A Haunted House”は、短編集『月曜日か火曜日』（Monday or Tuesday、London、一九二一年）に収録された。葛川篤『ウルフ短篇集』（列冊新文学研究・金星堂、一九三二年）以降は「幽霊屋敷」と訳されることが多い。作中の家はサセックスのアッシャム・ハウスをモデルにしている。一九一二～一九年の間に週末を夫妻で過ごしていたが、幽霊が出るとの噂があった。

「斑鳩」はアトリ科の鳥イカルを意味するが、原文wood pigeon。モリバト。ヨーロッパでよく見られる。前半の「人は言ふだらう」「一人が確信して」「人は起き上がつて」「彼等が人の眼に」の「人」は原文one。家人である「私」を指す。「《安全だ、安全だ、安全だ》」は原文“Safe, safe, safe,”。宝が変わらず無事であることの意。「ひつつかつて」は「ひつかかつて」に改めた。句読点の誤りなどは明記せずこれを正した。『今日の詩』には左手の挿絵があるが、英国版・米国版の原書にはない。手をスケッチする「手形帖」を残したちか本人の挿絵かもしれない。

「いかにそれは現代人を撃つか」 ヴアジニア・ウルフ／ヴァージニア・ウルフ・評論 ①『新文学研究』二〜四輯（三二年四月一五日、七月二〇日、一〇月一三日）に発表。

「いかにそれは現代人を撃つか」のテキスト "How it strikes a Contemporary"（初出一九二三年）は、『コモンリーダー』（The Common Reader、London、一九二五年）に収録。「如何にそれは現代人を撃つか」と題し、村岡達二が『ウルフ文学論 別冊新文学研究』（金星堂、一九三三年）に訳し、ちかの訳を参照したと記している。

『新文学研究』では全三回にわたって掲載された。本書の（1）〜（3）は便宜上付したもの。原文を参照し明らかな句読点の誤りは明記せずこれを正したが、なるべく訳文のままとした。

（1）「ミルトン」はイギリスの詩人John Milton／ジョン・ミルトン（一六〇八〜七四）。主著『失楽園』。「キイツ」はイギリスの詩人John Keats／ジョン・キーツ（一七九五〜一八二一）。主著『エンディミオン』。「ロバアト・エルスミア」はイギリスの作家Mary Augusta Ward／メアリー・オーガスタウォードの長編小説『ロバート・エルズミア』（Robert Elsmere／一八八八年）の主人公か。「ステイヴン・フイリップス」はイギリスの詩人・劇作家Stephen Phillips／スティーヴン・フィリップス（一八六四〜一九一五）。主著『Christ in Hades』。「アトモスフイア」はatmosphere。雰囲気。「某々氏の書物」は原文Blank's book。「一シリング六ペンス」は原文ten and sixpence。一〇シリング六ペンスの誤植か。半ギニーに相当。ウルフは「女性にとっての職業」（一九三一年）で、一〇シリング六ペンスもあればシェイクスピアの全戯曲を書けるだけの原稿用紙が買えると言う。「過去の偉大なる批評家等」の後、原文ではthe Dryden, Johnson, the Coleridge, the Arnold と人名が続くが、訳文では略されている。「正餐の卓」はディナーのテーブル。「論説」は原文Reviewers。

「ドライデン」はイギリスの詩人・劇作家John Dryden／ジョン・ドライデン（一六三一～一七〇〇）。主著『アブサロムとアキトフェル』。「フロオベル」はフランスの小説家Gustave Flaubert／ギュスターヴ・フロベール（一八二一～八〇）。主著『ボヴァリー夫人』。「コウルリツヂ」はイギリスの詩人・批評家Samuel Taylor Coleridge／サミュエル・コールリッジ（一七七二～一八三四）。主著『クリスタベル』。「ハアデイ」はイギリスの詩人・作家Thomas Hardy／トマス・ハーディ（一八四〇～一九二八）。主著『テス』。「コンラツド」はイギリスの作家Joseph Conrad／ジョゼフ・コンラッド（一八五七～一九二四）。主著『闇の奥』。「ばらばらな作集の一束」は原文sheaf of loose pages。

（2）『Waverley』（一八一四年）はイギリスの詩人・作家のSir Walter Scott／ウォルター・スコット（一七七一～一八三二）の小説『ウェイヴァリー』。『The Excursion』（一八一四年）はイギリスの詩人William Wordsworth／ウィリアム・ワーズワース（一七七〇～一八五〇）の詩集『逍遥』。「Kubla Khan」（一八一六年）は前掲コールリッジの詩「クブラ・カーン」。『クリスタベル』（一八一六年）に収録。『Don Juan』（一八一九～二四年）はイギリスの詩人George Gordon Byron／バイロン卿（一七八八～一八二四）の詩集『ドン・ジュアン』。「Hazlit's Essays」はイギリスの批評家・随筆家William Hazlitt／ウィリアム・ハズリット（一七七八～一八三〇）の評論を総称したものか。『英国詩人講義』（一八一八年）始め多くの文芸評論を著した。『Pride and Prejudice』（一八一三年）はイギリスの作家Jane Austen／ジェイン・オースティン（一七七五～一八一七）の小説『高慢と偏見』。『Hyperion』（一七九七～九九）はドイツの詩人Johann Christian Friedrich Hölderlin／フリードリヒ・ヘルダーリン（一七七〇～一八四三）の小説『ヒューペリオン』。『Prometheus unbound』（一八二〇年）はイギリスの詩人Percy Bysshe Shelley／パーシー・シェリー（一七九二～一八二二）の詩集『鎖を解かれたプロメテウス』。

［B］「それと異つた長い時間をもつ～正当とし

なければならない。」の文章の前に、原文では九行程の記述がある。訳文では後出の［A］「天才の時代には〜偉大な瞬間をもつ。」の六行分に相当する。単なる錯簡か否か、本書では判断を留保し訳文のままとした。さらに原文では［C］「併しさうすると、」以降に相当する文章が、［B］の「正当としなければならない。」の次に続く。つまり、原文の順番は［A］［B］［C］となる。

「ビアボオム」はイギリスの作家・批評家・風刺画家 Henry Maximilian Beerbohm ／マックス・ビアボーム（一八七二〜一九五六）。主著『ズレイカ・ドブソン』。『Far Away and Long Ago』はイギリスの博物学者・作家 William Henry Hudson ／ウィリアム・ハドソン（一八四一〜一九二二）の自伝『はるかな国、遠い昔』（一九一八年）か。一九三七年に壽岳しづ訳・『はるかな國とほい昔』として岩波文庫から刊行。「敢為」は困難や障害に屈せず物事をやり通すこと。「駁論」は相手の説を非難し反対意見を述べること。「イエツ」はアイルランドの劇作家・詩人 William Butler Yeats ／ウィリアム・イェイツ（一八六五〜一九三九）。主著『アシーンの放浪』。「デイヴイス」はイギリスの詩人 William Henry Davies ／ウィリアム・デイヴィス（一八七〇〜一九四〇）か。主著『ある放浪者の自叙伝』。「ドラメア」はイギリスの詩人・作家 Walter John De la Mare ／ウォルター・デ・ラ・メア（一八七三〜一九五六）。主著『耳を澄ますものたち』。「ロオレンス」はイギリスの詩人・作家 David Herbert Lawrence ／D・H・ロレンス（一八八五〜一九三〇）。主著『チャタレイ夫人の恋人』。「けんつく」は剣突。荒々しく叱りつけること。

（3）「ワアズワアス」は前掲『The Excursion』参照。William Wordsworth ／ウィリアム・ワーズワース。「スコット」は前掲『Waverley』参照。Sir Walter Scott。「オオステン嬢」は前掲『Pride and Prejudice』参照。Jane Austen。「暴動」は原文 conduct。「ワトスン」は原文 The Watsons。人名

ではなくジェイン・オースティンの未完小説『ワトソン家の人々』のことだろう。姪のCatherine Hubback／キャサリン・ハバックがこれを脚色した『The Younger Sister』を一八五〇年に発表。存在が知られていなかった『ワトソン家の人々』は一八七一年に出版された。近年に至るまで続編が様々に書き継がれている。「二人の善良な少女〜」のくだりは、舞踏会で女性と踊る約束を反故にされた男の子に、機転をきかせたヒロイン・エマがダンスを申し込み、一緒に踊った場面を指す。

「永遠の視野を〜瞬時的光彩を。」は原文 Set down at a fresh angle of the eternal prospect they can only whip out their notebooks and record with agonised intensity the flying gleams, which light on what? and the transitory splendours, which may, perhaps, compose nothing whatever。試訳すれば「永遠の視野を持つ新たな一角に居を据えて、彼らはノートを取り出し、何を照らしているかわからない閃光や、おそらく何も構成していないであろうはかない輝きを、苦悶に満ちた激しさで記録するしかない。」となる。

「マシュウ・アアノルド」はイギリスの詩人・批評家 Matthew Arnold／マシュー・アーノルド（一八二二〜八八）。主著『教養と無秩序』。「バイロン」は前掲『『Don Juan』』参照。George Gordon Byron。「シエリイ」は前掲『Prometheus unbound』参照。Percy Bysshe Shelley。バイロン、シェリー、キーツは一九世紀初頭のロマン主義文学を代表する存在。「バイロンの百年祭」は一九二四年。没後一〇〇年。「彼の姉妹と結婚」とはバイロンの異母姉 Augusta Leigh／オーガスタ・リー（一七八三〜一八五一）。二人は恋愛関係にあり、Elizabeth Medora Leigh／エリザベス・メドラ・リー（一八一四〜四九）はその娘といわれている。「佩用者」は原文 wearers。何かを身に付けている者のこと。主に勲章・褒章、ストラップ、コンタクトなど。「レイディ・ヘスタア・スタンホオプ」はイギリスの探検家・旅行者 Hester Lucy

Stanhope／ヘスター・ルーシー・スタンホープ（一七七六〜一八三九）。中近東を旅し現在のレバノンに暮らした。新たなメシア＝救世主の妻となる運命だと占い師に告げられ、第一次サウード王国首長家の王子に求婚したという。

「遅い集り」 ジョン・チイヴァア／ジョン・チーヴァー・小説 ①『新文学研究』六輯（三二年五月一七日）に発表。

John Cheever（一九一二〜八二）はアメリカ・マサチューセッツ州出身の作家。『ニューヨーカー』に多くの短篇小説を寄稿。東部郊外に暮らす中産階級家族の二面性を描き、「郊外のチェーホフ」と呼ばれた。小説に『ワップショット家の人びと』『ファルコナー』など。『ジョン・チーヴァー短編集』はピューリッツァー賞を受賞した。

「遅い集り」のテキスト "LATE GATHERING" は、『pagany』二―四（一九三一年）に掲載。

「葉らはすべての木を離れた。」は原文 the leaves were off all the trees。「捏粉菓子」は原文 pastry。ペイストリーは練り粉を用いた菓子のこと。パイ・タルトなど。捏粉菓子はブリオッシュを指すことが多い。「ピジャマ」はパジャマのフランス語 pyjama。「スイッツル」は Switzerland。スイス。「リノリユム」は詩「憑かれた街」の註参照。「チエスナット・ヒルとブレイク・ヒル」はマサチューセッツ州ボストン郊外ニュートンにある地区。「いぢけた松」は原文 scrub pines。松林のこと。「胡粉」は白い粉。とくに貝殻を焼いて粉末状にした粉をいう。白色絵の具として用いる。「ハンテングトン並木道」はボストンのハンティントン・アベニュー（Huntington Avenue）のこと。ボストン美術館がある。「マサチウセッツ並木道」はマサチューセッツ・アベニュー（Massachusetts Avenue）。ボストンとマサチューセッツ各地を結ぶ大通り。

「硝に子」→「硝子に」などの誤植、濁点の誤りなどは明記せずこれを正した。句読点は原文を参照しながらなるべく訳文のままとした。『新文学研究』には『pagany』にない「エルマン・ポオル」による枯れ木のイラストが掲載されている。

「媚態」 フランセズ・フレチア／フランシス・フレッチャー・小説 ①『文芸汎論』三巻六号（三三年六月一日）に発表。Frances Fletcher（一八九四〜一九七八年）はアメリカ・バーモント州出身の女性詩人。ニューヨークのユダヤ系詩人 Louis Zukofsky／ルイス・ズコフスキー（一九〇四〜七八）と交流があった。ズコフスキーはオブジェクティヴィズム（客観主義）の理論家である。結婚後、Frances Hourlland／フランシス・アワーランドと名を改める。筆名は Anne Woodbridge／アン・ウッドブリッジ。詩集『The Banquet and Other Poems』（一九二五年）、『A boat of glass』（一九二六年）がある。「媚態」のテキスト“COQUETTE”は、『pagany』三—一（一九三二年）に収録。「浪漫的な人の領土へ〜」は原文 Ivy's ascents or descents, into the realm of the romantic were, to say the least, erratic。「放逸」は勝手きままに振る舞うこと。わがまま。「喪神」は魂が抜けたようにぼんやりとすること。放心。原文 despondency。「乳酪製造所」は原文 creamery。バター・チーズなどの乳製品の製造所。「キヤラコ」は薄くて光沢のある白い平織りの綿布。白金巾《カナキン》。「女の目が」は原文 her husband's sight。「タウワタ」は唐綿。白い乳液を分泌するガガイモ科トウワタ属の多年草の総称。Milkweed。「十戒中の第七条」はモーセの十戒・姦淫の戒め。「懲治院」は軽犯罪者・労働拒否者を収容し強制的に労働させる矯正施設。House of Correction。「規則的な生活を憎む心」は原文 hatred of institutional life。懲治院での生活を指す。「杭儀」は「抗儀」に、「アイビイ州はの」は「アイビイは州の」に、「表現しなつかた」は「表現しなかつた」に改めた。句読点の誤りは明記せず正したが、なるべく訳文のままとした。

解説　詩人左川ちかの肖像

序　左川ちかの現在

翻訳者左川千賀として川崎愛（一九一一～三六）が世に現れたのは一九二九年春、一八歳のこと。翌年左川ちかと筆名を改め、三六年一月に亡くなるまでの間に約九〇篇の詩、二〇余篇の翻訳詩文、一〇余篇の散文を残した。萩原朔太郎・西脇順三郎・春山行夫・北園克衛・伊藤整らに前途を嘱望され、将来のヴァージニア・ウルフ、ガートルード・スタインに例えられもした。

その詩の一群に初めて出会ったとき、伝記的背景はもちろん、名すら知らなかったが、考えるより感じなさいとでもいうような、モダンでアヴァンギャルドな風格に圧倒された。転がる言葉と言葉がコラージュしシュールな世界を現出させる。前衛絵画のように異質な言語感覚だ。ノスタルジーやロマンティシズムといった叙情性とは程遠いクールで硬質な文体。でありながら観念抽象的な言語遊戯に陥らず、一般的なモダニズム詩には希薄な〝私〟という何者かの熱量をじかに感じた。

〝私〟とはおそらく、川崎愛でも左川ちかでもない、何者かとしか言いようがなく、それは読み手の心の臓を直接鷲摑みにするような世界の住人だった。そして何といっても、最後のセンテンスの破壊力である。

詩集が入手困難なこともあって幻の早逝詩人として長く神話化されていたが、近年再評価の機運が高まりつつある。中保佐和子の英訳を契機に、欧米や南米・イスラム圏など海外での翻訳が相次いでいる。試みに英仏版Wikipediaの“Japanese poetry”の項目を見ると、現代詩人として和合亮一・伊藤比呂美・飯島耕一・吉岡実らの名前が列挙され、最初の現代詩人として左川ちかの名が挙げられている。「二〇世紀初頭の日本における最も革新的な前衛詩人」（『ザ・ニューヨーカー』二〇一五・八・一八）と、海外での評価が先行しているのが現状だ。

とはいえ、国内でも左川ちかの詩は確実にインパクトを与えている。戦時下の吉岡実が詩に目覚めるきっかけとなったのは『左川ちか詩集』との出会いだった。オマージュを捧げる詩歌人は、村野四郎らを始め現代もあとを絶たない。若いフォロワーが多いのも特徴だ。著名な一人は作曲家三善晃だろう。声楽曲『白く〜左川ちかによる四つの詩』（一九六二）は代表曲の一つで、今も歌い継がれる。「作曲者のことば」（『音楽芸術』六三・八）で三善はいう。

左川ちかの詩に不思議な絶望がある　失った声　向う側の音　見えない花　そしてもう近くに居ない夏　しかしそれは艶冶な装いにくるまれ　ほとんど誇り高きものの姿をして居る　微量の毒を含んだ棘が　老人を嗤ひ　少女らの指先に虚しい情感を植え　私を刺した

「作曲者のことば」

近年でも、青柿将大や茂木宏文、高橋悠治らが彼女の詩に着想を得て作曲しており、和賀崇平作曲のボーカロイド曲も生まれている。さらに国内外の美術家による作品も様々に制作されている。今後はサブカルチャー含め多彩な領域での受容と展開が予想される。

昭和初期、左川ちかは〝女〟であることのセクシュアリティと孤独に対峙し、これを越境しようと試みた。モダニズムの限界を突破せんと、性と生を疾走した〝現代詩の先駆者〟といえよう。

今後はモダニズム詩の枠組みのみならず、様々な文学・絵画・映像表現や翻訳トレンドなど同時代の横断的な表現と言説・メディアの中で、その詩風の誕生と変遷を丁寧に読み解くことが必要だと考える。かつての金子みすゞのように、早逝の女性詩人として、さらに超越的な存在として神話化されてきた表象を脱神話化する作業でもある。適切なテキスト理解と研究の進展のために、彼女の作品を校訂・網羅する書物が多くの読者に読まれることは大きな一歩だ。そのようにして初めて私たちの隣に彼女の言葉がちょこんと姿を現すように思う。本書がその契機となることを祈念しつつ、今なお人々の心を捉えて離さない左川ちかについて、いくつか話をしてみよう。

一　左川ちかの軌跡

北海道時代

川崎愛が生まれたのは、日本海に面した北海道余市町の登番外地。余市は日本の林檎栽培の発祥地である。丘陵地の登町には林檎園が広がっていた。今は見渡す限り葡萄畑、良質なワイナリーの地として有名だ。愛に戸籍上の父はおらず私生児だった。僧侶だという父の顔を愛は知らない。兄の昇、妹キクと三人とも父親は異なる。三兄妹揃って一つの家に暮らしたのは一年ほど。それでも家族の仲睦まじさは変わらなかった。

六歳で家族と離れ、十勝地方・本別町にいた親族のもとに一人引き取られる。海の見える余市とは異なる、自然豊かな内陸の地である。

> 一番夢をもたなければならないやうな子供時代の現実の生活が私にとつてあまりに失はれ過ぎた、少しばかりみぢめだと思へるやうなことばかりだつたので　「童話風な」

と回想している。本別で六年間を過ごした愛は、余市に戻り家族と再会する。兄の親友伊藤整と出会ったのもこの頃だった。

特定の文学に傾倒した痕跡は少ないが、川崎家の環境が影響を及ぼしたのは間違いない。兄は従弟の川崎尚とともに同人誌『青空』に携わり詩歌の活動に熱心だった。尚は当地の同人たちに名が知られた歌人で著作を数冊残した。彼らの活動に加わったのが伊藤だった。

川崎家の惣領格・喜代治（尚の兄）は文学者ではないものの、北海道青年協会の創設や道の社会民衆党のオーガナイザーだった。特高に監視され、のちに大陸に渡るなど波乱の人生を歩んだ人物で著作も多い。自身の雑誌に若き伊藤たちの発表の場を与え、戦時中は仕事の面倒もみていた。ちかも喜代治の雑誌『北海青年』の在京編集スタッフに加わっている。

　文学に親しむ川崎家の男たちを少女の愛は見ていた。家にある彼らの同人雑誌は全て読み尽くし、掲載された詩歌は暗記するほどだった。兄昇の詩歌には、母や妹を歌った温かな情愛を感じさせるものが多い。

入学《いり》たさの　一途こころか　夜更まで　妹は
机に　向きて起をり
咳ひとつ　のがさず床ゆ　声かくる　母は子
のため　未だねむらず
本に伏し　今は疲れの　寝につける　妹《な》が愛
しさに　マントきせけり

「妹」（『青空』二三・四）

　受験勉強の甲斐あって、愛は庁立小樽高等女学校に進学する。詩歌が盛んだった同校教員の歌人本間重（のちの小田観螢夫人）に目をかけられる。英語が得意で、導入されたばかりのセーラー服に袖を通した。絵も好きな愛は、東京でもスケッチブックを離さなかった。詩から印象する病弱なイメージと逆に、運動会で入賞するなど活発な面もある。生涯の友人となる級友たちに恵まれ、モダン都市小樽で青春を謳歌した。この頃、没落していた川崎家では、戸主となった母と兄が働き学費を負担していた。成績優秀な愛は卒業後、高女の補習科に進む。本別で孤独の詩想を紡ぎ、余市で海と緑の詩景に出会った。そして小樽は彼女に詩法を与えた。

詩人左川ちかの準備期

　二四年秋、兄昇は文学の志をともにする伊藤と示し合わせ、先に上京した。二八年春の伊藤上京後、二人のあとを追うように愛は上京する。その前後、同級生や同郷の若者たちが何人も上京している。一種のコミュニティが結ばれ、兄が彼らの面倒を見ていた。中心にいたのは兄だったが、先頭を走るのは伊藤だった。川崎兄妹や伊藤と親しかった上林暁の言を引こう。「彼等は仲がよく、お互の理解がいきとどいていた。北海道の生活を、そのまま東京に持って来ている風であった。」（「足袋の思い出」『幸徳秋水の甥』）。

　二九年春、愛は左川千賀と名乗り、兄と伊藤、河原直一郎による『文芸レビュー』でF・モルナールの翻訳を始める。商業雑誌を目指した同誌には、舟橋聖一・春山行夫・北川冬彦・高村光太郎・安西冬衛・堀辰雄・瀬沼茂樹らが執筆陣に名を連ねた。川端康成に見出された伊藤「感情細胞の断面」も同誌掲載の短篇小説だ。愛は編集アシスタントを務めながら、A・ハクスリー、S・アンダーソンのコント・小説を翻訳した。ハクスリーは最初の邦訳と思われる。いずれもアメリカの人気社交雑誌『Vanity Fair』をテキストとした。アメリカンカルチャーの最先端を知ることができる雑誌だった。紙面と編集状況をかんがみると、伊藤がテキストを選択したようだ。左川千賀時代は、詩人デビュー以前の準備期といえよう。

登場期

　詩人左川ちかとして詩作を発表し始めたのは三〇年八月。北園克衛の『白紙』に「青い馬」、兄の雑誌『ヴァリエテ』に「昆虫」が掲載された。翻訳作品はコント・小説からモダニズム系の評論や散文詩に移行している。当時のちかの翻訳は、伊藤系の『文芸レビュー』『新文学研究』『新形式』、春山行夫編集『詩と詩論』、百田宗治編集『今日の詩』など当時のモダニズム詩誌の翻訳トレンドと有機的に連関している。彼らと共通の翻訳圏に身を置き、海外モダニズム文学の奔流の中にいた。テキスト選定にも彼らの影響が推定される。

　この時期に翻訳したものには、当時の日本で注目を集めていた作家の名が目立つ。J・ジョイス、

V・ウルフは日本で空前のブームだった。ハクスリー、アンダーソン、H・クロスビー、H・リードも当時集中的に翻訳されていた。

翻訳に用いた底本は、詩人ユージン・ジョラスが編集者を務めた雑誌『transition』やウルフの短編集、精神分析学者A・ジョーンズの評論集などヴァラエティに富む。伊藤系の雑誌に翻訳されたものは、丸善で洋書を買い求めた伊藤が訳させたものらしい。

三一年一月からは『詩と詩論』などでジョイス「室楽」の訳詩を連載、同誌に相次ぎ詩篇を寄稿する。一躍その名が知られることになる。ジョイスを意識してかけ始めた丸眼鏡は、欧米モダニズム文学を翻訳する主知的な女性詩人として詩壇に登場するに相応しいアイテムだった。

北園の『白紙』『レスプリ・ヌウボオ』では、詩の寄稿とともにクロスビーの詩「SLEEPING TOGETHER」を訳した。ジョイス以前、ちかにとって最初の訳詩である。詩人としての才能を早くに見抜いた北園は、書評や詩人評で繰り返し賞賛している。百田宗治との縁も深い。ウルフ「憑かれた家」の訳を依頼したのは百田で、三二年には彼が主宰する第三次『椎の木』の同人となった。若手詩人の活躍の場を積極的に与えた年長の百田からは、実の娘のようにかわいがられた。

翻訳を中断する三二年夏頃までが詩人左川ちかの登場期といえる。伊藤の文学圏から出発した準備期（左川千賀時代）を経て、主要なモダニズム文学圏を重層的に横断した時期であった。後述するように、クロスビー、ジョイス、リード、ウルフらの散文詩（風小説）の翻訳体験は、創作にも影響を及ぼしている。

確立期

三二年八月、生前唯一の単著となるジョイス訳詩集『室楽』を伊藤監修のもと、椎の木社から刊行した。翌三三年初夏頃までは翻訳を中断し創作詩に集中するようになる。「神秘」「夢」など散文詩が散見され始める。北園たちと芸術家集団アルクイユのクラブを結成、生涯の友となる江間章子と出会った。機関誌『マダムブランシュ』創刊号では「白と黒」で巻頭を飾った。モダニズム詩人として立場を確立したのがこの頃だ。麻生正『海盤車』、城左門・岩佐東一郎『文芸汎論』に寄稿を始め、富山県高岡市の『女人詩』の同人となるなど活動の場が広がった。富山の方等みゆき・くらたゆかり、鹿児島の藤田文江、浜松の塩寺はるよら遠方の女性詩人との交流にも熱心だった。

　代名詞となる黒衣を身にまとうのもこの頃である。緋色の裏のついた黒天鵞絨の短衣とスカート、黒のベレー帽とハイヒール。全身を黒で統一し、水晶の眼鏡をかけ黄金虫の指輪をはめて銀座を闊歩した。「黒い服を着るといふよりも、影を衣裳にして身に着けた素的さ」（「左川ちか氏」『文芸汎論』三五・八）と江間が評したように、夜の詩人としての左川ちかが影の装いを必要とした。

転回期

三三年六月、F・フレッチャー「媚態」を皮切りに一年ぶりに翻訳を掲載した。再開後の翻訳は以前のそれと傾向が一変する。B・インブズ、H・ウィークス、M・ロイなど、作家ではなくほぼ詩人が占める。それまでの訳詩が散文詩のみだったのに対し、自由詩で占められているのも特徴だ。

　最も注意すべきは、当時の日本の詩壇文壇で紹介された形跡に乏しい文学者の名が並ぶことだ。また、掲載先も特定誌に偏らず、『椎の木』『海盤車』『文学リーフレット』『文章法』などに分散している。詩壇の流行や特定個人の影響・関与でなく、左川ちか自身が作品を独自に選択した可能性が高い。とくにパリで活躍した女性モダニストロイを、日本で最初に見出した先見性は文学史上特筆されるだろう。ロイが日本で注目されるのは九〇年代前後以降のことだ。

　翻訳元の底本はアメリカの雑誌『The Dial』に加え、『pagany』を多く用いている。同誌は詩人リチャード・ジョーンズ創刊のアメリカ・ボストンの文芸誌。C・レズニコフを始め、詩はほぼ『pagany』各号からの訳出であることから、譲られるなり自ら入手したものかもしれない。

　創作では「遅いあつまり」など散文詩が増加している。とくに「暗い夏」「前奏曲」といった短編小説の趣きある散文詩が登場している。J・チーヴァーの小説「遅い集り」の自然描写をそのまま凝縮した「夏のをはり」のような実験作も認められる。自立した翻訳活動で得た表現を活かしつつ、独自の詩風に展開していく時期だ。

　三三年一二月から北園と『エスプリ』を創刊する。『Vanity Fair』を意識した文化社交誌だった。『椎の木』（三四・二）で最初の個人特集が組まれ、すでに同人の中心となっていることがわかる。さらに以前にもまして、地方発の文芸誌に積極的に寄稿するようになる。『海盤車』（横浜・神戸）、『女人詩』（富山高岡）、『呼鈴』（浜松）、『文章法』（大阪）、『闘鶏』（神戸）、『小劇場』（福岡）、『書帷』（福井丸岡）などだ。『女人詩』『ごろつちよ』『輝ク』など女性詩誌・文芸誌への寄稿も顕著で、女性詩人の動向に関心は高かったようだ。

　時期は特定できないが（三三年秋〜三四年頃か）、江間にこれからは「歌になる詩」を書きたいと話す。

> 私ね……もう、これからこれから詩を書かないつもり……小説を書くだろうと思うでしょ？　そうじゃないの……私、歌になる詩を書こうと思う……
>
> 『埋もれ詩の焔ら』

　本人の真意は不明だが、牧歌的童画的な詩がみられるようになったと江間は推測している。「春」「むかしの花」あたりを指しているのかもしれない。

　そして、椎の木社より百田編集による『左川ちか詩集』刊行が予告されたのは三四年四月のことだ。詩稿の準備を始めたようだが実現しなかった。秋の春山行夫宛書簡では「いつまでもこんなではいけない」、勉強したいと意気込み、中村千尾に聖フランシスの「小さき花」のようなものを書きたいと吐露している。将来を見据え、いくつもの方向性を模索していることがわかる。

晩期

　創作活動最後の年となる三五年にはさらなる変化の兆しを見せる。「三原色の作文」「春・色・散歩」「夜の散歩」といった散文・小説志向を強めていく。「私はきっと小説を書く」と江間に打ち明けた。

> 明け方、恰度北国では、凍つた雪の上に粉のやうに軽るい雪が、ふりまかれてゐる朝がありますが、そのやうな明け方、まだお月様が見える頃、ランデヴウするといふやうなものを書きたいと思ふ、と言つて、「人生とか何とかでなく、甘い、アイスクリームのやうに、舌の上に乗せるとすぐ融けてしまふやうな小説を」と話して下さいました。
>
> 「左川さんの思出」（『椎の木』三六・三）

　また、『るねっさんす』『短歌研究』など詩誌以外の雑誌に寄稿している。すでにモダニズム詩人の枠を超え、横断的な文学メディア空間で活動していくようになる。欲望に眼差される身体を黒で覆うことをやめ、青や緑の服が多くなったのも詩人の変化を示唆しているかもしれない。

　しかし、夏頃から腹部の疼痛に悩まされ入院。末期の胃癌と診断される。「みんな仲良くしてね」「ありがとう」と家族に言い残し、三六年一月に死去した。享年二四。江間章子『埋もれ詩の焔ら』にはその間の動静が回想されている。葬儀には春山・江間ら詩友たちが参列した。黒いマントを翻し遅れてやって来た伊藤を待っていたように、霊柩車に移された。北園は姿を見せなかった。よほど悲しかったのだろうと江間は思った。「僕はお葬式は大きらいだから」とのちに打ち明けている（小松瑛子「左川ちかと北園克衛」『北海タイムス』

七二・一一・一五）。

故郷の余市に埋葬、叔母たちの手で金光教会に合祀された。『椎の木』『海盤車』で追悼特集が組まれ、親しい詩友の他に萩原朔太郎・堀口大學・西脇順三郎・村野四郎らがその死を悼んだ。昭森社から出版された遺稿詩集が、百田ではなく伊藤の編纂になったのは本人の遺志によるという。

二　特色ある作品

始まりの詩「昆虫」

一九歳、デビュー作の一つが「昆虫」である。彼女の詩のエッセンスが最初から詰まっている。顔半分を塗りつぶし、鱗のような皮膚を身にまとう。夜に一人、脱いだ殻を乾す（初出では「痣を乾す」）。主語と視点が行ごとに移動し、イメージが飛躍しながらシュールに連鎖していく。

散文「私の夜」で告白したように、「がんばり」と「理屈」と「反抗」と「見栄」で固めた鎧は、頑丈であればあるほど重圧をもたらす。故郷を棄てた都会の女にとって〝夜〟とは、仮面と甲殻を脱ぎ捨て身体を解放する時間だった。そして再び鎧を身にまとい、昼の社会を生きる。孤独ではあるが、自己憐憫の詩情はここにはない。

首を吊り下げられたり（「錆びたナイフ」）、青ざめたりと（「黒い空気」）、女が象徴的な死を迎えることで初めて詩的主体が立ち上がることを、鳥居万由実は指摘している（「一九三〇年代モダニズム詩における、女性の自己表現の方策」『言語態』二〇一五・三）。

「たれもしつてはゐない」秘密とは何か。伊藤との秘めた関係とも、男性性に抑圧された告発とも、初めての詩作とも解釈されてきた。「私」の自我は一人の人間、詩人であることに向けられている。男との関係でさえ仮面の一つだったのかもしれない。女であることの仮面を着脱し、夜の詩人であることを選び取った始まりの詩であった。

内と外「死の髯」

「死の髯」はアンソロジーによく収録される代表

作だ。イメージが接続と切断を繰り返し、凄惨な前衛絵画を思わせる光景が広がる。刺繍の裏側のような糸の絡まった外の世界と、表側のように整然とした内なる世界が隣り合っている。

外なる世界とは、生活と社会の複雑な諸関係（経糸横糸）が交錯する世間を思わせる。内なる世界とは、青服の看守に守られた夢の牢獄。夜の詩人の世界だろうか。外界を目指し「私」は蛾になるが、硝子の天井のような透明な窓に突き当たり墜落する。「太陽はつぶれてゐる」「日光が駆脚でゆく」と、昼夜のコントラストが明滅するのは詩「昆虫」と共通する。

最終行「死は私の殻を脱ぐ」にも様々な解釈の余地がある。主述が逆転した「死」と「私」のいずれに主体性を見出すかだ。眼差される「私」が一度死ぬことで、新たな詩的主体を獲得しようとする思いを読むのが穏当だろう。左川ちかの詩は一つの読みを拒むかのように文法がねじれ、転がる言葉を記号化して意味や文脈、主述を切断・連接・逆転していく。そのため多重性を帯びた解釈が読み手の数だけ生まれていく。存在の不安を抱えながらグロテスクな世界と出会った〝私〟の叫びを刻印した点に、他のモダニズム詩にない格別の強度がある。

未完の進行形　改稿・改作詩

雑誌に詩を再掲、再々掲するに際して改稿が目立つ。「死の髯」から半年後、「幻の家」という詩に改作した。「からつぽの白い家」とは、「死の髯」の表側＝内なる世界にあるのだろう。全ては「遠い世界の遠い思ひ出」に続いていく。「私」は脱出を試みることはもうない。夜の殻をゆっくりと脱いでいく。生きながら死んでいるかのように、不思議な安らぎと諦めの中に「私」がいる。前半はほぼ「死の髯」と共通しながら、「幻の家」は次第に心象世界に内閉していく。このように、オリジナル（初出版）とヴァリアント（改稿版）が字句の修正にとどまらず、自律的に並び立っている詩篇がいくつか認められる。

詩「指間の花」は、街路や並木、馬が駈ける丘、キャベツ畑と、六章立ての短詩が脈絡なく連続している。二章の後半部分を抜粋し「並木の下で少女は緑色の手を挙げてゐる。／植物のやうな皮膚におどろいて、見るとやがて絹の手袋を脱ぐ。」と改めたのが、詩「1.2.3.4.5」だ。

カーテンを開けた窓枠の先、並木の下で少女が誰かを呼ぶために緑色の手を挙げている。そのようなどこでなぜといった文脈が、「1.2.3.4.5」では全て切り取られた。文脈を切断することでモダニズム詩としての強度を増している。さらに「ぬいだ」から「脱ぐ」へ時制を変化、ストップモーションのように時間と動作を止めて一枚の映像詩に変換している。数字の詩題は秒読みだろうか。ほぼ別の作品になったとみてよいだろう。他にも五篇の詩を改稿し一つに繋げた「睡眠期」、「海の捨子」に対する「海の天使」が改作詩の典型例と考える。

また、遺稿詩集『左川ちか詩集』で初めて目立つ改稿が施されている詩篇もいくつかある。「昆虫」「眠つてゐる」「花」「The street fair」など一〇篇ほどだ。ちか自身が椎の木社版詩集のため準備し始めていた整理稿の一部が伊藤の手元に渡り、遺稿詩集に反映された可能性がある。

なお、同書には「左川ちか詩集覚え書―刊行者―」と題した編集方針が記載されている。配列は初出誌の発表順に、初出版と改稿版は後者を優先するなどといったものである。ところが実際にはこれは徹底されておらず、混乱と遺漏が少なくない。『左川ちか詩集』に多くを依拠してきた森開社以降の既刊詩集であるが、抜本的なテキストクリティークを要する理由はここにある。

各詩篇の改稿箇所については、本書解題に記しているので比べてほしい。ヴァリアントの多さをどう考えるか。たび重なる推敲それ自体が創作的な試みとしてあったのではないか。一篇の詩の絶えまない改稿改作を通じ、各々が異なる相貌で立ち現れてくる。完成することのない、常に進行形の表現に挑戦し続けた詩人だった。

左川ちか自身、「魚の眼であつたならば」「春・色・散歩」「童話風な」などで、停止した完成形ではなく、絶えず動く未完成のものに魅力を感じていると繰り返し語っている。そう考えると『左川ちか詩集』はもちろんのこと、本書も多彩な詩の一断面を切り取ったものに過ぎない。テキストを編む可能性、味読する喜びは今後も尽きることはない。

緑の詩想　「暗い夏」「緑の焔」「緑」

詩「暗い夏」は短篇小説のような散文詩だ。草木が悩ましい自分の緑に悩む伊藤の同名詩を意識したものか。緑の洪水は詩人たちの原風景だったのだろう。北海道の短い夏。小樽へ向かう汽車の車内。車窓から飛び込む木々の緑や虎杖《いたどり》の群れ。背の高さを越えるほど高く太く旺盛に繁茂する植物は乗客たちを圧迫する。燃える緑の焔で彼女たちの全身は緑に染まる。女学生時代のちかも毎年夏に目を痛め眼科に通院していた。

群生する緑の火災、洪水のように押し寄せる緑、身体の重さが失われる感覚は、すでに「緑の焔」や「緑」といった詩にも表現されており、ぜひ読み比べてほしい。まさに緑の詩人といえる。一般に緑はポジティブな生命力を連想する。それは生殖・繁殖の象徴と言い換えてもよい。しかし彼女は暴力性を帯びて表象される自然を前に、対象との合一も感情移入も拒否する。風景に回帰することなく、幻想に耽溺する懐郷の情とも無縁だ。

詩「緑」の最終行「私は人に捨てられた。」の「人」を、実在の誰かに限定する必要はない。捨てられることで詩人は孤独を自らの世界に獲得する。溢れる生命力への絶望的な対峙に、怖れと病と死を予感しながらも、そこには激しい意志を感じる。

故郷を思う　「海の花嫁」「言葉」「季節」

三五年六月に発表した「海の花嫁」を見よう。「私」は故郷を思う。すぐりといたどり（虎杖）の藪に林檎園。防風林の湿った径。すかんぽ（酸葉）と野苺のある砂山。都会を向く短い列車とは、小樽に向かう一両編成の汽車だ。余市町南部の登町にあった川崎家の林檎園から町の中心部黒川町の鉄道、そして海岸沿い大川町から臨む日本海へと視点が北上している。「私」には翼があるのだろう、鳥瞰の視点である。薄れゆく記憶の中に浮かぶ故郷だ。

「ございます」の敬体は珍しい。これを繰り返すことでリズム感が増し、昔話を語るように、親しい人に宛てた手紙のように、おそらくは自分にも語りかけている。「私はどこへ帰つて行つたらよいのでございませう」と嘆息する。「悪い神様」とは詩人の死を予感させる者だろうか。神に疎まれながら「誰かの言葉を待」つ「私」である。

ほぼ同時期の作になる詩「風が吹いてゐる」を並べると、重ね絵のように立体的になる。波から「あたたかい言葉を集め」海を去ってゆく鷗の行方は誰にもわからない。「海の花嫁」の翼ある存在は、この渡り鳥のようだ。もう一篇の詩「山脈」では、静謐で穏やかな故郷の心象風景を描きながら、許されはしない「私の声」は失われたままだ。

詩人の行く末は詩「言葉」にも示唆されている。「私たち」兄妹の母と海とを重ね合わせた冒頭。家族が登場する詩は珍しい。郷愁と癒しの詩情は突然に転調する。「夥しい独りごと」が沈められる。それは詩の言葉を思わせる。そして、「昨日はもうない」と故郷を棄てた詩人は「裏切られた言葉」に復讐された。

実人生に照らし合わせれば、詩人として思い悩む時期にあったようだ。エスプリの喪失を告白した散文詩「夜の散歩」、散文「童話風な」からもうかがえる。もっともそのような詩人の個別体験への回収を拒むかのように、詩「言葉」は次第に「私」という主体を後景化していく。

左川ちかの詩にあっては、ときに後景化した詩的主体はさらに世界化するのだ。「私」の危機が中間項を超え世界の危機そのものと直結する。詩人にとっての世界とは、いうまでもなく詩の言語。言葉を持ち去られることは詩人の死に等しく、

「私」は「最後の見知らぬ時刻」を待つばかりだ。

詩「季節」が絶筆となった。デビュー作の一つ「青い馬」に始まり、しばしば彼女の詩には馬が登場する。

林檎畑や、その白い花、北海道の海、人々に使はれてゐる馬たちは、左川さんの育つた風景であつたらしい。ときどき、人々が言ひ合ふ、「左川ちかは馬を好きだ」と。

「左川さんの追憶記」

江間章子が「左川さんの追憶記」(『海盤車』三六・六)で述べている。林檎園や海が余市の風景だったとすると、馬は馬産地だった十勝・本別町に由来するだろうか。「馬は山をかけ下りて発狂した。」で始まる鮮烈な「青い馬」を思うと、「季節」の馬は何と遠いところに来たのだろう。

彼はさびしいので一声たかく嘶きました。(略)／今、馬はそば近く、温いものの気配を感じました。／そして遠い年月が一度に散つてしまふのを見ました。

「季節」

左川ちか、最期の詩の言葉だった。

三　伊藤整と左川ちか

少女幻想　『雪明りの路』

詩人の人生に見え隠れするのが伊藤整である。川崎昇は伊藤の生涯ただ一人の友だった。終生、他人に心を許さなかった伊藤にとってこれは過言ではない。近年刊行された戦後の伊藤整日記を読んでもそう思う。若い頃はともに文学を語り合い、まだ何者でもなかった伊藤を詩人として認め励まし続けた。先に上京した昇に宛てた書簡(二六・六・二八)では、「たつた一人の読者の君」に自作の詩をみせる伊藤の想いが赤裸々に綴られている。伊藤本人が「恋愛に似た心の動き」と自伝風小説『若い詩人の肖像』(五六)で語っているように、Bromance的な紐帯に結ばれていた。

「いちごがなつたら愛ちやんとこへ御馳走になりに行かうと思つてゐる」と先の書簡で続けているように、川崎家と家族ぐるみの交際をしていた伊藤にとって、女学生の川崎愛は妹同様の存在だった。赤面症だった伊藤が目を合わせ言葉を交わせる数少ない少女だ。愛も兄に甘えるような調子で軽口をたたき合った。詩集『雪明りの路』を献じられ、憧れの眼差しで見ていたのだろう。詩集のタイトルは川崎兄妹と相談し、昇が命名した。

その『雪明りの路』の代表作に「林檎園の月」「林檎園の六月」がある。『若い詩人の肖像』によれば、別れた恋人の噂を知らせる愛との会話から着想したらしい。林檎園は川崎家のそれを借景した。

林檎園は　ほうつと白く／りんごの花ざかり。
（略）／この春といふもの　なぜか／あの頬の
やうな花にまですぐ涙を誘はれるのだ。／／
あゝ十四の少女は／それを何ごともわきまへ
ず、／肌明るい十八の乙女は／一夜の涙で脹
れた目を　朝に冷たく見張つて／林檎園を棄
てた。

「林檎園の六月」

一四歳の妹なる少女のモデルが愛だった。ただ、実在の少女たちを具体的に形象したというよりは、ナルシスティックな自愛の叙情を彩る幻想の少女として、詩的想像のなかに還流したものだ。そのような詩想のミューズとしての文学表象は、二人の上京後劇的に変容していくことになる。

モダンガールへの変身

上京後の伊藤の詩に「雲雀」「言葉」（第二次『椎の木』二九・五）がある。男女の軽妙な会話の機微を歌った詩だが、生前の詩集・単行本には未収録で一般には知られていない。「雲雀」は、恋人のいる「僕」を「男であるといふ事だけで」悪戯っぽくからかう彼女とのやり取りを描く。彼女は「僕」に、男友達への手紙の口述を頼む。当時のち

かは翻訳を始めたばかりで、伊藤の指導を受けるため、アパートを泊りがけで訪れている。伊藤は昇にも打ち明けることなく北海道の小川貞子と交際しつつ、『雪明りの路』の元読者など複数の女との多情な時期を過ごしていた。奇妙な三角関係が虚実ないまぜになった詩といえる。

1／彼女は私の中に住んでゐる言葉を皆引ずり出して悪戯したがる。私が二つ三つ取り出して預けると、彼女はそれを転がしたり歩かせたり這はせたりして私の顔を見ながら笑ふのである。それが私自身ででもあるかの様に。彼女はそれに厭きると、何かもつと変つたのをと強請《せが》む。新らしいのをやると彼女は言ふ。「これ貴方に似て居ないわ」。（後略）　「言葉」

「雲雀」の連作詩「言葉」では、「私」の言葉を弄び愛撫する女性を歌う。「雲雀」の彼女と同一人物だろう。「私」が最初に預けた二つ三つの「言葉」とは、男の昔からの言葉＝『雪明りの路』の古風な叙情詩をほのめかす。これに飽きた女は「もつと変つた」新しい言葉をせがむ。東京でダダイスム・シュルレアリスムの奔流に放り込まれた伊藤は、モダニズム詩・プロレタリア詩を試行する。付け焼刃の言葉を「貴方に似て居ないわ」と批評されたように、伊藤のモダニズム詩人への転身は失敗した。二つの詩は、男の言葉を引きずり出し、やがて限界を突きつける詩人左川ちかの行く末を暗示する。

恋愛詩の叙情を彩る雪国の無垢なる妹から、言葉に目覚めたモダンガールへのメタモルフォーゼ。兄昇も思うことがあったようで、二九年一月頃、妹との交際・結婚を伊藤に持ちかけている。伊藤はこれに困惑、申し出を断ったことが貞子宛書簡からわかる。結婚後の貞子との確執は根深かった。秋頃には、百田夫妻から萩原朔太郎との縁談が持ちかけられたが、これは昇が断っている。朔太郎は最初の妻と離縁したばかりで、子持ちであること二回り離れた年齢差も考慮したのだろう。

　伊藤との関係が実際どの程度のものだったか、時系列に沿ってある程度の推測は出来ないこともないが、俗人の常識の範疇では計れない。余人は容易に立ち入ることのできない、二人だけの隠れ家のような文学上の絆があったことも確かだろう。詩人としての伊藤に興味惹かれ、交際に至った貞子はもともとすぐれた歌人だった。貞子の焦燥の理由はそのあたりにもあったのかもしれない。

詩人左川ちかの誕生

　伊藤は当初、モダニズム文学を翻訳紹介する貴重な戦力の一人として彼女を頼みにしていた。詩人として行きづまった伊藤が活路を見出したのが翻訳であり、若き文学者たちも最新の海外文学と理論を求めていた。その後、『詩と詩論』という最先端のメディアで、ジョイスを訳す主知的モダニズム詩人として左川ちかは登場する。春山行夫たちに働きかけつつ、翻訳の指導やテキスト選びに積極的に関与したのが伊藤である。いわば、詩人左川ちかのデビューを演出したプロデューサーだった。

　ちかの登場と引きかえに、伊藤の詩作時代は事実上の終焉を迎える。翻訳家のみならず、モダニズム詩人としてのちかにも大きな期待をかけていたのだろう。ただし、ちかに限らず若い才能の後押しに熱心だった北園や春山、百田たちと異なり、伊藤にとっては親友の妹であることがより大事だったはずだ。彼女の想像以上の価値と可能性に伊藤は気付いた。文学の道に挫折した親友に代わってその妹を育てようと試みる。男は蹉跌したモダニズム詩人の夢を女に託す。ピュグマリオニズム関係が結ばれた瞬間だった。

　一方で、「雲雀」で暗示されていた恋愛と未来の妨害者としての文学表象は、短編小説「海の肖像」（『新作家』三二・七）の冬子や「妨害者」（『週刊新潮』五六・二・二六）の町子に継承されていく。無二の親友の妹、無垢な乙女、モダンガール、将来の妨害者といった多面性は、伊藤整にとっての川崎愛／左川ちかの存在そのものだった。

ちかにも伊藤の作品を意識したと思われるものが散見される。「暗い夏」は先述した通りで、「緑色の透視」は伊藤の短編小説「アカシアの匂に就て」を下敷きにしたものだろう。『雪明りの路』の自然表現を取り入れた作品もいくつかある。しかし、伊藤自身が左川ちかの詩のよき理解者といえたかどうか。結局のところ彼女の詩風は、他の誰とも一線を画した地平に導かれていく。この詩人はどこまでも孤独である。

海の詩人　「海の捨子」「海の天使」

ピュグマリオニズムにおいては、もっぱら年長の男性が理想の女性を育てようと教育を試みる。やがて成長した女性は対等に近い相互関係を結ぶか、または権力関係を克服し、男の支配から離れていく。ピュグマリオニズム文学を研究した小野俊太郎が指摘したように、バーナード・ショーの劇作『ピグマリオン』（一九一二）が「文法や発音の矯正といった言語使用をめぐる」（『改訂新版ピグマリオン・コンプレックス　プリティ・ウーマンの系譜』小鳥遊書房、二〇二〇）物語だったのは象徴的といえる。伊藤整と左川ちかにあっても、その本質は男女の端々ではなく、詩人の言葉をめぐる関係にあったからだ。

翻訳家としての左川ちかは、伊藤を始めとする男たちの影響を脱し自立化していった。創作においてはドラスティックな詩篇が存在する。伊藤の「海の捨児」に相対した「海の捨子」である。

私は浪の音を守唄にして眠る。／騒がしく絶間なく／繰り返して語る灰色の年老いた浪／私は涙も涸れた凄壮なその物語りを／つぎつぎに聞かされてゐて眠つてしまふ。／／私は白く崩れる浪の穂を越えて／漂つてゐる捨児だ。／（略）浪の守唄にうつらうつらと漂つた果て／私はいつか異国の若い母親に拾ひ上げられるだらう。（後略）

「海の捨児」

詩「海の捨児」(『信天翁』二八・一)は、伊藤本人が最も大事にした詩だ。捨児のごとく漂う「私」は海の揺り籠に籠り、母性への憧憬ともいうべき平安への帰一を希求する。ちかは晩年、これを本歌取りした「海の捨子」を発表した。

「海の捨子」の海の揺り籠は「私」を閉じ込める牢獄に反転し、母胎回帰の詩情はない。浪は「私」の叫び声を無情にかき消す。昔の恋人を思い、いつか異国の若い母親に拾い上げられることを夢想する「海の捨児」に対し、他者が「海の捨子」の世界には存在しない。「私は海に捨てられた」と絶唱する「海の捨子」には、望郷・悔恨・追想といった一切の叙情の韻律を拒み、絶望的な世界に対峙する主体を刻印している。かつて同じ海を見た男の詩的形象を遥かに凌駕し、〝父〟なるものへの思いを完膚なきまでに捨て去った返歌であった。

「海の捨子」を改作した「海の天使」も興味深い。散文詩を行分けし、語句を整え洗練させ、より一般的なモダニズム詩の詩形に寄せている。「海の捨子」の「私」が「胸の羽毛を掻きむし」る鷗のような姿で海の上空を漂っていたのに対し、「海の天使」では「羽毛を掻きむしつたやう」なしぶきを観察する「私」が語り手として別に存在し、後景に置かれている。人間の肉体と性別を超越した両性具有の存在である天使を「私」は幻視する。「海の捨子」がピュグマリオニズム関係の告発と超克の詩であったとすれば、「海の天使」は、女であることを越境しようとする女性性・母性そのものの死という主題に普遍化している。

詩人伊藤整の限界と左川ちかの可能性は、遅れてきた近代詩人と早過ぎた現代詩人の残酷なまでの距離を意味した。ひとかどの批評家であった伊藤にそれがわからなかったはずはない。

その後の伊藤整文学

伊藤は遺稿詩集『左川ちか詩集』の編纂にあたる。

曾根博義はこのときの心理を次のように慮った。

> 余市・小樽間の通学列車の中ではじめて逢った時以来の彼女の思い出を手繰り寄せながら、自分の過去の詩の世界に連れ戻されたに相違ない。遠い昔からの記憶を共有していた彼女を棄て、失ったことは、自己の青春の喪失、生の残骸の意識の確認を迫ったであろう。
>
> 『伝記伊藤整』

この遺稿詩集には、故意か過失か「海の捨子」が外されている。結果として、叙情詩世界の原像「海の捨児」は守り抜かれた。それからも伊藤は繰り返しこの詩を「浪の響のなかで」「幽鬼の村」『鳴海仙吉』などに反復引用するほど固着している。『椎の木』掲載の詩集予告や川崎昇・江間章子ら関係者の証言から、伊藤が事実上の編纂者であった事実は動かない。しかし、遺稿詩集そのものには伊藤の名は明記されておらず、本人も公けにそのことを語ることはなかった。詩集奥付には、版元の昭森社社主・森谷均の名が「編纂兼発行人」と記されている。左川ちかに対する不自然なまでの沈黙は、「彼を悲しませ、困らせたことがある」（『若い詩人の肖像』）と伊藤が述懐した昇や妻貞子への配慮もあっただろう。

伊藤が唯一、詩人左川ちかについて積極的に語った文章がある。『北海タイムス』（三七・四・八）掲載の書評「『左川ちか詩集』」（伊藤整全集未収録）だ。長く存在が知られていなかった。

> 西欧の新精神の詩風が若い日本詩壇を風靡してゐた頃で、左川ちかもまたその一群に伍し、今までの日本の女流詩人とは全く違つた斬新なしかも感覚的に確実な才能を示す詩風でもつて顕はれ、一躍詩壇の注目の的となつた。（略）新詩壇における左川ちかの存在は非常に大きな未来を、有つてゐたことと、新しい詩に女性独自の感覚的根拠を与へたことにおい

て、彼女の郷里が充分に誇りとしていゝほどのものであるのみならず、その死によつて日本詩壇の失ふ処もまた近い例を見ないほど大きなものであつた。

『左川ちか詩集』

これは伊藤が育て見届けたかった、伊藤にとっての理想の左川ちかだ。ピュグマリオニズム的な夢のあとさきともいえる。

しかし、左川ちかの死は深刻な危機をもたらした。詩人時代に犯した罪と罰、詩人の死と救済を主題とし、自らを文学に告発せざるを得なかったのである。

三〇年代後半の散文詩風小説「浪の響のなかで」の幽鬼となった少女たち、「幽鬼の街」のゆり子、『青春』のさよ子、そして「幽鬼の村」と、自身が見送った死者たちを告白小説に心象化しながら、ちかの詩想が作中に交錯していく。それが戦前伊藤文学の帰着点だった。しかし、戦後伊藤文学の出発点とはならなかった。それは知識人の問題にシフトしていくことになる。

戦後、詩人時代の青春をオートフィクション（自伝的虚構）に落とし込んだ『若い詩人の肖像』では、川崎昇の妹＝制服の処女として川崎愛を描く。『雪明りの路』の少女に戻ったわけである。詩人左川ちかを語ることはほとんどなかった。評論家として伊藤が再構築した文学史はおろか、繰り返し回想した川崎昇たち文学の青春群像にもちかの姿はなかった。その詩もやがて忘れ去られていった。

近年公刊された『伊藤整日記』一九五六年九月二一日条を引こう。

「肖像」を読むたびに同僚友人の死んだ人多いこと考える。昔知っていた縁あり縁なき少女たち多く死んでいることを考える。川崎愛子、根上律子（略）彼等は実在した。いまあるのは、私や外の人の心の中に残ったその記憶のみである。それもやがて失われる。「肖像」が残れば、その中にある姿だけが残る。

『伊藤整日記』

晩年、同郷人らが建立を願った文学碑に、病床の伊藤は「海の捨児」を選んだ。石碑の裏面、詩人として始まる故人の生涯を刻んだ撰文は昇の手になる。それは伊藤の遺志だった。かつて、遺稿詩集の編纂を伊藤に託したちかの姿が重なる。妹の「海の捨子」を知る昇はどのような思いを抱いただろうか。その碑は小樽塩谷のゴロダの丘から、「詩想の根源をなす故郷の海」（文学碑文）を今も臨んでいる。

四　翻訳と創作

ジョイス、クロスビー訳にみる「誤訳・異訳」

左川ちかにとって海外文学の翻訳体験はどのような意味があったのか。例えば、ジョイス「室楽」の訳は原詩を散文詩形式に改めたが、藤井貞和（『日本文学源流史』）は近代詩史における本格的散文詩の発生をちかに認めている。ここではまず、原文の意味とは（おそらく）異なる訳に注目しよう。

第二七章の “Dearest, my lips wax all too wise;” を、後続訳の西脇順三郎は「愛する人よ、僕の唇はあまりに賢いものとなる。」（『ヂオイス詩集』）と訳したが、ちかは「愛する者よ、私の唇はあまりにも賢く蠟づけられる。」とした。文法的には、補語を伴った “Wax” を「（話し方が）次第に〜になる」と古語的に訳す西脇訳の方が正確で、ちかの訳は〝誤訳〟とされるかもしれない。しかし、「唇」と「蠟」という言葉をコラージュすることで、逆に新たな詩的言語を創出したユニークな〝異訳〟ともいえよう。

とくにクロスビーの詩「SLEEPING TOGETHER」を訳すのは苦心したはずだ。欧米文化とのギャップから生まれる〝誤訳〟も散見される。注目すべきは、冒頭の妻カレス（Caresse Crosby）への献辞を「愛撫すべきこれ等の夢」と訳していることだ。クロスビーは奔放で破滅的な生を送った詩人だ。人妻だったポリーと結婚後、彼女に改名を持ちかけた。女性の陰核を意味する “Clytoris”（のち愛犬に名付けられた）か、ペッティングを意味する“Caresse”か。訳者はかかる逸話を知る由もなかったろうが、スキャンダラスなダブルミーニングを暗示するその訳は、かえって「二人寝」という退廃的な詩題に相応しい題辞となった。

ウルフ訳にみる「直訳」「意訳」

V・ウルフ「憑かれた家」は、ある屋敷を訪れる男女の幽霊とそこに暮らす住人たちの物語だ。幽霊が探す宝は住人の心にあったという、死者と生者の垣根を越えた交信と共感を描く。原文は様々な人称代名詞、現在と過去・昼夜の時制が入り乱れた複雑な構造をもつ。

とくに一人称は“I”“we”に加え、前半でいくつか“one”が用いられている。“one”は全て住人を指すが、ちかはこれを「人」「一人」と訳し、他と区別している。そのため主語が誰を指すのか、一見読み取りにくい。近年の主な日本語訳では、“one”の訳を全て略すことでわかりやすさを優先させている。しかしウルフがあえて初見で意味がとりにくい“one”を用いたのは、散文詩の世界に人間と幽霊の境界を設けないためだろう。いくつもの視点が移動するウルフの文体を日本語に訳すのは簡単ではない。ちかの訳業は単なる逐語訳というよりは、時を超え屋敷に同居する人間と幽霊の存在の揺らぎ、境界の曖昧さといった著者の実験的仕掛けを最大限生かそうとした翻訳のように思える。

作中後半、就寝中の「私たち」に幽霊が近づく場面。“we see no lady spread her ghostly cloak”を「目に見えない婦人が彼女の幻のやうな外套を拡げてゐるのを私たちは見る」と訳した。「目に見えない」幽霊を「見る」というのは一見不可解な訳で、後続の訳には見られない。ただ、人ならざるものを幻視する眼差しを「私たち」が得つつあることを強調したものと考えると、詩人としての言語感覚が際立つ訳のように思える。ちかにとって「見る」ことは終生のテーマだった。

見るためには目を閉じよう

「見る」ということをどう考えていたか。詩論「魚の眼であつたならば」を始め、詩や散文にいくつもヒントが認められる。とくにトレードマークの「眼鏡」は「見る」ためのキーワードの一つで、晩年の散文「樹間をゆくとき」などに展開されている。「見る」「眼鏡」に注意して作品を読み直すのも面白いはずだ。

最初の訳詩となるクロスビー「SLEEPING TOGETHER」の献辞“fermons les yeux pour voir”を、ちかは「見るためには目を閉じよう」と始めた。「宝石のやうな、統制された花弁が、夜の胸に輝く時、私はあまりまばゆいので目をつむる。すると瞼の暗がりの中で美しい影の配列を見ることが出来る。」（詩「水晶の夜」）はその実践だ。

「憑かれた家」最終段「彼等の光は私の眼瞼をあける」の表現に注意したい。詩人ならざる私たちも瞼を閉じなければ、夜の夢を映すことはできない。就寝したままの「私」が死者の魂の光によって、瞼を閉じたままにもう一枚の瞼が開き、生者の内なる魂の光を自ら感覚する光景。幻視者の誕生だ。人はそれを詩人という。

「幻視の女王」「魔女」と神話化され（川野里子『新装版　幻想の重量――葛原妙子の戦後短歌』）、左川ちかと同世代だった葛原妙子の歌を思い起こす。

あきらかにものをみむとしまづあきらかに目を閉ざしたり　『朱靈』

翻訳家としても詩人としても、左川ちかはウルフの散文詩的感覚に最も接近したコモン・リーダーだったように思う。とかく原文に忠実であることを求める翻訳評価は一つの尺度に過ぎない。彼女の翻訳には原文をより豊かにするような、極めて独創的な表現と文体が揺らいでいる。それはもう一つの創作、“Transcreation”ともいえる行為だった。

創作への影響　ジョイスと「心臓」

訳詩文と創作詩を読み比べると、類似する表現や詩語を多く発見した読者は驚くかもしれない。「室楽」でいえば、九章と「雲のかたち」、一〇章と「会話」、一三章と「海の捨子」などだ。とくに「室楽」後半章に何度か現れる“heart”を「心」ではなく「心臓」と訳したのが特徴的だと考える。典雅なリリシズムを取り込んだ「室楽」原文であるが、「心」と「心臓」を入れ換えると印象が大きく変わる。臓器として形象化された語感を強調することで、叙情的な要素を異化させる意欲的な表現だ。

「私はまだ生きた心臓も死んだ皮膚も見たことがないので、とても愉快だ。なんて華やかな詩だ！」（「魚の眼であつたならば」）と、詩人は「心臓」「皮膚」「眼」へ執拗な関心を寄せる。例えば「心臓」だけでも、「緑色の透視」「葡萄の汚点」「Finale」「前奏曲」「三原色の作文」、訳詩「谷間の方へ」、散文「シツトウエルの〈田園喜劇〉について」「きりのはなたば」にうかがわれる。自愛の叙情としてではなく、「心」に質感を帯びさせ感覚を視覚化する、死と生のシュルレアリスティックな眼差しとしてあった。

ウルフと緑の詩想

ちかの色彩感覚にはウルフの影響があるとしばしば指摘されてきた。例えば、ウルフの散文詩風小説「青と緑」とちかの散文詩「緑の焰」「暗い夏」「前奏曲」を読み比べるといい。「青と緑」は一部だけを引用するのがためらわれるほど結晶のような掌編だ。短編集『月曜日か火曜日』に「憑かれた家」とともに収録されており、ちかも読み込んだ可能性はある。主体の境界線が揺らぎ、溢れる生命力を一種の暴力として可視化する二人は姉妹のようだ。翻訳詩から散文詩へ、そして小説へと展開したであろう左川ちかを展望する上で、ウルフ文学との関係は今後も参看されるべきだろう。クロスビーからは〝太陽〟を、ジョイスからは〝心臓〟を、ウルフからは〝緑〟の詩想を得たように思う。

また、「死は硝子であつた。死は私達の間にあつた」などと「憑かれた家」に用いられた死の隠喩表現は、詩「死の髯」「冬の肖像」にもみられる。「死は柊の葉の間にゐる。」（「雪が降つてゐる」）、「死が徐ろに私の指にすがりつく。」（「幻の家」）もだ。

「憑かれた家」に想を得てのことだろう。「憑かれた街」という詩では「過去の壮大な建物」が登場する。詩「雪の門」「幻の家」がそうであるように、残留思念の廃墟である建物に詩人は惹かれたようだ。

ウルフと翻訳について関心が高まっている近年、左川ちかの名はもっと注目されてよいだろう。

文体の影響

「私はいま殻を乾す。」（「昆虫」）、「死は私の殻を脱ぐ。」（「死の髯」）、「夜の殻を一枚づつとつてゐる。」（「幻の家」）と、印象的な殻の表現が詩に散見する。ペルソナを思わせる人間の外的側面を触感ある甲殻に例え、可視化する独特の表現だが、これはリード「男・手風琴・雪の破片」の「私の体の殻は皺のよつた葉の間にある。」（"the shell of my body is among the crinkled leaves"）と共鳴したものといえよう。

「男・手風琴・雪の破片」には「静かに私の体重が上り私をはなれる。」（"the weights of my body lift and leave me:"）という表現がある。「体重は私を離れ　忘却の穴の中へつれもどす」（「緑の焔」）、「私の体重は庭の木の上にあつた。」（「暗い夏」）といった表現を想起しよう。対象の主述を覆した独特の表現だ。「体重が私を離れ」とは離人症か拒食症に似た感覚だろうか。それはおそらく〝私〟という詩的主体とセクシャリティの葛藤、〝女性〟であることの眼差しと欲望・身体性に深く関わることを示唆する。

いつの頃だつたか伊藤整君が左川さんの文章を私に示して、「この中に強烈な女性の肉体を感じないか」と言ふ意味のことを話されたことがありました。それは散文と言ふよりはほんの短

い散文詩風な文章でありましたが（後略）

乾直恵「思ひ出すまま」（『椎の木』三六・三）

伊藤がちかの詩をどのように読んでいたかを知る証言だ。「散文詩風な文章」が何を指すか判然としないが、「暗い夏」「前奏曲」「夜の散歩」あたりだろう。いずれも植物と女性の肉体について描かれている。

また、人工的な文体は彼女の詩の大きな特色だ。“the leaves were off all the trees”（J・チーヴァー「遅い集り」）を葉が落ちたではなく、「葉らはすべての木を離れた。」と訳したように、詩「暗い夏」でも「葉らは地上の時の重さにたへかねてもゐるやうにして風に吹かれて揺れる。」と表現している。無生物主語をあえて不自然なまま翻訳調にすることで、日本語表現に違和感を生じさせる効果を狙ったのだろう。そのような実験的な文体が翻訳体験に由来することは間違いない。

表現の援用

翻訳で得た表現の駆使は枚挙にいとまない。クロスビー「SLEEPING TOGETHER」の赤の騒擾と太陽の表現が詩「墜ちる海」に、笑う水夫が「波」に。リード「男・手風琴・雪の破片」の白リンネルの比喩表現が「循環路」に、雪の破片が「雪が降つてゐる」「雪線」に。さらにチーヴァー「遅い集り」の痘痕ある果物は「果実の午後」へ、婚礼のヴェールをかぶる小枝は「前奏曲」へ繋がる。ほぼ同名の詩「遅いあつまり」はタイトルのパロディ。さらに興味深いのは、「遅い集り」の自然描写の数々を取り込み凝縮した詩が「夏のをはり」であることだ。

これまで言及してきた例は翻訳中断以前、三二年夏までの翻訳前期に集中する。翻訳が創作のレッスンとしても機能していることがわかる。ただ、三三年後半以降の翻訳後期も面白い例はいくつか認められる。「白い肉体」から始まるロイ「寡婦のジヤズ」は、詩「太陽の娘」の官能的な表現に翳を残す。他者の言語を身体に貫き新たな言語表現に感応させる。翻訳行為に兆すエロティックな境地を彼女は知ったのかもしれない。

　男性モダニストたちとの邂逅と別離が詩人として覚醒するきっかけとなったこと。硬質の文体ながら、性に向き合う詩風。死後忘却されていた詩人をフェミニズム批評が再発見したことなど、二人のモダニストには共通点も少なくない。

　R・C・ダニング「瞑想」の「昼を吹き消す風」（"Winds that blow out the day"）という表現は、詩「風が吹いてゐる」、散文「私の夜」の表現に影響し、詩「海の花嫁」の「昼のうしろ」に発展している。いずれも晩年の寂寥感溢れる詩情をよく表わしたものだ。

　このように、翻訳を通して出会った印象的な詩語・文体や表現を自らの詩的想像力のなかに蓄え、自分の言葉として存分に活かしていった。翻訳と創作については、同時代のモダニズム文学や絵画・写真・映画など芸術表現の動向を視野に入れることで、より立体的に位置づけることができるだろう。

左岸の夢

　三四年盛夏の頃、いつか銀座で「シルビアビーチの本屋」のような店を持ちたい、マルセイユやチリにも行けるかと江間章子に語り（「明るい夢と江間章子さん」）、内田忠への書簡にも書き残している。実際にはその夏はどこへも行かず、部屋の世界地図をボンヤリ眺めて過ごしていた。そうした時間が「ちょっとの間、たのしいです」と川村欽吾への書簡で綴っている。

　パリ・セーヌ川左岸にシルヴィア・ビーチが開業したシェイクスピア・アンド・カンパニーは、ジョイス『ユリシーズ』の出版元でもあった。書店にはジョイスはもちろん、ハクスリー、アンダーソン、クロスビー、ロイら多くのモダニストが集った。左岸にはダニング、インブズの姿もあり世界的なモダニズム文学が花開いた。すべて左川ちかが訳した文学者たちである。

　兄たちと初めて文学に携わった同人誌『文芸レビュー』は、当地に集うモダニストたちの多国籍文化の風を伝える雑誌でもあった。北園と共同編集した『エスプリ』もパリの話題を多く伝えている。左岸にはカフェや書店・出版社が立地し、スタインやロイなど国籍・階級を問わず、女性芸術家たちのコミュニティサロンが形成されていた。それは〝左岸の女たち〟が集う、一種のアジール（聖域、避難所）だった。ちかもそのような左岸のトポスともいうべき力を感じていたのかもしれない。そもそも〝左〟は前衛の象徴でもあった。翻訳家左川千賀、編集者左川麟駛朗、詩人左川ちかと、一貫して用いた〝左川〟にはそのような彼女の憧れと意志が象徴されている。

　江間章子は左川ちかの生き方をウルフに例え（「左川ちか氏」『文芸汎論』三五・八）、阪本越郎は彼女が生きていれば日本のガートルード・スタインになったはずと回想した（「『椎の木』の人々について」『詩学』六一・九）。阪本は左岸のサロンを開いたモダニストにその将来を重ね合わせていたのだろう。

五　歴史としての左川ちか

男たちの左川ちか

　萩原朔太郎は「左川ちか子氏は、最近詩壇に於ける女流詩人の一人者で、明星的地位にあった人であった。この人が死んだことは、何物にもかえがたく惜しい気がする。」と嘆じ、堀口大學は「作品を通じて、この人は発展性のある魂だと思っていました。惜しい人をなくしたものだとさびしく思います。」と、『椎の木』（三六・三）で愛惜した。

　主知的で進歩的な詩風に着目した同時代評価は多い。それは詩人の性別と無関係ではなかった。生前から最も優れた女性詩人だと賞賛していた西脇順三郎は、「非常に女性でありながら理知的に透明な気品ある思考」がその詩を生命づけたと、『椎の木』で追憶する。対する田中克己は、知性的な詩風に「何時ノ頃カラカ自分ハ左川ちかノ詩ヲ女ラシクナイモノノヤウニ考ヘコンデヰタ」が、最近読み返すと感情が細やかで、「何ト女ラシイデハナイカ」「ヤハリ女ノ人ダナト感心シタ」（『海盤車』三六・六）と悼んだ。西脇や田中のような評価は少数ではなかった。

詩人であること以前に、〝女〟であることを求められていた時代。だからこそ、女でありながら女らしくない理知的な詩であるからよかった。あるいは逆に、女らしい詩であるからよかった。どちらにせよ、作品そのものではなく、性別をまず問題にし、性差に還元する眼差しに晒されていた。父代わりの百田宗治、信奉者だった北園克衛。兄のような伊藤整。彼らも例外ではなかった。春山行夫は比較的ニュートラルだったかもしれない。彼らはちかにあくまで好意的だった。しかし、そのような男たちの思惑を裏切り、食い破ろうとした女の詩の行方に気づく者は少なかった。

未来に託す

一方、女性詩人たちは左川ちかの詩に何を託しただろうか。伊東昌子は「女流詩人の旗」（『文芸汎論』三五・五）で、江間章子は「詩壇の訃報」（『レツェンゾ』三六・二）、「左川ちかが置いて行ったもの」（『〈夏の思い出〉』）などで次のように語った。

> 左川ちか氏の作品はその時代に於て一つの頂点を示したものであつた。数多の男性詩人たちをも凌駕したその強靭な青い火は驚異に値するものがあつた。
>
> 「女流詩人の旗」

> 左川ちかの存在したことは、日本の詩の歴史において、永久不滅の「みちしるべ」となるであろう。歴史の浅いわが国の詩史にあって左川ちかこそ世界に誇りたい日本の詩人であると考える。左川ちかの年齢は若かった。けれど、左川ちかによって示された驚くべき出発点と実験は、彼女の詩とともに、時代の持った最高のものだろう。
>
> 「詩壇の訃報」

詩もファッションのように、世相と共に変っていくだろうけれど、〈詩とはなんであるか〉が問われるときは、かならず左川ちかの詩が源流のように取りあげられていくだろうし、そうあってほしいと思う。

「左川ちかが置いて行ったもの」

傍流として設けられた〃女流詩人〃の枠ではなく、いずれ詩史に彼女が位置づけられるはずだと、歴史の判断に委ねたのである。左川ちかの詩をただ深く愛していたと惜しんだ、ロシア文学者の中山省三郎は、「海の天使よ」（『椎の木』三六・三）でより踏み込んだ声を上げている。

その詩の価値はやがて充分に理解されるであろう。詩の世界の危機にあって忘れられ、黙殺されていたものが、はっきりと認められる時も来るに相違ない。たとい、ごく少数の人たち、卓《すぐ》れた人たちの間にだけであろうとも。女なるがゆえに、若きがゆえに、理解しがたいゆえに、或いは黙殺し、或いは蔑視することはしばしばこの国でくり返されていることである。この反対の場合も決して少なくはないが、その場合には多くは理性を離れている。必ずしも作品が物をいっていない。

「海の天使よ」

詩史における女性の不在

江間や中山の願いは簡単ではなかった。戦後は塚本邦雄（「詩人について」全集九）、吉岡実（『「死児」という絵』）、大岡信（『昭和詩史』）、白石かずこ（『青春のハイエナたちへの手紙』）など左川ちかの詩を高く評価した詩人もいたが、北園や春山ら知己による回想を除けば、知る人ぞ知る詩人として名前が散見する程度だった。

それでも一九五〇年代前半には、すぐれたアンソロジストでもあった中野重治による『日本現代詩大系』（河出書房）、北川冬彦『日本詩人全集』（創元社）に複数の詩篇が収録されている。およそ詩史に位置づけられることが少なかったのは、敗戦を経て戦前モダニズム詩への評価が厳しくなったことが影響している。しかしそれ以上に性別の問題が働いたとみてよいだろう。

三〇年代、若い女性たちがモダニズム詩に多く参画したのは、ただ流行していたからではない。〝私〟という作者個人の主情に重きを置かず、これを後景に置くことで自己の表現を追求できたからだと鳥居万由実（前掲「一九三〇年代モダニズム詩における、女性の自己表現の方策」）は指摘する。女と生まれたこと、妻であること、母になることの表現をモダニズム詩は求めなかったのである（もっともモダニズム詩がジェンダーからまったく自由だったわけではない）。

詩史叙述においては逆にそれが災いした。主な詩史書やアンソロジーをひもとけばわかるだろう。女性詩人に期待される女性性の自認をテーマとしなかったため、同時代にもてはやされこそすれ、男性詩人の歴史に他ならない詩史に、彼女たちの存在を受け止める批評家はほぼいなかった。作家の性差によって作品を束ねる評価は長く女性につきまとっている（島田龍「戦前詩と戦後詩―現代詩の系譜」（『昭和の文学を読む』）。それは左川ちか一人の受難ではなかった。

そして左川ちかは現れる

左川ちかが詩史によみがえったのは七〇年代を先駆けとして、主に八〇年代以降のことだ。この時期は、新川和江・吉原幸子編集の女性詩誌『現代詩ラ・メール』（八三）が創刊される。いわゆる〝女性詩〟の創作・評論を積極的に展開する。それは従来の詩史叙述に対するカウンターでもあった。かかる流れと前後し、歴史のなかにこぼれ落ちていた左川ちかを再発見したのは、七〇年代に初の評伝「黒い天鵞絨の天使」（『北方文芸』七二・一二）を執筆した北海道の詩人小松瑛子だった。小松の評論「海の天使　左川ちかの詩」は『現代詩ラ・メール』創刊号を飾った。

上質の詩集・詩誌を編んできたプライベートプレスの森開社から、小野夕馥・川崎浩典・曾根博義編集『左川ちか全詩集』（八三）が刊行されたことも画期的だった。同書によって左川ちかに初めて出会い、または再会した人々がいた。

さらに、近代文学研究者の曾根博義による伊藤整の伝記的研究は、左川ちかとの出会いと別れが伊藤文学に多大な影響を与えていることを明らかにした。伊藤との文学的関係については他に富岡多恵子、川村湊、近代ナリコ、近年は島田龍などによる評論・研究が蓄積している。

九〇年代〜二〇〇〇年代以降、研究深度は劇的に変わる。ジェンダー概念を視野に対象を再検証する文学批評研究の展開である。新井豊美、たかとう匡子、福田知子、寺田操、水田宗子などのすぐれた評論・研究が生まれた。左川ちかの翻訳に注目した菊地利奈、坂東里美、神泉薫、藤井貞和などの試みもある。

さらに、作品を作家の人生と一体のものとして理解する傾向から、作品そのものを独立したテキストとして、その内部に分け入って読む方法が深化する。水田たちに加え、藤本寿彦、エリス俊子、鳥居万由実などの注目すべき研究がなされる。雑誌・同人誌での特集も試みられるようになった。加えて島田によって、左川ちかの伝記的研究、昭森社『左川ちか詩集』の書誌的研究、翻訳テキストの調査などが進展した。

今後求められるのは、決して早逝にして孤高の神話を強化することではない。今、我々の同伴者として、左川ちかはすぐ傍らにいるはずなのだ。

本稿が言及した作品と読みはごく一部、一例に過ぎない。従来、紹介されることの少なかった詩篇や散文、翻訳詩文が本書にはたくさんある。文脈や意味を読み切れない作品にこそ彼女のエスプリが込められているはずだ。好きなように読んで欲しい。テキストは開かれている。読者のなかにそれぞれの〝私〟と左川ちかが生まれたなら、編者としてこれに過ぎる喜びはない。

最後に本書を編むにあたって多くの方々との出会いと協力を得た。深く感謝申し上げたい。

ブックガイド

【詩集】

左川ちか訳・ジェイムズ・ジョイス著『室楽』（椎の木社、一九三二年）

生前唯一の単著。翻訳監修は伊藤整。国会図書館デジタルコレクションで閲覧可能。

左川ちか著・伊藤整編『左川ちか詩集』（昭森社、一九三六年）

遺稿詩集。収録詩七六篇。百田宗治「詩集のあとへ」、伊藤整「左川ちか詩集覚え書―刊行者―」、川崎昇「左川ちか小伝」収録。国会図書館デジタルコレクションで閲覧可能。

左川ちか著・小野夕馥・川崎浩典・曾根博義編『左川ちか全詩集』（森開社、一九八三年）

『左川ちか詩集』に拾遺詩六篇、散文九篇、『室楽』、追悼録他収録。栞（浦和淳・千葉宣一・鶴岡善久・小松瑛子・川崎昇・曾根博義）。『左川ちか全詩集新版』（二〇一〇年）、『左川ちか飜訳詩集』（二〇一一年、収録翻訳詩一〇篇）も刊行。

中保佐和子『THE COLLECTED POEMS OF CHIKA SAGAWA』（CanariumBooks、二〇一五年）

左川ちかの英訳詩集。米国PEN翻訳賞受賞。

【同時代評・追悼】

川崎昇「妹」（『青空』八、青空社、一九二三年四月）、「日曜労働」（『青空』九、一九二三年七月）、「帰郷抄」（『青空』一三、一九二四年四月）、「母校」（『アカシヤ』一、アカシヤ社、一九二二年一〇月）

藤村青一「淡水と気温―左川ちか女に―」（初出一九三二年／『保羅』近代の苑社、一九三二年九月）

島田龍「左川ちかを探して（一）「硝子の道」と藤村青一「淡水と気温」」（『螺旋の器』二、森開社、二〇一八年一一月）に紹介。

伊藤整「『左川ちか詩集』」（『北海タイムス』「ブックレビユウ」欄一九三七年年四月八日／曾根博義編『未刊行著作集一二　伊藤整』白地社、一九九四年、『伊藤整』全集未収録）

北園克衛「左川ちかと室楽」（初出一九三二／『天の手

袋』、春秋書房、一九三三年／『北園克衛全評論集』沖積舎、一九八八年）

「詩の誕生」「若き女性詩人の場合」「左川ちか」など関連文章は『北園克衛全評論集』に収録。

第三次『椎の木』三―二「特集左川ちかの作品」（椎の木社、一九三四年二月）

饒正太郎、柏木俊三、高松章、濱名與志春、内田忠の評論収録。

江間章子「左川ちか氏」（『文藝汎論』五―八、一九三五年八月）

関連「詩壇の訃報」（『レツェンゾ』一八三六年二月／和田博文編『コレクション・モダン都市文化三七』ゆまに書房、二〇〇八年に復刻）、「詩集について」（『VOU』六、一九三六年二月／西村将洋編『コレクション・都市モダニズム詩誌一四』ゆまに書房、二〇一一年に復刻）。

第三次『椎の木』五―三「左川ちか追悼」（一九三六年三月）

萩原朔太郎、堀口大學、北園克衛、春山行夫、江間章子、西脇順三郎、中山省三郎、内田忠らの追悼文を収録。『椎の木』は三人社より復刻。

『海盤車』五―二（海盤車刊行所、一九三六年六月）

村野四郎、江間章子、田中克己、加藤一の追悼文。『左川ちか全詩集』（一九八三年）に再録。

内田忠「左川ちかのこと」（初出一九三七年、『詩のために』椎の木社、一九四〇年）

菊池美和子「〈レエル・ド・モア〉左川ちか詩集」（『純粋詩』二、一九三七年六月）

【回想・伝記・評伝】

江間章子「或る夏の思ひ出　式根島」（『少女画報』三〇―八、一九四一年八月）

関連「詩と俳句のあいだ」（初出一九八一年／『〈夏の思い出〉その想いのゆくえ』宝文館出版、一九八七年）、「詩人としてこの世に生まれた女性―『ポエジー』というケープを肩にかけて逝く」（『図書新聞』一九八四年一月一日）、「左川ちかが置いて行ったもの」（初出一九八六年／『〈夏の思い出〉』）

百田宗治編『現代詩』（臼井書房、一九四八年）

春山行夫「左川ちか〈季節風〉」（『北海日日新聞』一九五四年八月九日）

伊藤整『若い詩人の肖像』（新潮社、一九五六年／『伊藤整全集六巻』新潮社、一九七二年／文庫多数）

阪本越郎「『椎の木』の人々について」（『詩学』一六―一〇、一九六一年九月）

中村千尾「左川ちかの詩」（『葡萄』二二、葡萄発行所、一九六二年七月）

小松瑛子「黒い天鵞絨の天使―左川ちか小伝―」（『北方文芸』五―一一、一九七二年一一月／日本大学芸術学部『江古田文学』六三、二〇〇六年一一月に再録）

　『北方文芸』同号には「座談会　北の詩・その女流の系譜」も収録。

曾根博義『伝記・伊藤整　詩人の肖像』（六興出版、一九七七年）

　関連「詩人伊藤整」（初出一九七八年／『伊藤整とモダニズムの時代―文学の内包と外延』花鳥社、二〇二一年）。川西政明「伊藤整の性と愛」（『新・日本文壇史　五巻　昭和モダンと転向』岩波書店、二〇一一年）。

川村欽吾「詩人左川ちか回想」（『地球』六八、地球社、一九七九年七月）

江間章子『埋もれ詩の焔ら』（講談社、一九八五年）

伊藤礼『伊藤整氏こいぶみ往来』（講談社、一九八七年）

　関連「父・伊藤整」（市立小樽文学館編『伊藤整生誕一〇〇年市立小樽文学館特別展記念講演会・シンポジウム「よみがえる伊藤整」全記録』、二〇〇六年）、「父母のこと（二）母の乳房」（『月刊百科』五三七、二〇〇七年七月、『伊藤整日記二巻』「まえがき」（平凡社、二〇二〇年）。

山森三平「詩人の街・そして海」（『想像する旅』西田書店、一九八九年）

【批評・評論・研究】

富岡多恵子「詩人の誕生―左川ちか」（初出一九七八年、『さまざまなうた―詩人と詩』文春文庫、一九八四年／『富岡多恵子の発言三巻　女の表現』岩波書店、一九九五年）

小松瑛子「海の天使　左川ちかの詩」（『現代詩ラ・メール』一、一九八三年七月）

関連「左川ちかと北園克衛」（『北海タイムス』一九七二年一一月一五日）、「北海道における女性詩人の歩み　下」（『朝日新聞』一九七四年一二月八日）、「左川ちかの詩の形成」（『小樽詩話会』三六周年記念号、一九九九年一二月）。

川村湊「妹の恋―大正・昭和の〝少女〟文学」（初出一九八八年／『紙の中の殺人』河出書房新社、一九八九年／『異端の匣　ミステリー・ホラー・ファンタジー論集』インパクト出版会、二〇一〇年）

新井豊美『近代女性詩を読む』（思潮社、二〇〇〇年）

関連『女性詩史再考』（思潮社・詩の森文庫、二〇〇七年）。

水田宗子『モダニズムと〈戦後女性詩〉の展開』（思潮社、二〇一二年）

福田知子「水晶体の詩人・左川ちか」（『微熱の花びら　林芙美子・尾崎翠・左川ちか』蜘蛛出版社、一九九〇年）

寺田操「左川ちか―青のコラージュ・ロマン」（初出二〇〇〇年／『尾崎翠と野溝七生子』白地社、二〇一一年）

井坂洋子『永瀬清子』（五柳書院、二〇〇〇年）

ヤリタミサコ「詩人論　左川ちか―不機嫌な死と詩」（初出二〇〇三年／『詩を呼吸する―現代詩・フルクサス・アヴァンギャルド』水声社、二〇〇六年）

たかとう匡子「左川ちか　女性モダニズム詩の先駆」（初出二〇〇八年／『私の女性詩人ノート』思潮社、二〇一四年）

佐藤弓生「少年ミドリと暗い夏の娘」（初出二〇〇八年／『薄い街』沖積舎、二〇一〇年）

菊地利奈「伊藤整と左川ちか―アイルランド文学にみいだした『希望』」（『エール（アイルランド研究）』二八、二〇〇八年一二月）

藤本寿彦「一九三〇年代における女性詩の表現―左川ちかを中心として―」（初出二〇〇八年／『周縁としてのモダニズム　日本現代詩の底流』双文社出版、二〇〇九年）

関連「『左川ちか』と名づけられたテクストの魅力（一）～（二）」（『螺旋の器』二～三、森開社、二〇一八年一一月～二〇一九年四月）

近代ナリコ「孤独の始末　左川ちか『左川ちか全

詩集』」（初出二〇〇九年／『女子と作文』本の雑誌社、二〇一三年）

阿賀猥・中本道代・戸沢英士「海の天使」（『ドラゴン in the Sea 上』iga、二〇一一年）

ルッケル瀬本阿矢「左川ちかとダリの作品との接点に関する考察」（初出二〇一一年／『シュルレアリスムの受容と変容 フランス・アメリカ・日本の比較文化研究』文理閣、二〇二二年）

坂東里美「左川ちかと翻訳（一）〜（五）」（『contralto』三〇〜三四、二〇一二年九月〜二〇一五年五月）

関連「モダンガールズその1　失われた詩人―左川ちか―」（『蘭』六〇、二〇〇五年九月）、「左川ちか―予見する未来　一九三〇年代の女性前衛詩人たち（二）」（『詩学』六二―三、二〇〇七年三月）

神泉薫「卵をわると月が出る―左川ちか」（初出二〇一四年／『十三人の詩徒』七月堂、二〇二二年）

鳥居万由実「1930年代モダニズム詩における、女性の自己表現の方策、左川ちか、山中富美子らの作品を手がかりにして」（『言語態』一五号、二〇一五年三月）

藤井貞和「韻律を放棄する―左川ちかの試み」（『日本文学源流史』青土社、二〇一六年）

戸塚学「女たちのモダニティ二　左川ちか「死の髯」「言葉」―世界を二重化する言葉」（『奏』三八号、二〇一九年六月）

エリス俊子「左川ちかの声と身体―「女性詩」を超えて―」（『比較文学研究』一〇六、二〇二〇年一二月）

関連「モダニズムの身体―一九一〇年代〜三〇年代日本近代詩の展開―」（中央大学人文科学研究所編『モダニズムを俯瞰する』中央大学出版部、二〇一八年）

島田龍「左川ちか年譜稿」（『立命館大学人文科学研究所紀要』一二〇号、二〇二〇年一月）

関連「左川ちか研究史論―附左川ちか関連文献目録増補版」（『立命館大学人文科学研究所紀要』一一五号、二〇一八年年三月）、「左川ちかを探して（一）左川ちか「硝子の道」と藤村青一「淡水と気温」（『螺旋の器』二号、二〇一八年一一月）、「詩人の誕生―初期伊藤整文学と川崎昇・左川ちか兄妹」（『立命館大学人文科学研究所紀要』一一八号、二〇一九年一月）、「海の詩人伊藤整と左川ちか—「海の捨児」から「海の天使」へ—」（『日本思想史研究会会報』三五号、二〇一九年一月）、「左川ちかを探して（二）—春山行夫宛書簡から」（『螺旋の器』三号、二〇一九年年四月）、「詩人の終焉—〈詩とのわかれ〉と伊藤整、「浪の響のなかで」から『左川ちか詩集』（一九三六）へ」（『文学史を読みかえる』研究会編『文学史を読みかえる・論集』三号、インパクト出版会、二〇二〇年八月）、「昭森社『左川ちか詩集』（一九三六）の書誌的考察—伊藤整による編纂態度をめぐって」（『立命館文学』六六九号、二〇二〇年九月）、「詩人の罪と罰—伊藤整と左川ちか、「鏡の中」「幽鬼の街」（一九三七）論」（『立命館大学人文科学研究所紀要』一二四号、二〇二〇年一二月）、「詩人論　左川ちかを探して—百田宗治と『左川ちか詩集』」（『詩と思想』四〇一号、二〇二〇年一二月）、「詩人の青春—伊藤整『青春』と左川ちか「昆虫」「死の髯」」（『立命館文学』六七三号、二〇二一年三月）、「詩人の救済—伊藤整と左川ちか、「幽鬼の村」（一九三八）論」（『立命館文学』六七四号、二〇二一年七月）、「左川ちか翻訳考：一九三〇年代における詩人の翻訳と創作のあいだ—伊藤整、H・クロスビー、J・ジョイス、V・ウルフ、H・リード、ミナ・ロイを中心に」（『立命館文学』六七七号、二〇二二年三月）、「戦前詩と戦後詩—現代詩の系譜」（外村彰編『昭和の文学を読む』ひつじ書房、二〇二二年四月）

【雑誌特集】

『江古田文学』六四号「特集天才左川ちか」（日本大学芸術学部江古田文学会、二〇〇六年一一月）

城戸朱里「左川ちかと吉岡実　詩語の魅力と魔力」、新井豊美「モダニズム詩と左川ちか」、クリハラ冉「左川ちか略年譜」「左川ちか文献・資料一覧」他の論考・小論が収録。『えこし通信』創刊準備六号「天才　詩人左川ちか小特集」（二〇〇四年三月）の各論も再録。

『ムーンドロップ』「特集左川ちか」（一一号、二〇〇九年二月）

　國重游（京都市）による同人誌。近代ナリコ、萩原健次郎、上田美紗緒、國重游、中村恵美（神泉薫）、季村敏夫の作品・評論を収録。

『現代詩手帖』五五―一一「特集　詩にとってセクシュアリティとは何か」（思潮社、二〇一二年一一月）

　水田宗子・藤井貞和・井坂洋子・水無田気流「左川ちかから手渡されるもの　詩とジェンダー、その先へ」、暁方ミセイ・クリハラ冉らの論考を収録。

【海外の研究】

Irina Holca『Sawako Nakayasu Eats Sagawa Chika:Translation, Poetry, and (Post) Modernism』
(『Japanese Studies』41-3. 2021.12. Japanese Studies Association of Australia)

同時代評・研究史の詳細については、島田龍「左川ちか研究史論―附左川ちか関連文献目録増補版」を参看されたい。文献目録についてはいずれ稿を改めるが、最新の追加目録は研究者データベースリサーチマップで更新中である。なお、入手困難な同人誌などは、日本現代詩歌文学館、国立国会図書館、北海道立文学館、日本近代文学館、神奈川県立近代文学館などが所蔵する。市立小樽文学館では常設展で、左川ちかの資料を多く展示している。

　本書の刊行を契機に関連論考が相次ぎ、作品が途切れなく読まれ続けることを期待したい。編者として今後は、代表的な同時代評・諸論考を収めた論集、詩篇ヴァリアント及び翻訳に用いた英語原文テキスト集成など基本資料を整えつつ、左川ちかの魅力を伝えることができればと思う。（島田）

本書の主な修正・追補

〈二刷より〉

一〇頁下段　「私の写真」→「秋の写真」

三七五頁下段　「和賀」→「和賀崇平」

〈三刷より〉

一一頁上段　「俗字」→「正字・俗字」

三五七頁上段に追記　「ベール・アメーロ」は原文通りだが、正しくは「ペール・アメーロ」で、左川ちかの誤記と思われる。なお、この詩はシットウェルの原著『田園喜劇』（一九二三年）にはなく、『ファサード』（一九二二年）に収録。ちなみに江間章子はシットウェルの写真を見たとき、「左川さんに似た印象を受けた」（「左川ちか氏」『文芸汎論』一九三五年八月）と記している。

三六〇頁上段　『百鬼園随筆』（三笠書房、一九三三年）→「漱石先生臨終記」収録の『鶴』（三笠書房、一九三五年二月）

三七七頁下段　「戸長」→「戸主」

四〇三頁下段「女性詩人の」→「女流詩人の」

四〇五頁下段『青春のハイエナたちの手紙』→『青春のハイエナたちへの手紙』

■著者略歴

左川ちか（さがわ・ちか）

詩人・翻訳家。本名川崎愛。1911年生まれ。北海道余市町出身、十勝地方の本別町で幼少期を過ごす。庁立小樽高等女学校卒業後に上京。10代で翻訳家としてデビュー。J・ジョイス、V・ウルフ、ミナ・ロイなど、詩・小説・評論の翻訳を残す。1930年に筆名を「左川ちか」と改め詩壇に登場する。同郷の伊藤整を始め、北園克衛・春山行夫・西脇順三郎・萩原朔太郎らに高く評価、詩誌『詩と詩論』『椎の木』『マダム・ブランシュ』などで活躍した。将来を嘱望されたが1936年に死去。享年24。J・ジョイス著／左川ちか訳『室楽』（椎の木社、1932年）、遺稿詩集『左川ちか詩集』（伊藤整編・昭森社、1936年）。本書は初の全集となる。

■編者・校訂者略歴

島田龍（しまだ・りゅう）

東京都中野区出身。立命館大学文学研究科日本史専修博士後期課程単位取得退学。文学部助手、甲南大学中高教員を経て現・立命館大学人文科学研究所研究員。専門は中世〜近現代における日本文化史・文学史。

研究者データベース：https://researchmap.jp/Chika1936/

メール：17v00223@gst.ritsumei.ac.jp (lh041958@gmail.com)

「左川ちか年譜稿」（『立命館大学人文科学研究所紀要』122号）など関連論考多数。

左《さ》川《がわ》ちか全集

2022年4月23日　第1刷発行
2022年6月10日　第3刷発行

著　者　左川ちか
編　者　島田龍
発行者　田島安江
発行所　株式会社 書肆侃侃房（しょしかんかんぼう）
〒810-0041　福岡市中央区大名2-8-18-501
TEL 092-735-2802　FAX 092-735-2792
http://www.kankanbou.com　info@kankanbou.com

編　集　藤枝大
DTP　黒木留実
印刷・製本　モリモト印刷株式会社

ISBN978-4-86385-517-5　C0092